小学館文庫

鍬ヶ崎心中

幕末宮古湾海戦異聞

平谷美樹

小学館

目次

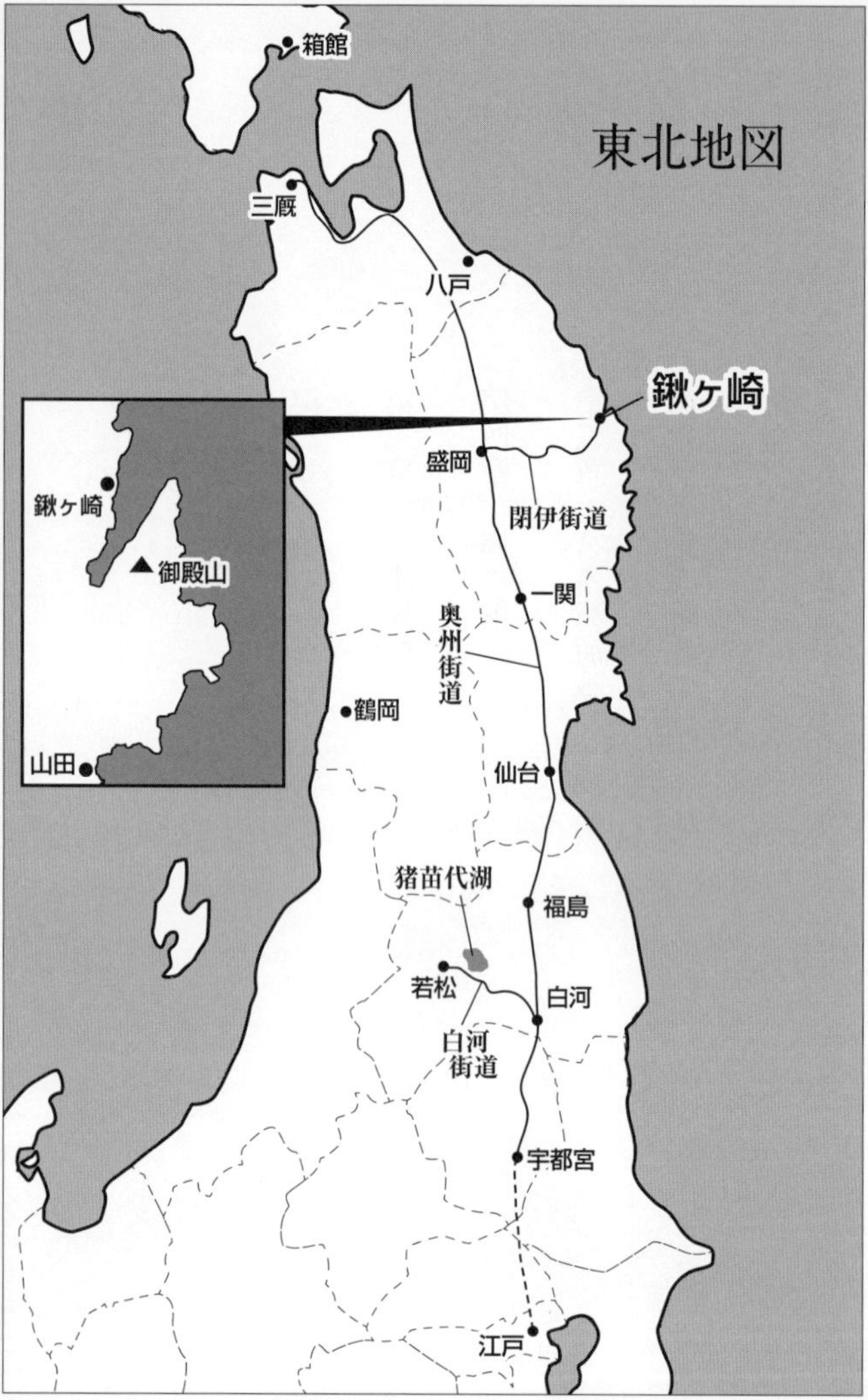
東北地図
箱館
三厩
八戸
鍬ヶ崎
盛岡
閉伊街道
鍬ヶ崎
御殿山
山田
一関
奥州街道
鶴岡
仙台
猪苗代湖
福島
若松
白河
白河街道
宇都宮
江戸

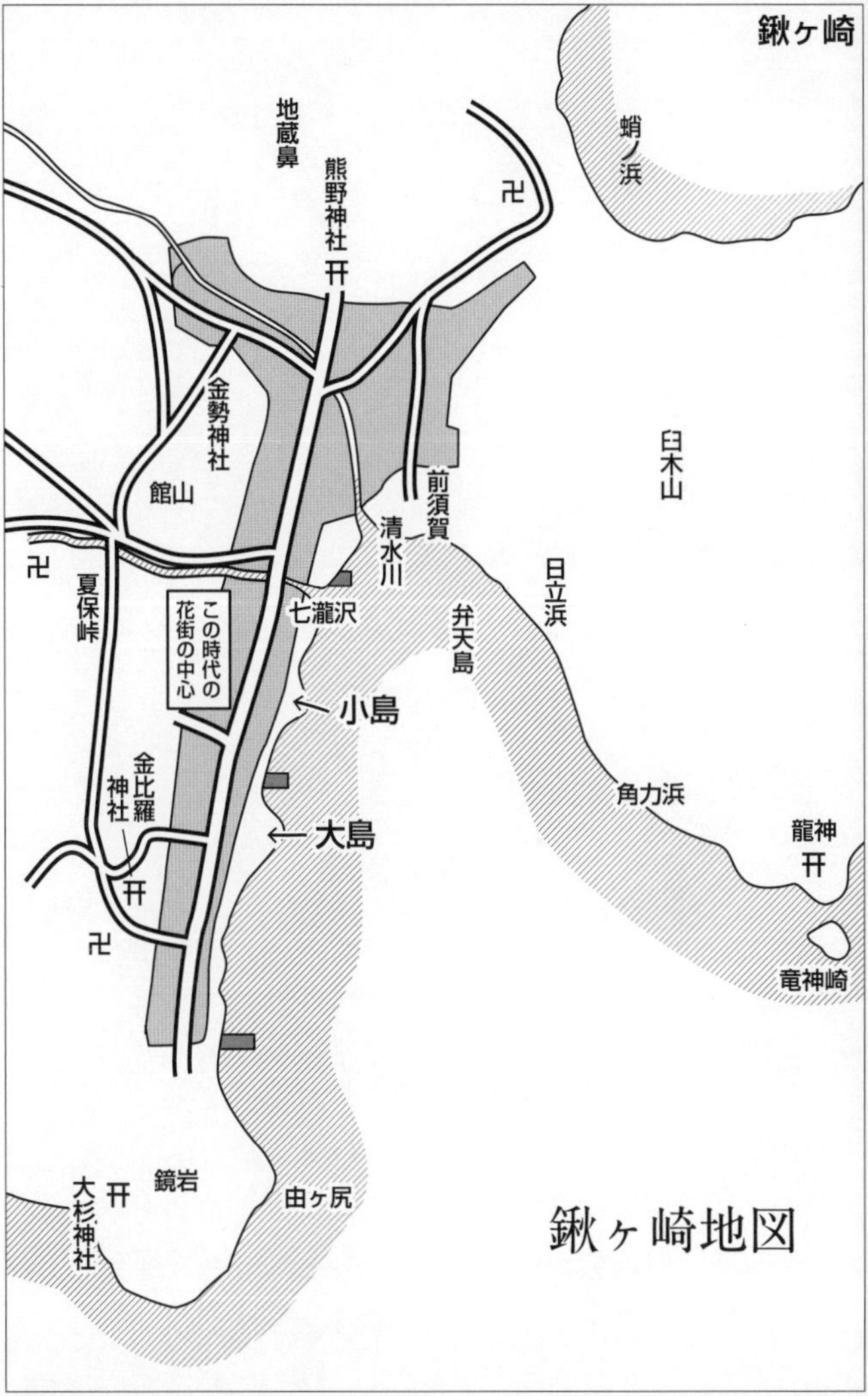
鍬ヶ崎
地蔵鼻
熊野神社
蛸ノ浜
金勢神社
館山
臼木山
前須賀
清水川
日立浜
夏保峠
この時代の花街の中心
七瀧沢
弁天島
小島
大島
角力浜
龍神
金比羅神社
竜神崎
鏡岩
大杉神社
由ヶ尻
鍬ヶ崎地図

第一章　身請け

一

千代菊《ちよぎく》は、綿入れの襟元を両手で閉じながら、七瀧沢《ななたきざわ》に架かる石橋に腰を下ろして、左右から迫る崖に鋭角に切り取られた眼下の景色を眺めていた。

景色を切り取る両側の崖は落ち葉に覆われている。見上げれば細い木の枝が空に網目を描いていた。

明治元年（一八六八）十月十三日、新暦では十一月二十六日。陸奥国盛岡藩《むつのくにもりおかはん》の閉伊郡宮古《へいぐんみやこ》通鍬ヶ崎《どおりくわさき》村である。

この頃、旧幕府軍と官軍との戦いは既に趨勢《すうせい》が決していた。官軍の会津《あいづ》討伐に反対して結成された奥羽越列藩同盟《おううえつれっぱんどうめい》の中でも、最後まで抵抗を続けていた盛岡藩の降伏は三日前に受理されていた。しかし、旧幕府軍は蝦夷地《えぞち》を拠点に捲土重来《けんどちょうらい》を狙っている――。

世の中は大きく変化しようとしていたのだが――。

千代菊は自分自身の〝これから〟を考えるのに精一杯であった。

千代菊はこの年、数え二十六歳。女郎である。

初冬の薄曇りの下に、鈍色《にびいろ》に光る鍬ヶ崎浦と雑然とした鍬ヶ崎の町並みが見下ろせた。鍬ヶ崎は、閉伊川《へいがわ》が注ぐV字に開いた河口に逆くの字に開いた懐《ふところ》の深い宮古湾の、入り口北側にある入り江に面した小さな港町である。

千代菊が谷間から見下ろす狭い海面の向こうには東側に岬状に迫《せ》り出した臼木山《うすきやま》が聳《そび》えている。山腹に玉薬御蔵《たまぐすりおくら》の白壁があった。山の向こう側に砲台があり、そこの大砲の火薬庫である。麓の日立浜《ひたちはま》、角力浜《すもうはま》には小舟が幾艘《そう》も引き揚げられていて、側《そば》には漁網が干されている。本当は右手に閉伊川河口から続く宮古浦があるのだが、山に遮られて見えない。

七瀧沢の石橋から眺める鍬ヶ崎の家並みは、ほとんどが料理屋や女郎屋である。幾つかの瓦屋根の大店《おおだな》の間に、茅葺《かやぶ》き、板葺きの小さい店がひしめいている。

鍬ヶ崎は小さな港町でありながら、盛岡藩有数の花街であった。

清国《しんこく》との俵物貿易《たわらものぼうえき》に欠かせない海産物加工品を長崎に送るための積出港になっていたため、船や人の出入りが多かったからである。

俵物とは、乾かした海鼠《なまこ》——煎海鼠《いりこ》や、乾鮑《ほしあわび》、鱶鰭《ふかひれ》などを俵に詰めたものである。

沢の右側に見える瓦屋根は鍬ヶ崎で一番大きな料理屋の和泉屋《いずみや》。千代菊が暮らす妓楼《ぎろう》、東雲楼《しののめろう》は沢を挟んだ左である。鍬ヶ崎での格は三番手、四番手であった。

東雲楼の脇から沢に沿って細い坂道があり、千代菊はよくそこを上って、夏保峠《なつぼとうげ》近くのこの石橋まで散歩をした。鍬ヶ崎の女郎は、峠を越えれば足抜けと見なされたが、この辺りまで来ることは黙認されていた。

ここは真っ当な世に一番近い場所である。ほんの少し、勇気を持って峠の向こうに踏み出せば、どこにでも逃げ出せる——。

千代菊は心を弾ませながら、沢の細道を上り、妄想の足抜けを決行するのである。

そして――。

千代菊は俯《うつむ》いてほうっと大きな溜息《ためいき》をついた。

息が白い煙のように漂う。

ちらりと後ろを振り向く。細い道が夏保峠まで冬枯れの森の中に続いている。

このまま歩いて沢田に越えて本当に、宮古《みやこ》の町まで逃げてしまおうか――。

すぐに首を振って苦笑する。宮古には自分の顔を知っている男たちも多い。逃げたところですぐに捕まる。

だいいち逃げてどこへ行く？

逃げ出した身では、実家に戻れるはずもない。いや、年季が明けて苦界《くがい》の軛《くびき》から解き放たれたとしても、女郎屋から戻った娘など家の邪魔者にしかならない――。

そうしていつも、千代菊は、妄想は妄想に過ぎないことを確認するのであった。

しかし、もしかするとその行為が、千代菊に十五年の苦界での暮らしを耐えさせたのかもしれない。

「年季明け――。年季明けか」

＊　　＊

ついさっき、千代菊は東雲楼の内証《ないしょう》を覗《のぞ》いた。

内証とは玄関を入ってすぐの帳場《ちょうば》である。神棚を背にして楼主の座があり、二階の客室への階段を見通せるようになっている。

昼見世《ひるみせ》にはまだ間があって、ほかの女郎たちは風呂に入ったり、馴染《なじ》みに手紙を書いたりしている。どこかの部屋で談笑する声も聞こえてきた。

内証の帳場机には因業《いんごう》そうな顔をした五十絡みの男、楼主の弥右衛門《やえもん》が座って、書き物をしている。いつも一緒にいる女房のはつは、用足しにでも出かけたのか姿が見えない。火鉢に載せた鉄瓶が湯気を上げていた。

「ねぇ――」と千代菊は柱にもたれて弥右衛門に声をかけた。

「来年は、あたし年季明けだよ」

千代菊は来年、数えで二十七歳になる。十二歳で東雲楼に売られ、十五年。すでに実家で暮らした年月より長く東雲楼にいる。

床を共にした男は、何百人になるだろう。馴染みになって何年も通う男もいる。一夜限りの者たちも大勢いる。月のもので見世に出られない日や、休みの日もあるが、一年で二百日以上は客をとってきた。一晩に三人を相手にしたこともある。初めて客をとった十七歳の年から、それを十年続けたのである。延べの人数で考えれば気が遠くなる。初めの頃は、これも家のためと涙を堪《こら》え、襦袢《じゅばん》の袖を強く嚙《か》みながら、男が侵入して来る異物感に堪《た》えたものだった。数年後には客あしらいにも慣れ、手練手管を覚えていっぱしの女郎になった。

同じ年に売られてきた娘の中には流行病《はやりやまい》で死んだり、労咳《ろうがい》（肺結核）、瘡毒《そうどく》（梅毒）で死んだ者も多い。堕胎に失敗して命を落とした者もいた。身請けされてまっとうな男の女房になったり妾《めかけ》になったりした女は一人、二人。来年年季明けを迎えるのは千代菊ただ一人であった。

ここまで生き延びたのは僥倖《ぎょうこう》であったが、身請けをされなかったという鬱屈がある。

二十歳を過ぎれば年増《としま》。二十五を過ぎれば大年増――。気がつけば、千代菊は東雲楼で一番年上の女郎になっていた。若い頃は粗相をしては折檻《せっかん》をされ、大年増になってからは馴染みの客も減って厄介者扱いをされる。それでも千代菊は年季明けの日を指折り数えながらじっと堪え、快活で明るい女郎を演じ続けてきた。

それも今年まで――。そう考えると、これまでの苦しい日々も忘れ、すぐに立ち直った振りをして明るい笑顔を見せた。

どんなに叱られ、折檻され、時に客から罵声を浴びせられても、千代菊の心は浮き立つのだった。

「ここを出てから住む場所を見つけなきゃならないから、宮古へ行きたいんだけどいいかい？」

宮古とは、盛岡藩の沿岸北部、現在の岩手県宮古市中心部である。〝通《とおり》〟とは、代官所の管轄区を表し、盛岡藩には三十三の通があった。宮古通《みやこどおり》の中心地、
宮古は東雲楼のある鍬ヶ崎から夏保峠を挟んだ向こうにあり、女郎はその峠を越えられない決まりであった。千代菊は年季明けの後に住む家を探したいから峠を越えさせて欲しいと楼主に頼んでいるのである。

千代菊は、今年の夏頃から、年季が明けてからのことを夢想するようになった。

年季明けの女郎はたいてい鍬ヶ崎で居酒屋か小料理屋を開く。だが食い物商売ではどうしても食材が余る。食うことに困った経験のある千代菊は、食い物を無駄にすることに罪悪感があった。だから三味線や踊りの師匠をしようかと考えている。

川井村《かわいむら》の実家に戻って百姓を手伝おうかと考えたこともあったが、女郎だった娘が帰っても親は喜ばない。行かず後家を一人養う余裕もない。

女郎は春を鬻《ひさ》ぐのが商売で、座敷で三味線や踊りを披露することは御法度である。同様に、芸者は体を売ることを固く禁じられていて、禁を破ればその花街では商売ができなくなるという決まりであった。

千代菊は、年季明けの身の振り方を考えて早くから東雲楼のお抱えの芸者たちに芸を学んでいたのであった。

宮古よりも鍬ヶ崎は栄えていた。『宮古まさりの鍬ヶ崎』と呼ばれ、どんな商売でも宮

人情があった。漁師は乱暴で、商人は狡《ずる》く、女郎たちは嘘《うそ》つきばかりだが、その心の奥底には熱い人情があった。日頃顔を合わせればつんけんする者たちも、本当に相手が困っていれば力の限り助けてくれる。千代菊はそんな鍬ヶ崎が好きだったが——。

なによりも千代菊は苦界から抜け出したかったのである。鍬ヶ崎に留《とど》まれば、いつまでも苦界を引き摺《ず》って生きて行くような気がした。

弥右衛門は、浮かれた笑みを浮かべている千代菊を無表情に見返し、

「お前の年季は来年になっても明けないよ」

と素っ気なく言った。

千代菊は顔から血の気が引いていくのを感じた。

「なんでだよ」

「お前が東雲楼に来てからの諸掛かり——、布団や着物の借金が三両ばかり残ってる」

弥右衛門の答えに、さきほどまでの浮かれた気分が急速に萎《しぼ》んでいった。

十五年、耐えに耐えて年季明けの日を待っていたというのに、それがまた遠ざかって行く——。

千代菊は、いつも通りの快活な女郎を装って、

「へぇ。そうなのかい。それじゃあ、三両分、頑張って客をとらなきゃね」

と明るい声で言う。

それが精一杯であった。

何度も傷つき血を流した心は、盛り上がった傷痕によって強固に鎧《よろ》われていたはずであったが――。来年になっても苦界から抜け出すことはできないという事実が、鋭い短刀の切っ先となって千代菊の心に深く突き刺さった。

十五年間の苦しみが、折檻された痛みが、気に染まぬ客と同衾《どうきん》する我慢が、盤石の重みとなって、肩にのしかかって来たかのように感じた。

千代菊は弾みをつけて体を柱から離すと、内証に背を向けた。

裏口への暗い廊下を早足で歩く。裸足《はだし》の足の裏に、今日の廊下は一際《ひときわ》冷たく感じられた。

鼻の奥が熱く痛んだかと思うと、こぼすまいと思っていた涙が目から溢《あふ》れだした。

誰にも顔を合わせないようにと祈りながら廊下を駆け、裏口の磨《す》り減った下駄をつっかけて、外に出る。そして、楼の横の坂道を駆け上り七瀧沢に架かる石橋に向かったのであった。

売春防止法が施行されてこの国から遊廓が無くなるのは昭和三十一年（一九五六）。八十八年も先のことである。

＊　　＊

三両を稼ぐのに何年かかるだろう。一年か、二年か？　もっと短いかもしれないが――。

そう考えて、借金を返し終えるのにあとどのくらいかかるのか弥右衛門に訊《き》いておけばよかったと後悔した。

でも――。

残るはたった数年じゃないか。もしかしたら、もっと早いかもしれない。今まで我慢した十五年を考えれば、屁《へ》みたいなもんだ――。

そう考えるとなんだか気持ちが軽くなった。短刀が抜け落ちた心の傷痕には、すでに薄皮が張っている――。

千代菊は顔を上げた。

港の桟橋に、舟が近づいて来る。二艘、三艘と続く。漁舟《いさりぶね》ではない。洋式の小舟《ボート》である。

ここ数ヶ月、沖に碇泊《ていはく》する軍船が増えている。

千代菊の座る場所からは崖が邪魔になって見えないが、今日、宮古湾に七隻《せき》の蒸気船が入り鍬ヶ崎浦に碇泊している。ボートはその船のものであった。

宮古湾より北は断崖絶壁が続き、船を寄せられる港は少なく、石炭や薪《まき》を補給できる場所もないために、蝦夷を目指す船、蝦夷から江戸へ向かう船は、必ずといっていいほど宮古湾の宮古浦、鍬ヶ崎浦に碇泊した。

去年の十月、将軍徳川慶喜《とくがわよしのぶ》は大政奉還とかいうことを行って、政《まつりごと》を朝廷に返したらしい。

今年の一月には鳥羽《とば》、伏見《ふしみ》で戦《いくさ》があった。幕府軍はあっという間に薩摩《さつま》と長州《ちょうしゅう》を中心とする新政府軍に敗れ、徳川慶喜は江戸へ逃げたという話が鍬ヶ崎に聞こえてきたのは一月《ひとつき》ほど後のことであった。

四月には江戸城が開城になった。慶喜は水戸《みと》に退いた。

五月には上野《うえの》の山に籠もった彰義隊《しょうぎたい》が壊滅した。

七月に、慶喜は駿河《するが》に移った。

それから後は、錦の御旗《みはた》を掲げた官軍が徳川家に味方する藩を次々に制圧しながら北上した。

七月の十七日には江戸《えど》が東京と改称された。

九月二十二日、会津が負けて官軍に開城した。二日遅れて、盛岡藩は負けを認めた。南部《なんぶ》の殿さまの御嫡男と、家老の楢山佐渡《ならやまさど》さまは、今まで戦っていた秋田に頭を下げに行ったという。楢山さまは首を刎《は》ねられるだろうという噂《うわさ》だ。

新政府軍が神仏の混淆《こんこう》を禁止して寺を壊しているという話や、浦上《うらかみ》でキリシタンの弾圧をしているという太閤秀吉の時代に逆行したような噂も聞こえてきた。

遠く離れた土地の人々は、官軍によって新しい世の中が始まるのだと大喜びしているようだったが、鍬ヶ崎の者たちは不安を感じていた。

盛岡藩は財政難から新税を乱発し、今回限りと言いながら、何度も御用金の徴集を行って来た。全国でも百姓一揆《いっき》の多い藩であり、特に宮古通を含む三閉伊通《さんへいどおり》では、千代菊が物心ついてから二十一年前、十五年前と二度も大きな一揆が起きている。

特に十五年前の嘉永《かえい》六年（一八五三）に起きた三閉伊一揆は痛快だった。三閉伊の民百姓一万六千人余りが蜂起《ほうき》して、仙台領《せんだい》に越境し『年貢を払うために仙台領に出稼ぎに来た』と居座った。隣藩を巻き込んだ一揆に盛岡藩は慌て、一揆衆らとの交渉の席についた。

一揆衆は、藩政にするどく切り込んだ改革の要望も出し、それを藩に認めさせた。それは三閉伊通の民百姓の誇りであった。

盛岡藩はその一揆を境に、徐々に変わっていった。小さい一揆はその後も起こったが、藩は首謀者たちを罰することなく、民百姓の訴えを聞き、それを藩政に反映させていったのである。民百姓にだけ苦労させるのではなく、侍たちも俸禄《ほうろく》を減らすことで財政難解決の痛みを分かち合った。

民衆の藩に対する見方も変化していった。自分たちの言葉に耳を傾けてくれるこの藩でならば、生きていける——。

その藩は徳川に肩入れした。だから、鍬ヶ崎に住む者たちや外から来る遊廓の客たちはおおむね旧幕贔屓《びいき》であった。彼らの話によれば、盛岡藩の民百姓のほとんどは旧幕の味方であるという。

これから盛岡藩はどうなるのか？　賊軍となった藩だから、官軍が攻め込んできて略奪の限りを尽くすのではないか——？

実際、官軍兵らの略奪や傍若無人な振る舞いの噂は鍬ヶ崎にも届いていた。

自分たちの思いをよそに、時代は大きくうねり、もうすぐ否応《いやおう》なく、侍たちの戦に巻き込まれる。命の危機にもさらされるかもしれない——。

鍬ヶ崎の人々はいつ官軍が攻め込んでくるかと戦々恐々として噂の続報を待ったが、大砲、鉄砲の音も響かない平穏な日々が続いた。五月には盛岡藩も含む陸奥、出羽《でわ》、越後《えちご》の国々が奥羽越列藩同盟を組織して官軍に対抗するのだという頼もしい知らせが届いた。しかし、二月後《ふたつきご》に徳川さまが駿府に国替えになったという情報ももたらされた。そして、江戸が東京と名前を改められたという考えもしなかった話が耳に入ってきた。

そして今日、なんとかいう偉い侍が、旧幕や奥羽越列藩同盟の侍たち二千五百人を引き連れて蝦夷地へ渡る途中に薪と水を補給するために鍬ヶ崎浦に入港したのである。弥右衛門の話によれば、その侍は蝦夷に新しい国を打ち立てて、官軍に戦いを挑むのだという――。

しかし、千代菊は官軍が勝とうが旧幕軍が勝とうが、どっちでもよかった。最下層で生きる女郎にとって、何者が世を統《す》べることになろうと関係ない。どうせ、男たちに体を貪られる毎日が続くだけだから。

そんなことよりも、目下の問題は来年以降も残る借金である。

二千人を超える客が鍬ヶ崎に溢れる――。

千代菊は立ち上がった。

「さぁ、稼がなくっちゃ」

と言って顔をごしごしと擦《こす》った。

二

下駄を鳴らして、千代菊は坂を駆け下りた。

坂を下るにつれ景色が開け、鍬ヶ崎浦に碇泊する蒸気船の姿が見えた。数十のボートが鍬ヶ崎を目指して漕《こ》ぎ寄せて来るのが小さく見えた。鍬ヶ崎には、上町《うえまち》と下町《しもまち》、そして二つの町の間に大きな桟橋があり、その間を埋めるように中小の桟橋が作られていた。

建物の間から垣間《かいま》見える桟橋には次々にボートが着き、大勢の侍たちが降りて来る。戦の場から離れた安堵《あんど》なのだろう、一様に笑顔で、大声で何事かを語り合っている。

鍬ヶ崎の町は、大きな通りを挟んで海側と山側に分かれている。通りにはすでに大勢の和装、洋装の侍たちがいた。洋装の侍たちは左右の靴の紐《ひも》を結びつけ、ある者は首から、ある者は振り分け荷物のようにして肩からぶら下げ、草鞋《わらじ》や草履を履いていた。

料理屋や宿屋、女郎屋の遣手《やりて》と呼ばれる客引きたちがそれに群がっているが、隊長とおぼしき侍がそれを追い払い、宿舎になっている旅籠《はたご》や料理屋へ先導する。

東雲楼にも二十人ほどの侍が歩いて行く。その中に、金ボタンのフロックコートに黒羅《ラ》紗《シャ》のチョッキを着た髭《ひげ》の男がいた。何者なのかは分からないが、坂道から見える侍たちの中では一番偉そうだった。

大将ならば、和泉屋へ行きそうなもんだけど——。

千代菊は首を傾《かし》げながら東雲楼の裏口から中に入った。女中が侍たちを二階の座敷に案内している。ちらりと見えた内証に、さっきの偉そうな洋装の男が座っていた。その隣には羽織袴《はおりはかま》の若い侍。足が悪いのだろうか、脇に置いた刀の横に杖《つえ》が見えた。端整な顔ではあったが、なにやら思い詰めたような暗く硬い表情で、心の中に重いものを抱えている様子である。年の頃は二十五くらいだろうか。千代菊より少し若そうに見えた。

楼主の弥右衛門がへこへこと頭を下げている。隣には女房のはつが座っていた。亭主に輪をかけた吝嗇家《りんしょくか》である。はつは満面におもねるような笑みを浮かべている。

「――盛岡藩が降伏した？」

若い侍が腰を浮かして大きな声で言った。

目を見開いて弥右衛門を見つめている。

「はい。もう官軍に抗する藩はございません」

弥右衛門が言うと、若い侍は力無く座り直し、畳に目を落とす。

盛岡藩の降伏は、航海の間に起きたことだったのだろう。あの落胆振りを見れば、若侍は盛岡藩士か――。

面白そうなので、千代菊は柱の陰に隠れて話を盗み聞きした。

「まだ我らがいるさ」

髭の男が薄く笑った。

「大勢のお侍を蝦夷地へお連れのようで」

弥右衛門が言う。

「たった二千五百人だよ」髭の男は江戸言葉である。

「大政が奉還されて、徳川家は四百万石から七十万石に減らされ、三十万人の者たちが路頭に迷ってる」

「その方々をすべて蝦夷地にお連れするのでございますか？」

「そうするつもりだったが――」髭の男は溜息をつく。

「大総督府が、それはならねぇとよ。だから――」

髭の男は話の途中で言葉を切り、話題を変えた。

「ときに、宮古の出の水手《かこ》から、ここには三階に隠し部屋があると聞いた」

「へぇ。三階と呼んでおりますが、屋根裏部屋で狭《せも》うございます……」

三階の隠し部屋とは、時折、宮古の大店の旦那たちが、お忍びに使う秘密の部屋である。四畳半ほどと狭いが、雪隠《せっちん》がついていて、柱や腰板が黒、漆喰《しっくい》は朱で塗られ、いかにも艶《なま》めかしい雰囲気であった。

「宮古港は見渡せるかい？」

「はい。臼木山が邪魔で、全部ではございませぬが」

「桟橋は？」

「前の家が邪魔でございますが、桟橋に入る舟は見えます」

「よし。そこを借りたい」

「蒸気船の船出まででございますか？」

「いや。まずは一年」

「一年！　長《なご》うございますな。それは、ちょっと……」

弥右衛門は渋る。旦那衆のお忍びに貸せば、いい金になるのである。一年も押さえられるのは厳しい。

「言い値を払う。ただし、そこを使いたいと言ってきた者には、雨漏りが酷《ひど》くて修繕中だとでも言って、人がいることは隠せ。幾ら欲しい？」

「十両――」

咄嗟《とつさ》に言ってしまった弥右衛門を制してはつが言う。

「いえ、二十両」

「よかろう」

髭の男はフロックコートのポケットから無造作に切餅一つを取りだして弥右衛門の前に置いた。切餅とは二十五両をひと包みにしたもので、両替商の印が押してある。

「二十五両出そう。これで、そこに住む者の食事も賄ってもらおう」

一年間の食費が五両ではまったく足りない。弥右衛門とはつは渋い顔を見合わせた。

「最初の言い値より十五両も上乗せしているんだ。文句はないな？」

髭の男は語気を強めた。

「はい……」

弥右衛門は引きつった笑みを浮かべた。

「もちろんでございますとも」

髭の男の機嫌を損ねてはならないと思ったか、はつは微笑《ほほえ》みを浮かべて切餅を押し戴くと、帳場机の脇の銭箱に入れた。

「住むのはこの男だ」髭の男はちらりと横の若い男を見る。

「元盛岡藩士七戸和磨《しちのへかずま》。脱藩した男だから、盛岡藩士にもこの男の話はするな。侍株を買った大店の若旦那ということにでもしておけ。脚を怪我《けが》したので、親戚のお前のところで静養している。誰かに聞かれたらそう言うんだ。東雲楼には別々に入ったから、わたしが連れてきたことはここの者しか知らん。しっかりと口止めしておけよ」

おそらく密偵だ――。

千代菊は思った。密偵をここに置いて、新政府軍の船の動きを監視させるつもりなのだ。

千代菊は一つの策を思いついた。

まさに良策。この好機を逃しちゃならないよ――。

心臓がどきどきと高鳴った。血が頭に上り、頬が火照《ほて》った。

千代菊は慌てて柱の陰を出て内証に座った。

突然現れた千代菊に、弥右衛門も髭の男、若い男も驚いた顔をした。

「ねぇ、旦那さん」

千代菊は、精一杯愛想のいい笑顔を作って、髭の男に向けた。

「あたしを雇っておくれよ。見ればこの人は足がお悪いらしい。小間使いが一人いればなにかと重宝するよ」

髭の男は眉をひそめ、弥右衛門を見る。

「この女は？」

弥右衛門が口を開く前に千代菊が答えた。

「千代菊。この店の女郎だよ。だけどもうすぐ年季が明けるんだ——。でも、ちょいと借金が残っていてね。それを肩代わりしてくれりゃあ、あたしはこの人の小間使いになるよ」

「身請けしろということか？」

髭の男は呆《あき》れた顔をした。

「たいした額じゃないよ。たった三両。それだけ払ってもらえりゃあ、あたしはこの人のためになんでもするよ。女郎だから、夜のお世話もお手のもんさ」

髭の男は笑った。しかし、若い男は無言である。正座した膝の上に拳を乗せてじっと畳を見つめている。

辛気くさい男だねぇ——。

そう思ったが、もちろん口には出さない。

「五両」

弥右衛門が言った。

「えっ？　三両だろ」

千代菊は弥右衛門を見た。

「身請けしてもらうんなら、五両だって言ったんだよ」

弥右衛門は首を振った。

そんな額をふっかけられたらせっかくの好機がふいになっちまう――。

千代菊の頬が冷たくなった。

なぜそんな意地悪をする？

大年増のあたしなんかをこの見世に置いておくより、三両でお払い箱にした方がいいじゃないか――。

千代菊は食ってかかった。

「さっきは三両って言ったろ。それを五両に吊《つ》り上げるなんて、阿漕《あこぎ》じゃないか！」

悔しくて涙が出そうになった。

「人聞きの悪い」弥右衛門はむっとした顔をする。

「今残っている借金は三両と言ったんだ。お前が今日から客をとらなくなれば、代わりの女郎を入れるまでの損料《そんりよう》ってもんがある」

女郎屋としては真っ当な請求である。千代菊は唇を噛んで、必死に打開策を考える。

髭の男があたしを身請けするんなら、損料を払わなければならない。

だったら――。

「あたしが借金を払うんなら三両ですむんだね？」

「そんな蓄えはないだろ」

女房のはつが口を挟む。

「あたしの元に思いもかけず三両が転がり込んでくればいいんだ」千代菊は髭の男に顔を向ける。

「旦那があたしに三両をくれりゃあいいんだよ。口実はなんでもいいや。女郎へのこころづけじゃなく、あたしが娘に似ているとか、姪《めい》に似ているとかでお小遣いをくれるんでもいい。そうすりゃあ、旦那は二両損せずにすむんだよ」

早口にまくしたてる千代菊に、髭の男は笑みを見せた。

「面白いことを考える女だな」

「だろう？　あたしは女郎にしちゃあ頭がいいんだよ」

「だがな、そういう取引は陰でやらねば、横槍《よこやり》が入るんだ。頭のいい女郎もそこまでは考えが回らなかったか？」

「その通りだね」弥右衛門が厳しい顔をする。

「もう、こちらさんとお前の身請けの話が進んでるんだ」

「それをご破算にするような話は認められんだろうな」

髭の男は笑みを浮かべたまま千代菊を見る。

「あたしは必死なんだよ！　この機を逃したら、また何年も客を取らなきゃならなくなるんだよ！」

千代菊は必死で涙を堪える。

「ここで身請け話をご破算にしておいて、後からわたしを訪ね、三両をもらう話をとりつければよかったのではないか？」

「そんなことはもう考えたよ。だけど、その時旦那が話に乗ってくれるかどうか分からないじゃないか。たとえ話に乗ってくれて、三両もらったとしても、今度はこの忘八《ぼうはち》がさらにふっかけてくるに決まってる」

女郎屋の亭主は、仁義礼智忠信孝悌の八つの徳をなくした者ということで忘八と呼ばれる。

「だから、なんとしても、なんとしても、ここで話をつけなけりゃならないんだよ！」

千代菊は両手を拳に握り、振り回した。

「だから――」はつが面倒くさそうに顔をしかめる。

「こちらさんから五両いただければ、身請けの話は決まるんだ」

「お前がぎゃあぎゃあ騒げば、決まる話も決まらなくなる。邪魔をしないで口を閉じてな」

言った弥右衛門の前に、千代菊がさっと回り込む。

「邪魔をしてるのはそっちじゃないか！」

弥右衛門はそんな千代菊を無視して、体を斜めにして髭の男に愛想笑いを見せる。

「この女にはいろいろと金がかかっているものでございますから」

「鬼！」

千代菊は拳を振り上げる。

その手首が後ろからぐいっと握られた。

振り向くと髭の男が千代菊のすぐ後ろにいて、手首と帯を摑《つか》み、動きを封じていた。

「いいだろう」髭の男は弥右衛門を見ながら言った。

「五両出そう。だが、この女の賄いも三十両の中から出せよ」

髭の男は千代菊の体を放し、フロックコートの内ポケットから財布を引きだして、五両を弥右衛門の前に置いた。

弥右衛門は畳の上の小判を見つめて片眉を上げる。

「古金《こきん》でございますな――」

古金とは、江戸時代初め、慶長期に造られた金の含有量の高い小判である。巷《ちまた》には滅多に出回らない代物であった。

弥右衛門にそれ以上のことを言わせないようにであろうか、髭の男は即座に答えた。

「まぁな。切餅の中身も同じだ。金がたんと使われているんだ。文句はあるまい。渡した金でどうしても賄えなくなったら、和磨との繫ぎの者に言え。相応の金を持たせる」

「左様でございますか。そういうことであれば――。ありがとうございい」

弥右衛門は押し戴くように五両を取り上げた。

千代菊は呆気《あっけ》にとられて髭の男と弥右衛門を見た。

弥右衛門は千代菊の邪魔をしたわけではなかった。値を吊り上げてもこの男は承知する。そうふんで五両とふっかけたのだ。そして弥右衛門の思惑通り、男は五両を出した。

駆け引きに関しては弥右衛門の方が一枚も二枚も上手だ——。

千代菊の体から力が抜けた。

「和磨は港の見張りのほかに、鍬ヶ崎の絵図を作る仕事をする。町を歩き回るだろうから、よく世話をするように。女郎と散策する風情を装えば、新政府軍の者の目も誤魔化せよう」

髭の男は言って千代菊の肩を叩《たた》いた。

千代菊は返事も忘れ、目を見開いて髭の男と弥右衛門を交互に見る。

髭の男は、三十両もの金を七戸和磨とかいうこの侍の支度のためにぽんと出した。

和磨がそれほどに重要な人物なのか。

それとも、絵図を作るという任務がそれほどに重要なのか——。

「ほれ、千代菊」

弥右衛門が促す。

「あっ——。あいよ」

今——、たった今、あっけなく自分は身請けされた。

ついさっきまで、まだ年季が明けぬと悶々《もんもん》としていたのに、いともあっさりと、苦界を抜け出すことができた。

自分で仕掛けたことであったが、もう女郎ではないのだということが信じられぬ思いであった。

「あたしは、もう客をとらなくっていいんだね？」

千代菊の頬が緩む。

「ああ。そうだよ」

ぶすっとした顔ではつが言った。

千代菊の体の中に、熱い塊が生まれ、それが弾《はじ》けて噴き上げた。

「やった！」

千代菊は声を裏返らせて叫び、両手の指を祈るように組み合わせた。そして、急いで膝で髭の男の前に這《は》い寄り、その手を摑んで大きく振った。

「ありがとう！　ありがとうよ！」

語尾は鼻声になった。

次いで七戸和磨の側に這い寄って、その手をとる。

「あたしは、精一杯尽くすからね！」

和磨は千代菊の顔を見もせず、邪険にその手を振り払った。そして、何か呟《つぶや》くように言う。

「えっ？　なに？」

千代菊は和磨の口元に耳をもって行く。

「世話など無用と言ったのだ」

ぼそぼそとした暗い声であった。

「そんなこと言って！」

千代菊は明るい声で言って和磨の肩を軽く叩いた。ここで断られたら、身請けの話がおじゃんになってしまう。

「あたしは役に立つよ。さっきも言ったが、あたしはここがいいんだ」

千代菊は自分の頭を指差す。

和磨は目を伏せたままである。

千代菊は、和磨の右手を強引に引っ張って自分の股間に導いた。

「ここだって上等だよ！」

髭の男はくすりと笑う。弥右衛門とはつは苦笑いしたが、和磨は怒ったように千代菊の手から自分の手を引き抜いた。

そしてまた小さい声で、

「もう女郎ではあるまい」

と言い、杖にすがって立ち上がった。

「えっ……」

千代菊は袖で和磨の刀をくるむようにして持ち、膝立ちになる。

和磨は怖い目で千代菊を見下ろし、右手を乱暴に差し出した。刀を返せと言うのだろう。

千代菊はぶるぶると首を振った。

刀を渡せばまた女郎に逆戻りするかもしれないという思いにとらわれ、千代菊は必死だった。

「部屋に案内しろ」

和磨はぷいっと顔を逸《そ》らす。

「あいっ」

千代菊は、ぱっと顔を輝かせ立ち上がり、二階への階段へ進んだ。

和磨は右脚を引きずりながら後に続く。

「手を貸そうか？」

千代菊は立ち止まって振り返る。

「余計なお世話だ」

和磨はぎくしゃくとした動きで千代菊を追い越し、杖を頼りに一段一段ゆっくりと階段を上った。

三

二階の階段の際には小部屋があって、老女が一人、座っている。遣手婆《やりてばば》——客引きをしたり、客に女郎の手配をしたり、女郎同士の諍《いさか》いの仲裁、女郎が足抜けをしないよう見張るなどの役目をもつ女だったが、東雲楼の遣手婆とめは、いつもぼんやりと部屋に座っているだけであった。

女郎の喧嘩《けんか》は若い衆が止めるし、女郎の手配は、楼主の女房はつが行っていた。

とめは、昔〈とめ吉《きち》〉という名で東雲楼の御職《おしょく》を張っていた女で、年季を終えて遣手婆になったのだという。瘡毒が頭に回り、いつもぼんやりとしているが、はつは東雲楼から追い出そうとしない。なんでもはつがまだ東雲楼の女郎だった頃、弥右衛門に身請けされる前に随分世話になったのだという。

「とめさん。三階を使うよ。しばらく貸し切りになるけど、誰かに聞かれたら雨漏りしてるから修理中だと言ってくんな」

千代菊が声をかけると、とめは「あい」と答えた。

千代菊に言われたことをちゃんと理解しているのかどうか、とめはのろのろとした動きで部屋の隅から、六尺程の木の棒に鉄の鉤《かぎ》がついた物を取って千代菊に渡した。

鉤棒は三階の隠し部屋を使うときにとめから借りて、事が終わったならば返すという決まりだった。

「行くよ」

千代菊は鉤棒をもらうと、和磨を促した。

二階は賑《にぎ》やかだった。広間ではすでに酒盛りを始めている侍たちがいたし、女郎としけこんでいる侍もいるらしく、小部屋からは色っぽい声が聞こえていた。

増築を繰り返した東雲楼の内部は小さな座敷が幾つも連なっていて、廊下は複雑に入り組んでいる。千代菊は時々和磨を振り返りながら廊下を進み、角を幾つか曲がる。

途中で出会った女中に「三階へお膳を」と耳打ちして、南のどん詰まりまで進んだ。

千代菊は鉤棒を持って天井を見上げる。天井板に開いた半寸(約一・五センチ)ほどの半月型の穴に鉤を差し込んで引っ張ると、階段が下りて来た。両端に頑丈な綱が結わえ付けられている。その綱は天井裏の滑車を通り、隠し部屋に繋《つな》がっていて、部屋から綱を引けば、階段が天井に戻る仕組みであった。小部屋にとめがいない時や、隠し部屋を使用中に何かがあった時のために、柱に予備の鉤棒を仕込んである。

「凄《すご》い仕掛けだろ？　ここを作った忘八が考えたらしい。でかい網元だったらしいけど、なんのために作った座敷やら」

鍬ヶ崎の女郎屋はよく主《あるじ》が代わった。経営に飽きて手放したり、遊興が祟《たた》って借金が嵩《かさ》み、そのカタに取られたりと理由は様々であったが、東雲楼の今の楼主は三代目であった。

千代菊は意味ありげに笑って見せたが、和磨は相変わらず仏頂面である。

「さぁ、お先に」

千代菊は和磨を促す。万が一和磨が足を踏み外したら後ろから支えるつもりであった。

和磨は杖をつきながら階段を上る。後ろから千代菊が続く。

和磨が隠し部屋に立つと、千代菊がその体をすり抜けるようにして入り、東と南の窓を塞いだ板戸を外し、障子を開けた。

薄暗い部屋が明るくなった。

柱と腰板は黒。漆喰壁は朱。低い天井は濃い飴色《あめいろ》の網代編《あじろあ》みであった。北側には襖《ふすま》が一つ。その隣、階段の下り口の正面に半間《げん》ほど（約九〇センチ）の板戸があった。

千代菊は襖を開ける。畳んだ布団が置かれていた。

「ここが押入。こっちが雪隠さ」

と板戸を開ける。長四角の穴を切った板敷きである。

和磨は東側の窓に歩み寄った。腹の高さに開いた窓であるが低い天井が傾斜してさらに低くなっている位置にあるので、小さかった。

海側の建物の屋根の向こうに、鍬ヶ崎浦と臼木山が見えた。

次に和磨は南の窓に歩み寄る。七瀧沢を挟んだ和泉屋の建物は少し引っ込んだ位置にあるので、そこからは宮古港を挟んで、重茂《おもえ》半島の山塊、御殿山《ごてんやま》の稜線《りようせん》が見えた。首を伸ばすと港に数隻の蒸気船が浮いている。

和磨は険しい目つきで景色を眺めている。視線があちこちに動き、そのたびに何事か考え込むような表情になる。

湾を挟んだ半島や、港の対岸の臼木山の位置、家々の並びをしっかりと頭に刻み込んでいるんだ。もう絵図作りの下準備かい。仕事熱心なこった――。

千代菊は南の窓から外を眺めている和磨の背中を見ながら、小さな床の間の刀置きに和磨の差し料を置き、押入から座布団を出して敷いた。

「浦にはあんたたちの船しかないよ。見張りは後からでいいだろう。さあ、疲れているだろうからお座りよ」

千代菊は畳の上に正座して、手を伸ばし、座布団をぽんぽんと叩いた。

和磨は足を引きずりながら窓を離れ、座布団に座った。

千代菊は居住まいを正し、畳に手をついて深々と頭を下げた。

「身請けしてもらったからには、あたしはあんたの妾だ。精一杯尽くさせてもらうよ」

と言って、笑顔を上げる。

実のところ、千代菊は侍が嫌いだった。

時折鍬ヶ崎を訪れる盛岡藩士は、藩に俸禄の借り上げをされているから遊び方はしみったれているし、そのくせ身分を笠《かさ》に着て威張る。

お前らがちゃんとした政をしないから、女郎屋に身を売る女がいるんだ——。

お前らの損得だけで、民百姓はいつも迷惑を被る。

旧幕軍と官軍の戦だってそうじゃないか。侍同士の喧嘩。徳川に代わって自分が甘い汁を吸いたい侍たちが謀叛《むほん》を起こしただけ。官軍には百姓や商人、僧侶たちの部隊もあると聞いていたが、それは侍の使い捨ての手駒にすぎない。

侍同士の喧嘩だから、どっちが勝っても侍に都合のいい世にしかならない。

侍たちは自分たちの都合で町に火を放ち、田畑を踏み荒らす。

どっちが勝っても、自分たちが悪を倒し正義を貫いたのだと、民百姓に対してでかい顔をする。すべての悪は負けた側におっかぶせるに決まっている。

侍たちが勝手に始めた戦の火の粉をかぶって一番迷惑しているのは民百姓なんだ——。

そういう思いがありながらも、千代菊は精一杯の愛嬌《あいきょう》を振りまいている。

女郎というどん底から掬《すく》い上げてもらった恩がある。

まぁ、金を出したのは髭の旦那だけどね——。

しかし、和磨は無表情に横を向いている。

千代菊は頬を膨らませて、和磨の顔が向いた側に膝で移動した。

「妾は困るかい？　あんた、女房はいるのかい？」

千代菊がそう訊くと、和磨の目にそれまで辛うじて残っていた微《かす》かな精気が吸い取られるように消え去った。

「あっ。ごめん。悪いこと訊いたかい？」

千代菊は慌てて言った。

和磨の口元に、冷たい微笑が浮かぶ。

「女房は、いない」

自分を嘲るような口調だった。

千代菊が、なんと言葉をかけたものかと思案しているところへ、階段を上ってくる音がして、女中が膳を運んできた。和磨と千代菊の前に膳を置くと、一礼して階下に去った。

千代菊は壁際の綱を両手で引き、階段を上げると柱の太い釘《くぎ》に綱を絡めて和磨の前に戻った。

座って徳利を持ち上げる。

和磨は無言のまま猪口《ちょこ》を差し出した。

「余計なことは訊かないことにするよ。あんたも、あたしが余計なことを訊いたらそう言って教えておくれよ」

和磨は答えずに酒を啜《すす》った。

千代菊はなんとか和磨の気持ちをほぐそうと、こんどはおだてる手段に出た。たいていの男はおだてに弱い――。

「ねぇ、あんた凄い人なんだろう？　あの髭のお人がぽんと三十両を出したんだからさぁ」

千代菊の言葉に、和磨の盃《さかずき》を持つ手が止まった。

「厄介払いをされただけだ」

小さく吐き捨てるような言葉だった。

「えっ……」

千代菊は和磨の右脚をちらりと見た。怪我をして戦えなくなったから厄介払いをされたと和磨は言っているのだと気づいた。

「三十両などはした金だ。たかだか兵の持つミニエー銃数挺《ちょう》分。そのはした金で、おれはここに捨てられた」

三十両がはした金――。

確かに、芸者を揚げて大騒ぎする御大尽は、一晩で百両、二百両を遊興に使う。

今、国を二つに分けて戦う旧幕軍と官軍は、何千両、何万両の戦費を動かしているだろう。

苦界の女にとって三十両は目も眩《くら》むほどの大金だったが、外の世界でははした金と呼ばれる金額なのだ――。

「旧幕府軍には十八万両の軍資金がある」

「十八万両――」

千代菊は目を見開いた。途方もない金額で、千代菊にはそれがどれくらいの価値があるのか把握できなかった。

「大坂城の御金蔵《ごきんぞう》に納められていた幕府の金だ。お前を買い、わたしの厄介払いのために払った古金はその一部だ――。はした金であることが分かったろう」

和磨は三十両で捨てられた――。

脚を怪我した男を無下に追い払うわけにもいかず、さりとて戦力にならない者を戦に連れて行けない。

寝たきりの怪我人、病人ならば捨てて行くのは外聞が悪い。しかし、和磨くらいの怪我であれば適当な仕事を与えて、鍬ヶ崎に置いて行ける。そういうことなのだろう――。

千代菊は自分の身の上と同じようなものだと思ったが、もちろん口には出さなかった。

そんな扱いを受けるなら、官軍に寝返ってしまえばいいのにとも感じた。

侍は意固地だ。鍬ヶ崎は官軍も旧幕軍も補給のために立ち寄る港だから、両方の侍を知っているが、いずれも自分の信じる主義主張を絶対だと思っている。

しかし、なにかのきっかけであっさりと掌《てのひら》を返す。少し前まで『攘夷《じょうい》だ。攘夷だ』と外国を目の敵にしていた薩長《さっちょう》が、掌を返して外国製の鉄砲やら軍艦やらを買っている。佐幕派だった藩も次々に尊皇側についていると聞く。そこには女郎などの考えも及ばぬ理由があるのかもしれないが、傍《はた》から見ていれば滑稽きわまりない。

そんな世の中なんだから、和磨が官軍に寝返っても構わないのではないかと千代菊は思う。

けれど、不器用な侍もいるからねぇ――。

千代菊は、暗い顔をしてじっと畳に目を向けている和磨を見た。

傷ついても虐げられても、旧幕に命を捧《ささ》げるって男なのかねぇ――。

それなら、なんとか和磨の気分を上向きにしてやらなければねぇ――。

自分には、女郎という身の上から解放されるために和磨を利用したのだという負い目がある。いずれ鍬ヶ崎を出ていく男だから、せいぜいここにいる間は、いい気分で過ごしてもらわなければと、千代菊は思った。

和磨は、自分を役に立たない男だと思いこんでいる。

　まずは、それをなんとかしなければ――。

「でも、でもさ、絵図を作るってのは重要な役目なんだろ？　それを任されたんだからさ、あんたは大したもんだよ」

「重要な役目？」

　和磨は暗い目を千代菊に向ける。千代菊はどきりとした。生きることを諦めた者の目に似ていた。布団部屋に寝かされていた労咳の女郎の目。好いた男の婚礼を知って自害した女郎の、死ぬ前の日の目――。

「あってもなくてもいい物だ――。だが、おれにはもうそれしかない」

　和磨は一気に盃を干し、千代菊に突き出した。

　千代菊はそれに酒を満たす。

　やってもやらなくてもいい仕事を任された。しかし、和磨にはもう、それに打ち込むことでしか生きていく意味を見出《みいだ》すことができない――。そういう意味だと千代菊は理解した。

　和磨は盃を干す。

　千代菊が酒を注《つ》ぐ。

　しばらく沈黙が続いた。それに耐えきれず、千代菊は口を開いた。

「鍬ヶ崎は初めてかい？」

　訊いてから千代菊ははっとした顔をする。そしておずおずと言った。

「これは訊いてよかったかねぇ？」

和磨は小さく肯いて「初めてだ」と答えた。

「盛岡の人かい？」

その問いにも和磨は肯いた。

「盛岡にも美味《うま》い酒はあるだろうけど、この酒も美味いだろう？　鍬ヶ崎の蔵元、菱屋《ひしや》の酒さ」

千代菊の言葉に、和磨は肯いた。

どうやら嫌われているのではないと千代菊は思った。

「あんた、津志田《つしだ》の遊里に行ったことがあるかい？」

津志田の遊里とは、南から盛岡城下に入る手前の遊里である。江戸の吉原《よしわら》を模して造られた豪華な女郎屋が建ち並ぶ遊廓《ゆうかく》であったが、奢侈《しゃし》を禁止するということで十四年前に廃されていた。

「ああ――。津志田の遊里があった頃は、あんたはまだ子供か。あたしがここに入った年に潰されちまったけど、あそこには鍬ヶ崎の女郎も出稼ぎに行ってたんだよ。何人かの姐《ねえ》さんから聞いたけど、そりゃあ極楽みたいに綺麗《きれい》な所だったって話だ――」

和磨は話に乗って来ない。

千代菊は話題を変えながら酌をする。

「さっきの髭の人は誰だい？　あっ、訊いちゃいけなかったかい？」

　和磨は首を振る。

「榎本武揚《えのもとたけあき》さまだ」

　千代菊はその名に聞き覚えがあった。どんな人物であるのかははっきりとは知らない。そして、興味もない。

　客たちと話を合わせるために、旧幕軍や官軍の情報をあちこちから聞き込んでいる女郎たちもいたが、千代菊は違った。

　旧幕府だの新政府だの侍たちだけが騒ぎ殺し合っているが、ただそれだけのこと。どちらが勝とうが、女郎である自分の身の上が変わるわけでもなし――。

「ああ。確か大将さんかなんかだったね。そんな偉い人に、馴《な》れ馴れしくしちまったかねえ。でも、あたしは必死だったんだよ――」

　千代菊の言葉は半分嘘だった。必死であったことは確かだが、偉い人と知ってすがりついたのだ。蒸気船を七隻も率いているんなら、三両くらいぽんと出してくれるだろう。そういう読みがあったのである。結局、狡《こす》っ辛《から》い弥右衛門の言い値で五両に跳ね上がったが。

　今言った嘘は、しおらしいことを言って相手の気を引く手管。いかにして男に気に入られるか。いかにして馴染み客になってもらうか。それは苦界に住む女にとって生きる術《すべ》であり、本能のように体に染みついたものであった。

　千代菊は、和磨がどう反応するのかを見た。

　和磨は黙ったままアイナメの刺身を口に運んでいる。

千代菊は小さく溜息をつく。

手強《てごわ》いねぇ。鬱《ふさ》ぎの虫に取り憑《つ》かれているのか、根っから暗い男なのか――。

こんな奴と一年も暮らすのかい。

でも、毎日毎日、何人もの男の相手をするよりはましか――。

その時、下から隠し階段を叩く音がした。予備の鉤棒で誰かが叩いたのである。

「お風呂、先にいかがですかと訊いておくれ」

と女中の声がした。

「ああ言ってるけど、どうする？　ほかのお侍さんたちは、酒と女に忙しくてまだ入らないだろうから、一番風呂だよ」

千代菊は言う。

和磨は肯いて立ち上がった。

「背中を流してやろうね」

いそいそと千代菊も立つ。

「いらぬ」

和磨は足を引きずりながら壁際に歩き、釘に留めた綱を解いて隠し階段を下ろした。

「恥ずかしがるんじゃないよ。女を知らないわけじゃないだろ」

千代菊は和磨の後から階段を下りる。

杖をついて階段を下りきったところで和磨は振り返った。千代菊は一段目に立ち止まり、和磨を見下ろす形になった。

「女郎や妾がするような世話はいらぬ。お前は小間使いの仕事だけすればよい」

和磨は暗い目で千代菊を見上げた。

その目の奥に、なにやら恐ろしいものが潜んでいるような気がして、千代菊はぶるっと一つ、身震いした。

「分かったよ……」

と思わず答えた。

「分かればよい」

和磨はくるりと向きを変えて廊下を歩み去る。

「あっ。風呂の場所は分かるかねぇ……」

千代菊は女中が柱に戻した鉤棒で隠し階段を上げると、和磨を追った。

階段の近くで、座敷から出てきた女郎とぶつかりそうになった。

「おっと、ごめんよ」

千代菊が身をかわして階段へ走ろうとするのを、その女郎が手首を掴んで止めた。

「なんだよ」

千代菊は引き戻されて、その女郎を睨《にら》んだ。

東雲楼で御職を張る梅香《うめか》であった。

今年十八歳。美しいが少し険のある顔が人気で、頭も良く、和歌も漢詩も書いた。

御職は一番上位の女郎で、江戸の吉原ならば二間続きの部屋持ちであったが、鍬ヶ崎の御職の多くが居室を与えられるだけで、客の相手をするのは使い回しの座敷であった。それでも下位の女郎よりは広い部屋が使えた。

梅香が後ろ手に閉めた障子の向こうに、夜具に腹這いになって煙管《キセル》を吹かす、宮古の呉服問屋主、恵比寿屋晋兵衛《えびすやしんべえ》の姿がちらりと見えた。

「あんた、身請けされたんだって？」

梅香は無表情に千代菊を見返す。

「早耳だねぇ。その通りだよ」

千代菊は胸をそびやかす。

「それなら、なぜまだここにいる？」

「それは、榎本さまから喋《しやべ》っちゃならないって言われてる。忘八から聞いてないかい？」

「聞いてるさ。楼外《そと》に漏らさなきゃいいんだろ。ここは楼内《なか》だ」

千代菊の手首を握る梅香の手に力が入った。眉間に薄く縦皺《たてじわ》が寄っている。

「喧嘩はだめだよ」

と声がした。階段のとばくちの小部屋からである。遣手婆のとめが手焙《てあぶ》りに掌をかざしていた。表情はいつものようにぼんやりとしている。

「喧嘩じゃないよ」

梅香が優しい声で言った。

「そうかい」

とめはぽつりと言う。目は二人を見ていない。

「そうだよ」千代菊はとめに言うと、梅香に顔を向け直した。

「なんだい。あんた、あたしが羨ましいかい？」

とめに気を遣って声は小さい。

「羨ましくなんかないよ」

梅香は振り捨てるように千代菊の手を放した。

「羨ましいんなら、せいぜい恵比寿屋さんにせがむんだね」

千代菊はにっこりと笑って階段を下りる。

「あたしは羨ましくないが――」

梅香が千代菊を見下ろして言った。

千代菊は立ち止まって二階の廊下の梅香を振り仰ぐ。

「ほかの連中が羨ましがってるよ。身請けされてもここにいるんなら、気をつけるんだね」

「覚えとくよ」

千代菊は言って風呂場へ向かった。

梅香の焼き餅なんぞに関わっている暇はない。

まず、早いところ和磨の気持ちを摑んじまわないとね。追い出されたら元も子もない

――。

やる気のない男をその気にさせる手練手管は持っていた。千代菊はその〝手〟で男を三日居続けにしたこともある。

千代菊は風呂場の板戸の前に立ち、「和磨さん」と言って板戸を開けた。

湯殿の柘榴口《ざくろぐち》から流れ出す湯気の中、下穿《したば》き一つになった和磨が、驚いたように千代菊を振り返った。

千代菊の目に、和磨の右太股《ふともも》の傷が焼きついた。切開して鉄砲玉を抜いた痕であろうか。桃色の傷が大きく引きつれている。

和磨は、左脚に体重を預けた格好で少しよろけた。

千代菊は駆け寄ってその体を支えた。

「女郎や妾がするような世話はいらぬと言ったろう！」

和磨は千代菊を突き飛ばした。

千代菊は、大きな音を立てて脱衣場の板敷きの上に転がった。

一瞬、『しまった』というような顔をした和磨であったが、すぐに不機嫌な表情になり、足を引きずりながら湯殿の方へ歩いて行った。

「ちくしょう」

千代菊は呟いて立ち上がる。

これ以上の無理強いはできそうになかった。千代菊は二階に戻り、遣手婆のとめから鉤棒を借り、隠し階段を下ろしてそこに座り込んだ。そして和磨を待つ。

千代菊は和磨の『しまった』というような顔を見逃していなかった。女に乱暴をはたらいたことに気が咎《とが》めたのだ。ならば、そこにつけ込もう——。

しばらくすると、浴衣に着替えた和磨が脱いだ着物を脇に抱え、杖をついて戻って来た。

千代菊はさっと立ち上がって、無言で和磨の着物を奪った。わざと仏頂面をして見せる。

和磨は戸惑った顔を見せたが、そのまま隠し部屋に上がった。

千代菊はその後に続き、暗くなった部屋に行灯《あんどん》をともすと、少し乱暴に隠し階段を上げて、つんけんした様子を装いながら膳を脇に片づけて布団を二つ敷いた。その間を目一杯開けて、自分は隠し階段ぎりぎりに敷いた布団にさっさと横になった。和磨の布団の方へ背中を向ける。

和磨が布団に座る音が聞こえた。

じっと自分を見つめている様子である。

ここで声をかけてはならない。明日の朝まで気が咎めたままにしてやるのだ。そこでにっこりと笑って『おはよう』と言ってやれば、和磨の気持ちはぐっとこちらに近づくはず——。

千代菊は和磨に背中を向けたまま、小さく舌を出した。

和磨はしばらく千代菊の背中を見つめていたが、なにかを諦めたように行灯を消して自分も布団の中に入った。

四

千代菊が目蓋をあけると、部屋の中は薄明るかった。雑魚寝をする女郎たちの鼾《いびき》、歯ぎしりが聞こえないので、怪訝《けげん》に思いながら身を起こす。空気は冷え込んでいた。

四畳半に布団が二つ。東と南の障子は柔らかで青白い明け方の光を透かしている。

ああ、三階なのだ――。

千代菊は昨日の一日を思い出した。

はっとして隣の布団を見る。綺麗に畳んだ浴衣が置かれていた。

和磨の姿が無かった。

刀架けの差し料がない。杖も見あたらない。隠し階段が上がっているから、予備の鉤棒を使ったのだろう。

どこへ行きやがった？　と千代菊は唇を噛む。

逃げ出したのか？　それとも、絵図作りのために町の様子を見に出かけたのか？

鍬ヶ崎には気の荒い漁師たちもいる。相手の足が不自由だろうと、腹が立てば殴りつけて海に放り込んでしまうような輩《やから》である。

鍬ヶ崎に新政府軍の密偵でも潜り込んでいたら、見つかってとっ捕まってしまうかもしれない――。

榎本武揚に『よく世話をするよう』と言われているのだから、もし和磨の身になにかあれば、自分の責任になる。

「馬鹿野郎が。出かけるんなら一言声をかけな」

千代菊は毒づいて枕元に置いた綿入れを着こんで隠し階段を下ろした。

二階の廊下を挟む小部屋からは寝息が聞こえている。

千代菊は足音を忍ばせ、階段を駆け下りて玄関から下駄を履いて飛び出した。

宵っ張りの鍬ヶ崎は朝が遅い。

通りは人っ子一人いなかった。

千代菊は東雲楼の前に立って四方を見回す。

道の北側の漁師町には、漁から帰った男たちが歩いているのが小さく見える。その辺りはしばらく前は遊里の中心であった。それ以前、安政《あんせい》の頃は北側の山の麓、金勢《こんせい》神社が建つ辺りにあって、そこが鍬ヶ崎遊里の始まりである。遊里は時代を経るにつれて船が着く桟橋近くに移動してきたのである。

千代菊は漁師たちの元へ走った。

寒い中、下穿きの上に袖無しを羽織っただけの赤銅色《しやくどういろ》の肌の男たちは、珍しい物を見るように駆けて来る千代菊に顔を向けた。

その中に知り合いの漁師がいた。春吉《はるきち》という中年の漁師で、東雲楼に魚を卸している一人であった。

「おお。どうした、千代菊。こんなに朝早く」

春吉が訊いた。

「お侍を見なかったかい？　杖をついた二十五、六のお侍だ」

息を切らせながら千代菊は訊いた。

「ああ」と別の若い漁師が言った。

「問屋ノ前で見た」

問屋ノ前とは、海産物問屋和泉屋の前の浜の名である。和泉屋は、東雲楼と七瀧沢を挟んだ隣の料理屋も経営していた。

「そうかい。ありがとうよ」

千代菊は言って踵《きびす》を返し、走り出す。

「なんでぇ。客に逃げられたのか？」

春吉が訊くと、周りの漁師たちがげらげらと笑った。

千代菊はそれを無視して小路《こうじ》に飛び込んで海の方へ走った。

その辺りは江戸の初めの頃から埋め立てられた土地で、小体《こてい》な料理屋や一杯飲み屋、煮売り屋などが建ち並ぶ界隈《かいわい》である。

千代菊は問屋ノ前の海岸に駆け出す。

ここから少し南の由《よし》ヶ尻《じり》の断崖のどん詰まりから北の前須賀町までは、海岸通りとか浜通りと呼ばれる埋め立て地で、和泉屋を始めとする海産物問屋や廻船《かいせん》問屋のほか、魚問屋、魚の仲買、海産物の加工場など、魚に関する商売の五十集屋《いさばや》が多く建ち並んでいた。魚を煮るにおいや干し魚のにおいなどが濃く漂っている。

右手に、海に迫り出した小山が二つ見えた。以前は波打ち際近くに浮かぶ大島、小島と呼ばれる島であったが、今は周囲を埋め立てられて岬のようになっている。

鍬ヶ崎は元和《げんな》二年（一六一六）に、五百石船の宮古丸、三百石船の虎丸が配船され、沿岸警備と俵物貿易にあたった頃から、賑わいを見せて人の出入りも多くなったが、元もと鍬ヶ崎は後方に山が迫る狭い土地である。大勢の人を住まわせるには土地が足りない。そこで盛んに埋め立てが行われたのである。また、荷揚げ荷下ろしをするために頑丈な岸壁と桟橋が必要だった。波打ち際には石垣が組まれ、岸壁の上は綺麗に整地されている。

千代菊が東雲楼で暮らしている十五年間で、だいぶ海岸線は海の側に延びた。埋め立て工事は途切れなく続いているのではなく、藩の財政の都合か関わっている旦那衆の都合か、少し進めては終わり、思い出した頃に始まるということを繰り返している。

大小の桟橋には何艘もの洋式の小舟《ボート》が係留されて静かな波に揺れていた。

手前の岬、小島の近くに和磨の姿があった。杖をつきながらゆっくりと歩いている。

千代菊はほっとして笑顔を浮かべ、走り出した。

「和磨さん！」

千代菊は声をかける。

和磨は立ち止まって千代菊の方を見た。

千代菊は走る。和磨はその場に立ったまま待っている。

千代菊の顔はほころぶ。和磨は昨日からずっと素っ気ない態度をとり続けていたから、立ち止まって待っているというただそれだけで、なんだか嬉しくなったのである。

荒い息をしながら和磨の前に立った千代菊は切れ切れに言った。

「なにやってんだい。あんた、見つかっちゃまずい人だろうが」

「絵図を作らなければならぬことは聞いたろう。旧幕の侍たちはみな寝ている刻限だ。だから官軍の密偵たちも安心して寝ているだろう」

和磨は言った。言葉に抑揚がなかった。

「密偵――？　やっぱり密偵がいるのかい？」

「鍬ヶ崎は要港だ。官軍も旧幕軍も密偵を放っている」

「そうなのかい――」

千代菊の表情が凍った。

「榎本さまは官軍に引き渡されることになっていた幕軍の軍船《いくさぶね》を奪って脱走した。新政府軍は大騒ぎをしているだろう」

「うん。その噂は聞いた」

千代菊は海を見たが、臼木山の岬が邪魔をして港に碇泊している蒸気船の姿は見えなかった。

「榎本さまは、箱館《はこだて》を本拠地として官軍と戦う覚悟だ――。だが、おれは連れていってもらえない」

絞り出すような声で言って、和磨は歩き出した。

なぜ――？　とは訊けない。足の傷のせいに決まっている。満足に歩けない男を戦力に数えるわけにはいかない。だから、密偵として鍬ヶ崎に残されるのだ。

だが、それならそれで万々歳ではないかと千代菊は思う。戦に出なくてすむのだ。命を落とさずにすむのだから、いいではないか――。

男はなぜ生き急ぎ、死に急ぐのだろう。

徳川さまのためとか、南部さまへの報恩とか、侍たちはそんなことを言う。

徳川さまや南部さまのおかげで飯を食って来たのだから、命を捨てて負け戦に飛び込んで行くのか？　もうそんな時代は終わりを告げようとしているのに、なぜ？

色々と聞こえてくる噂から、女郎のあたしにでも、この戦は旧幕の負けと分かる――。ならば潔く降参すればいい。

侍は『命あっての物種』っていう言葉を知らないのか？

「ねぇ」と千代菊は和磨の袖を引っ張る。

「帰ろうよ。榎本の旦那は、女郎と一緒の方が怪しまれないって仰《おつしや》ってたけど、手も握ってくれないいんだから、かえって怪しまれるよ。あたしらみたいに早起きしている密偵もいるかもしれないよ」

「鍬ヶ崎の町を歩かなければ絵図は作れぬ。どこにどういう店があって、浜には何艘の漁船があって、どこに大砲を据えれば、港のどのあたりまで弾が飛ぶか。どの季節にどちらから風が吹くか――。調べておかなければならないことが山ほどある」

和磨は昨日と較《くら》べれば驚くほど饒舌《じょうぜつ》であった。

「どの方向から風が吹くかって」千代菊は眉をひそめる。

「鍬ヶ崎に火をつけるってのかい？」

その問いに、和磨は慌てたように答える。

「違う。火をつけられぬように警戒するためだ」

「どうだかね。侍は民百姓のことは二の次だからね――。まぁ、それはいいや。鍬ヶ崎のことはあたしが教えてやるよ。絵図も描いてやる。だから、もう戻ろうよ」

「女郎は好き勝手に出歩けないのではないのか？　それなのに、鍬ヶ崎に詳しいと？」

「女郎でも夏保峠の手前までは出歩いていいんだよ。足抜けしようったって、峠を押さえられりゃあ袋の鼠《ねずみ》。前は海。南側はすぐに崖だし、浦を回り込んで臼木山の向こうに行こうとしても、すぐに崖だ。女郎は、鍬ヶ崎の中で籠の鳥なんだよ。暇つぶしに小路の隅々まで見て回ってらぁ。十五年は長かったからね」

「ならば――」和磨はぼそりと言った。

「今から夏保峠とやらを越えて行くがいい。お前はもう女郎ではないのだから、おれの世話など焼かずに好きに生きろ」

「そうは行かないのさ」千代菊は溜息をつく。

「よく考えたら、借金の肩代わりをしてもらっても自分の懐には金は入ってこない。それに行くところもないしね」

情けない顔をして笑い、千代菊は和磨を見た。臼木山の向こうから朝日が顔を出し、千代菊と和磨を黄金色に照らした。

鍬ヶ崎浦の波頭に、煌《きら》めく光点が宿る。

「お前、生まれはどこだ？」

和磨はすっと視線を外しながら訊いた。

「川井村だよ」

「両親は息災か？」

「ああ。ぴんぴんしてるよ、たぶん」

「たぶん？」

「もう十五年、会っていない」

「会いには来ぬのか？」

「来るわきゃないじゃないか。あたしは売られたんだよ。五両払ってもらったって、実家には戻れない。女郎上がりの娘が帰ったって邪魔にされるだけさ——」

「親子だろう」

「親子でもだよ」

「親は、悪いことをしたと思っているのではないのか？」

「自分の子を女郎屋に売る親ってのはさ、女郎屋に行く方が、家にいるよりもいいオベベ着て、飯もたらふく食えて、ずっと幸せだと本気で思ってるんだ」

「そんなことはないだろう……」

言って和磨は目を逸らしたまま歩き出した。

「あるんだよ――。いや、そう思い込むように、自分に言い聞かせているのかもしれないねぇ」

千代菊は和磨に追いついて袖を摑み、立ち止まる。

「ねぇ。帰ろう。ほら、女郎屋の客たちも目覚め始めたよ」

千代菊は海際の遊廓の窓を指差した。

幾つかの障子が開いて、客と遊女が朝日に手を合わせている。

和磨は小さく肯き、通りへ向かう小路へ歩いた。

遊里の通りには、宮古の町へ帰る客たちの姿がちらほらと見えた。いつもの朝よりもずっと人数が少ない。軍船を下りた旧幕の兵たちが大勢泊まっているという話を聞いて、遊びに来るのを控えたのだろう。

千代菊は和磨の袖を引っ張ったまま通りを歩いて、店の前の掃除をしている小者たちに挨拶をした。

「千代菊さん。身請けされたんだって？　その人があんたのいい人かい？」

鍬ヶ崎の者たちにはあっという間に噂が広がったらしく、顔見知りたちが次々に声をかけてきた。

「そうだよ。今、宮古に家を探してるんだ。見つかるまでここにいるから、よろしくね」

身請けされても鍬ヶ崎にいることを怪しまれないよう、千代菊は嘘をついた。

「よかったねぇ。本当によかった」

そう言って千代菊を抱き、泣き声を上げる小女《こおんな》もいた。あと数年すれば客をとる者たちである。そんな娘たちにとって、身請けされた女郎は未来の希望なのであった。

店の入り口に立ち、険のある目つきで千代菊を見ている女郎たちもいる。

同じ境遇から抜け出したことを、心から喜んでくれる者。妬む者。千代菊を知る鍬ヶ崎の女たちの態度は二つに分かれた。

千代菊の馴染み客は宮古の者が多かったが、鍬ヶ崎にも何人かいた。

そんな一人、二人にも会ったが、

「おう。身請けされたってな。目出度《めでて》ぇじゃねぇか」

と、にこやかに話しかけてきた。

「なんだねぇ、その言い方は。少しは嫉妬《やきもち》を妬《や》いておくれよ」

千代菊はそう返した。

なるほど、自分が御職を張れなかったのはこれかと千代菊は思った。

惚《ほ》れた腫れたの気持ちを客に持っちゃいけない。そう自分に言い聞かせて女郎を続けてきた。

女郎と客の恋は、しょせん偽物。口で『好きだ。好きだ』と言う客も、けっきょくは素人の女と夫婦《めおと》になる。だからけっして本気で惚れちゃならない――。

姐さんたちからそう教えられ、何度か痛い思いをしながらもそれを守って来た。

『お前はちょいといきすぎているよ』

と姐さんたちに言われたこともあるくらいに、客との間に距離をとっていた。

だから客も、あたしに本気で惚れない。

まるで友だちのように、あたしの身請けを喜んでくれる――。

今となってみれば、それでよかったのかもしれないねぇ――。

千代菊は苦笑した。

「ちょいと、ごめんなさいまし」

前から歩いてきた男が二人に声をかけた。背中に風呂敷包みの荷物を背負い、手拭いを抹頭《まつとう》に被った若い町人である。

男は二人の前に立ち頭を下げると、小さい声で早口に言った。

「七戸和磨さんとお見受けいたします。継ぎの平塚金吾《ひらつかきんご》と申します。一度、東雲楼へ行きましたがお出かけとのことで探しに参りました」

金吾はそう言うと、今度は普通の声音で訊く。

「東雲楼はどこでございましょう？」

戸惑った顔をしている和磨を見て、千代菊がすぐに機転を利かせ相手をする。

「通り過ぎてるよ。なにかの行商かい？」

「はい。宮古の摂待屋《せったいや》でございます」

「あれ。摂待屋さんかい。見ない顔だね」

摂待屋は、鍬ヶ崎の幾つかの女郎屋を廻って商売をする貸本屋であった。自分の所でも本を作る版元でもあり、江戸から書籍を買い込んできて売ったり貸したりもしているのであった。

旧幕の連中と和磨の繋ぎに、貸本屋の雇い人は都合がいいと千代菊は思った。遊里に住む者ではなく、宮古から足繁《あししげ》く通ってあちこちの店に入っても疑われない。

「はい。摂待屋の親戚で、一昨日《おととい》、紫波《しわ》から来たばかりで」

「なんだい。紫波でなにかやらかして、逃げてきたのかい？」

「へへっ、そんなところで。以後、お見知りおきを」

「ちょうど帰る所だからついて来な」

千代菊は何気ない素振りで和磨の袖を引いたまま東雲楼に向かって歩き出す。

「姐さんも密偵かい？」

金吾が千代菊に並んで歩きながら訊く。

「あたしは和磨さんの妾さ。昨日、身請けしてもらったばっかりだ」

「それにしちゃあ、密偵相手の話のやり取りが上手《うま》い。お陰で鍬ヶ崎を歩きやすくなった。ありがとうよ」

人目がある中で金吾が摂待屋の親戚であるという偽の身元を名乗ることができたことに礼を言っているのである。

「元女郎を甘く見るんじゃないよ。人を騙《だま》すのは大の得意さ」

五

東雲楼の隠し部屋に落ち着くと、金吾はあらためて挨拶をした。

「それがし、江戸の下谷練塀小路《したやねりべいこうじ》に住まいしておりました平塚金吾でございます。これより、継ぎを務めますのでよろしくお願いいたします」

東京と名が替わっているのに、金吾はあえて〝江戸〟という言葉を使った。

「旗本のご子息か？」

「いえ、抱席《かかえせき》の三男坊でございます」

抱席は一番家格が低い御家人である。

「上野の山で生き残り、生き恥をさらしております」

金吾は自嘲の笑みを浮かべた。

「そうか、彰義隊にいたか――。おれは会津から逃げてきた」

和磨の言葉に、千代菊ははっとした。

「会津？　あんた、南部家のお侍だろ？　それがなんで会津に？」

和磨は千代菊の問いを無視して、金吾に話しかける。

「今日は顔合わせか？」

「はい。それと、さきほど榎本さまの所へ挨拶に行きましたら、艦隊の動きを七戸さまにも知らせておけと言われまして」

榎本武揚、大鳥圭介《おおとりけいすけ》、土方歳三《ひじかたとしぞう》ら主立った旧幕府軍の将は、七瀧沢を挟んだ隣の和泉屋に宿泊していた。

「どう動く？　すぐに船出か？」

和磨は訊いた。

「船出は十八日」

「海から箱館を攻撃するのか？」

箱館は幕府の直轄地であったが、王政復古とともに新政府に明け渡されていた。いまは箱館府が置かれ、五稜郭《ごりようかく》を行政庁として、府知事清水谷公考《しみずだにきんなる》が治めていた。

「いえ。箱館には居留民もおりますし、外国船も多く碇泊しております。それらを戦いに巻き込むのは得策ではないということで、箱館の北、鷲ノ木《わしのき》に上陸して、大鳥圭介さまと土方歳三さまの二軍で箱館を攻撃する計略でございます」

「そうか……」

和磨は口惜しそうな表情で、己の右股をぴしゃりと叩いた。

「戦はまだまだ続きます。おみ足の具合がよくなれば、そのうちご活躍の機会もございましょう。それに、旧幕にとっても官軍にとっても、蝦夷地への最後の補給地である鍬ヶ崎は重要な土地。ここの絵図を作るのも大切なお役目でございますぞ」

「砕けた骨がうまくくっつかなかったのだ。おそらく、これから先も足はこのままだ」

和磨は唇を噛んだ。

足の傷は、会津で受けたものか――。

千代菊は思った。

南部藩士であった和磨が、脱藩して会津に赴いた。そこで官軍と戦い、傷を負った。松《まつ》島《しま》まで逃げて、榎本の船に拾われ、鍬ヶ崎に来た――。そういうことだろうか？

会津が負けてもまだ盛岡藩がある。そう思って戻ってきたら、盛岡も降伏していた。しかし、まだ蝦夷地がある――。

だが、脚の怪我のために蝦夷へは連れて行ってもらえない――。

怪我で満足に動けず、戦う場所もない。それで和磨は腐っているのか。

まるでガキじゃないか。往生際の悪い――。

千代菊は唇を歪《ゆが》めた。

潔く侍を捨てちまえばいいのに。志だけで生きていけると思ってるのが甘いんだよ。世の中は激しく流れているんだ。侍なんてそこに浮いている藁屑《わらくず》。なにをそんなに必死でしがみつこうとする。馬鹿ばかしい。

とは思ったが――。

千代菊の胸は、締めつけられるような微かな痛みを感じていた。

今まで正しいと信じて疑うこともなかった自分の進む道が閉ざされようとしている。和磨は戸惑い、狼狽《うろた》え、必死に暗闇の中を手探りして、道を探している。

惨めで哀れな自分を晒《さら》さないために、意地になって、むきになって侍であろうとしている。

見方を変えてそう考えると、和磨を抱き締めて、無理をしなくてもいいのだと言ってやりたいという思いが湧き上がる。だが、和磨はそれを素直に受け入れることはない。それが千代菊の胸を苦しくしているのだった。

自分の本心が見えて、千代菊はさらに苦しくなった。

放《ほ》っときゃいいんだよ。距離を空けて、好きなようにさせりゃあいいんだ——。

こいつのためにあたしが苦しい思いをする必要なんてない。

あたしが苦しむ分は五両に含まれてないんだからね——。

千代菊は「よっこらしょ」と言って立ち上がった。

「あたしは、雑魚寝部屋から自分の持ち物を引き揚げて来るよ」

千代菊は隠し階段を下り、座敷の掃除をしている若い衆や女中に声を掛けて階下に降りた。

一階の奥に、遊女らの大部屋があった。御職を張る梅香や二、三人の上級遊女らは個室をもらっていたが、それ以外の二十数人の女郎は大部屋で雑魚寝の暮らしである。

千代菊が部屋に入ると、十人ほどの女郎が布団の上でごろごろしていた。泊まりの客を取れなかった女たちである。腹這いで貸本を読んだり、煙管を吹かしたり。二度寝をしている者もいた。

壁際には十ほどの鏡台が並んでいる。女郎たちはそこで交代で化粧をするのであった。鏡台の間には行李《こうり》が置かれている。女郎たちの個人持ちの荷物である。

千代菊は何人かの女郎を跨《また》いで、自分の行李の所へ歩く。

「ちょいと」

千代菊の足首を摑んだ者があった。

見下ろすと、牡丹《ぼたん》という名の女郎が千代菊に睨むような顔を向けていた。千代菊より四つ下。もう年増の仲間入りをしている女郎である。なにかにつけて千代菊に因縁をつける女であった。

「なんだい？」

千代菊は乱暴に脚を振って牡丹の手を振りほどく。

「身請けされたって？」

「されたがどうした？」

千代菊がそう返すと、牡丹は気怠《けだる》そうな動きで立ち上がった。そして、千代菊にくっつくくらいに顔を近づける。

「それなら出て行きな」

「だから荷物を取りに来たんだよ」

「この座敷からって話じゃねぇんだよ」

牡丹が声を荒らげると、数人の女郎が立ち上がった。牡丹の腰巾着の女たちである。

それをちらりと確認して、牡丹は怖い顔をして凄んだ。

「東雲楼から出て行けって言ってるんだ」

「そういうわけには行かないんだよ。忘八から聞いてるだろ」

「しばらくの間ここに残るって話は聞いちゃいるが、ちゃんとした理由は聞かされちゃいねぇよ。とにかく、身請けされた奴に楼内《なか》をウロウロされたんじゃ目障りなんだよ」

「あたしの知ったこっちゃないよ。文句があるんなら忘八に言いな」

千代菊がそう言った時、牡丹の腰巾着たちが後ろに回った。千代菊に味方してくれる女郎はいない。布団の上の女たちは、眉をひそめて成り行きを見守っている。

千代菊と親しい女郎たちは皆、気が弱い連中ばかりで、今までつかみ合いの喧嘩になっても加勢してくれることはなかった。

だから千代菊はあてにしていない。

「やい、牡丹。お前、誰も身請けしてくれないから、あたしが癪《しやく》に障るんだろ？　悔しかったら金を出してくれる男を見つけな」

「なんだと、このアマ！」

牡丹は左手で千代菊の襟を摑んだ。

「お前のがさつな性分じゃ、金を出してくれる男なんかいないだろうがね」

「言わせておけば！」

牡丹は右手を振り上げた。

「やめなよ、牡丹姐さん」

震える声で二人の間に入ったのは桃香《ももか》という名の女郎であった。今年十七歳。客を取り始めたばかりの娘である。

いつもは大人しい桃香が意外にも強い力で自分の腕を摑むので、牡丹は戸惑った。

「すっこんでな、桃香！」

「駄目だよ、牡丹姐さん。もし、千代菊姐さんに怪我でもさせたら、忘八に大目玉だよ。千代菊姐さんは、もう女郎じゃないんだから」桃香は必死に言って、牡丹の腕を揺すった。

「千代菊姐さんのいい人は、お侍だっていうじゃないか。お侍のお妾を女郎が叩いたってことになりゃあ、牡丹姐さん、ただじゃすまないよ」

牡丹は唇を歪める。千代菊の襟を摑む手から力が抜けていく。

「ね？　牡丹姐さん。やめなよ。あたしは、牡丹姐さんが好きだから言うんだよ」

と桃香は泣きそうな顔で牡丹の目を覗き込む。

千代菊は、桃香が粗野な牡丹を嫌っているのを知っていた。時々、愚痴を聞いてやっていたからである。だから、『牡丹姐さんが好きだから言うのだ』という言葉は嘘だ。

桃香は、後から腹いせに乱暴されるのを恐れてそう付け加えたのだ。力の弱い若い女郎の、苦界で生きる術《すべ》である。

牡丹は、千代菊を突き飛ばすようにして手を放した。一度、凄い目つきで千代菊を睨みつけると、自分の布団にふてくされたように寝転がった。腰巾着たちもその真似《まね》をする。

千代菊は襟を直し、桃香に目で礼を言う。言葉を口にすれば、桃香の立場を悪くすると思ったのだ。

桃香は怯《おび》えた顔をこくりと肯かせ、布団に戻った。

千代菊は自分の行李の所へ歩み寄った。

東雲楼に来た時に持ってきたもので、飴色に艶を帯び縁の所が手垢《てあか》で黒ずんでいた。風呂敷に包んで背負い、川井村から険しい閉伊川沿いの道を歩いて来た、子供の力でも軽いと感じた行李である。それを買うために金を使って、中に入れる着物を買えなかったのだ。

来た時には軽かった行李も、今はそこそこの重さがある。弥右衛門やはつが、古着屋から買ってくれた着物が詰まっているのだ。

荷物はたったそれだけ。着物は古着で布団だって古物屋から買って来たものだ。これで三両もの借金になるはずはない。

女郎でいるうちは、搾り取れるだけ搾り取る。手放す時も、搾り取れるだけ搾り取る。

「まぁ、八つの徳を忘れた奴なんだから、しかたないねぇ」

千代菊は呟いて行李を持ち上げた。

＊　　＊

その日の夜。

和磨は先に布団に入った。

千代菊はしばらく煙管を吹かしながら、こちらに背を向けている和磨を見ていた。

昨夜は風呂の件で気まずいことになったが、五両も払ってもらったのだから、せいぜいいい思いをしてもらわなければ申し訳ない――。

千代菊は煙管の灰を落とすと、行灯を消した。そして、和磨の布団に潜り込む。

背中に身を寄せると和磨がぼそりと言った。

「やめろ」

「え？」

千代菊は和磨の背に頬を当てたまま眉をひそめた。

「女郎のような真似はやめろ」

「――だけど、お前の妾だから」

「妾ではない。小間使いだ。そう言ったはずだ」

和磨の言葉に、千代菊はかっとした。和磨の背中をぴしゃりと叩くと、自分の布団に飛び込んだ。

ひとがせっかく、いい思いをさせてやろうっていうのに断りやがって！　ひとに恥をかかせやがって！

千代菊は腹が立ってしばらく寝付けなかった。台所から寝酒でもくすねてやろうかと、隠し階段を下ろして二階に下りた。

隠し部屋の辺りは小部屋の個室が並んでいて、色っぽい声が聞こえていたり、鼾が響いたりしていたが、少し離れた広間の方から宴《うたげ》の声が聞こえていた。

艦を降りた旧幕の連中の馬鹿騒ぎも聞こえていた。しかし、それを縫うように鍬ヶ崎の繁栄を讃《たた》える端唄《はうた》が聞こえてきた。十人ほどの男が気持ちよさそうに歌っている。

地元の者たちは旧幕軍がいるので遠慮していると思ったのだが、なかなか度胸のある奴らがいるものだと、立ち止まって耳を澄ませると、聞き覚えのある声である。

千代菊の馴染みたちの声であった。

数は少ないが、千代菊にも月に一、二度訪ねて来る馴染み客がいる。声はその男たちのものである。

小首を傾げながら千代菊は廊下を進んだ。

階段の手前で、廊下の向こうから空になった徳利を並べた膳を持った女中が現れた。

「勘三郎《かんざぶろう》さんたちが来ているのかい？」

千代菊は訊いた。

「ああ。千代菊姐さん。皆さんお揃《そろ》いで宴をお開きで」

膳を持ったまま、女中はにっこりと笑った。

それなのに、なぜ自分を呼ばないのかと問おうとした時、女中は先回りして言った。

「千代菊姐さんが身請けされた祝いだってお集まりなんですよ。それだったら、千代菊姐さんを呼びましょうと申し上げたんですけどね。そいつは無粋だって言われました」

「無粋？」

「だって、千代菊姐さんはもう身請けされて素人さんに戻ったんだから、芸者や女郎のように座敷に呼ぶわけにはいかないって。それに、顔を見れば未練が残るって、皆さん泣き笑いしてました。だから、お座敷に行っちゃ駄目ですよ」

女中は階段に足を踏み出す。膳の脇から階段の踏み板を確認しながらゆっくり下りて行った。

女中の言葉に、千代菊は鼻の奥がつんと痛くなるのを感じた。

和磨に対する怒りが消された。

馴染み客たちの温かい思いを抱いて千代菊は隠し部屋に戻った。

第二章

疵《きず》

旧幕の兵は、三日ほどで鍬ヶ崎の宿を引き揚げた。燃料や水、食糧の補給が忙しくなったのである。その日からは所属の軍船で寝泊まりした。

七戸和磨は、朝早く起きて千代菊と共に鍬ヶ崎の町を歩いた。隠し部屋で千代菊が描いた大雑把な絵図を確認するための散策であった。

和磨は並んで歩くのを嫌ったので、千代菊は少し後ろからぶらぶらとついて行った。

身請けはされたが、和磨に対する思いは苛々《いらいら》ばかりである。和磨への呼びかけも「あんた」から「お前」に変わった。和磨は最初不愉快そうな顔をしたが、なにも言わなかった。

最初の夜は風呂の件で気まずいことになり、二日目の夜は恥をかかされ、以後、二人の布団は少し間を空けて敷いている。

狭い部屋に男女二人が寝ているのだ。そのうち我慢ができなくなって和磨の方から手を出してくるに違いない。そうなれば、こっちの勝ち。一度つれなくしてやって、こっちがかかされた恥を思い知らせた後、たっぷりと可愛がってやろう。

でも——。蔭間《かげま》好きだったらどうしよう。

蔭間とは男の相手をする男娼《だんしょう》のことである。

頑《かたく》なに千代菊と距離を置こうとする態度からして、あり得ないことではない。

まぁいいや――。それならそれで、適当に身の回りの世話をしてやって、密偵の仕事が終わったらあっさりとおさらばさ。

そう考えようとするのだが、前を行く和磨の背中を見ていると、なにやら微かな心の揺らぎを感じるのだった。まだなんとも名付けられない感情であったが、和磨の悲しげな、愁いを帯びたような背中の佇《たたず》まいが気になるのである。

意地を張って母を拒絶するガキ――。

最初はそう感じていたが、それとは違うなにか深い哀《かな》しみのようなものを感じる。怪我のために兵として使い物にならなくなったことだけではない。別の哀しみが和磨の中にはある。

それはなんだろう――。

千代菊はそう考えるたびに小さく首を振る。適当に世話をしておさらばすることに決めたんじゃないか。深入りしちゃだめだよ――。

仕事が終わった後のことは、まだなんの準備も整えられずにいたが、少なくとも和磨と一緒に暮らすことはあり得ない。あたしが今考えなければならないのは、和磨の哀しみのことじゃなくて、自分のこれからのことだ。

宮古の町で三味線や踊りの師匠をするんなら、今から家を探しておかなきゃならないし、できれば、弟子入りしそうな者を二、三人見つけておきたい。

しかし、二六時中和磨につきっきりだから、そんな暇はない。

和磨に言えば、一日くらい宮古に出かけられるかもしれない。

きっと、あっさり許してくれるだろう。

だけど、その間の和磨が心配だ――。

「心配？」

千代菊は心に浮かんだその言葉に眉をひそめた。

余計なことを考えるんじゃないよ――。

千代菊は一日の暇をもらおうと、足を速めて和磨の後ろに歩み寄った。

しかし、その背中を見ると言葉が出なかった。

風に解《ほつ》れ毛を靡《なび》かせながら、真剣な眼差《まなざ》しで家並みを見つめ、人目を避けながら留書《とめがき》帖《ちょう》に何かを書き込む和磨。

暇をもらうにしても今じゃない――。

千代菊は溜息をつき歩調を遅くして和磨との距離をとった。

和磨は部屋に戻り、半紙を繋ぎ合わせた紙に熱心に絵図の下絵を描いた。

下絵だというのに溝引き用の物差しを使って丁寧に直線を引く。縮尺や方位も正確に描いているらしく、留書帖で何かを計算することもあった。

作図に取り組む和磨の姿は鬼気迫るものがあった。

筆と一本の箸を握り、箸の尖端《せんたん》を定規の溝に滑らせる。細い直線が曲がらないように息を詰め、線が滲《にじ》んだり擦《かす》れたりしないように細心の注意を配りながら、一軒の家を示す囲みを描く。その間はまったく息をせず、まばたきもしていなかった。囲みの中に主の名前や住んでいる家族の名を細かい字で書き込む時も同様であった。

しだいに紅《あか》くなる顔。こめかみに浮かぶ血管。真一文字に引き結んだ口。剣術の修業でもしているかのような顔だと千代菊は思った。

しかし、ここまで細かい絵図が必要であろうか――。

絵図を必要とするのは、官軍がここを占領してしまった後のことであろう。和磨は否定したが、どこに火を放てば敵を追いつめることができるかという作戦に使うものだ。

ならば、これほどまでに丁寧な絵図はいらない。命じられたのも、大雑把な家並みを描いた程度の絵図の作成であろう。自分が描いてやったもので十分なはずだ。

だいいち、使うかどうか分からない絵図なのだ。おそらく旧幕軍は、箱館で官軍と最終決戦を行うつもりだろう。しかし、果たしてその戦いの勝利を信じているかどうか。敗残兵がこちらまで逃げてきて、破れかぶれで鍬ヶ崎に火を放つこともあるかもしれないが、それなら絵図など必要としまい。あちこちの家に松明《たいまつ》を投げ込むだけだ。

和磨は役に立つ男だと認めてもらいたいのだ。これだけ正確に、真面目に仕事ができる男だと――。

旧幕も官軍も、蝦夷地に渡るには鍬ヶ崎で物資の補給をしなければならないから、官軍の船が入ってくればその偵察という役目もあるかもしれない。だが、脚の悪い和磨は伝令の役目も担えないから金吾をつけられた。それもまた和磨にとっては屈辱なのだろう。

だから自分にできる精一杯のことをしたい。

しかし、鍬ヶ崎の絵図をいくら細かく正確に描こうと、榎本武揚は和磨を認めることはしないだろう。仕事というものは、命じられた範囲を正しく行えばそれでいい。それ以上は蛇足である。不必要なことまでする者を、上は認めない。

女郎として色々な男の話を聞いてきた千代菊はそういうことをよく知っていた。やりすぎる男はえてして上に嫌われる。

いや――。もしかすると、そんなことは百も承知で、あえてこの絵図を描いているのかもしれない。

和磨が認めてほしい相手は自分自身。

不自由な体になってしまったが、自分はまだこれだけのことができるのだと、己を納得させたいのかもしれない。侍として生き続ける縁《よすが》とするために――。

正確な縮尺。真《ま》っ直《す》ぐな線。事細かな書き込み。その一つ一つに、自分はこれほどのことができるのだという思いを込めている――。

そう考えると千代菊は切なくなった。

それがなんになるのだと思う。

見事な絵図を作ったところで、旧幕軍の最後の戦いには加われない。

侍であり続けようとする思いを捨てない限り、和磨は救われることはない。

二刻《ふたとき》（約四時間）作業を進めると、たいていその日の朝に見てきた地域の書き込みは終わる。すると和磨は窓辺に寄って、桟橋と蒸気船の間を往き来するボートを飽かず眺めて過ごした。

その横顔を見ると胸の中にもやもやとしたものが湧き上がる千代菊であった。

その繰り返しで十月十八日が訪れた。

隠し部屋の窓から見えていた数隻の旧幕軍の蒸気船が煙を上げて沖へ動き出した。

浜まで出ると言う和磨を楼主の弥右衛門と共に必死に引き留め、千代菊は和磨と並んで窓辺に立ってそれを見送った。

和磨は窓の縁を強く摑み、指の関節が白くなっていた。

蒸気船の最後の一隻が臼木山の陰に隠れてしまい、岬の上を煙が移動して行って窓から見えなくなっても、和磨は窓辺に立ち続けていた。

なんて不器用な男。でも、真っ直ぐな男――。

心の中に妙な感情が湧き上がりそうになった。千代菊は慌てて強く、『つき合いきれないね』と心で呟き、窓を離れて行李に肘を置いて座った。煙草盆《タバコぼん》を引き寄せて煙管を吹かしながら、どうしても目は和磨の背中に向いた。

翌日、十四日以来の来訪であった。

下ろしてあった隠し階段を平塚金吾が上ってきた。和磨がこの部屋に住むことになった翌日、十四日以来の来訪であった。菅笠《すげがさ》と振り分け荷物を小脇に抱え、尻端折《しりはしょ》りからのぞいた脚は厚手の股引《ももひき》である。

「どこかに出かけるのかい？」

千代菊は煙を吐き出しながら訊く。

和磨が窓辺で振り返る。

金吾は和磨に頭を下げながら隠し部屋に上がった。

「これから盛岡へ行って来る。なにか買ってくるものはないか？」

と金吾は千代菊に訊いた。

「鍬ヶ崎にはあちこちから商人がやって来る。〈宮古まさり〉と鍬ヶ崎の者は言うが、盛岡よりも品物は豊富さ。〈盛岡まさり〉だよ」

「そうか」金吾は言って和磨に顔を向ける。

「そろそろ江戸から伝令が来る頃でございますれば」

「そうか――」

和磨は肯いて千代菊の側に座った。

「先頃、帝《みかど》が江戸へ巡幸なさるという知らせがございました。ちょうど七戸さまが宮古へ到着なさった十三日に江戸にお入りになる予定でございましたから、以後、どのようになったのかの知らせが参りましょう」

「帝が江戸に――」和磨の眉間に縦皺が寄った。

「まさか、そのまま江戸に御座《おわ》して、遷都ということにはなるまいな？」

「薩長が操りやすいように帝を公家らから離すという策略でございましょうから、おそらく遷都となりましょうな」

それを聞いていた千代菊は煙管の灰を灰吹きに落としながらぽつりと言った。

「鍬ヶ崎の外では、世が動いているねぇ」

和磨がさっと千代菊に顔を向けて睨む。

千代菊は新しく刻みを火皿に詰め、煙草盆を持ち上げて火入れの炭火を煙草に移す。

「それなのに、女郎の身の上はさっぱり変わらない」

金吾はそれを聞いて鼻で笑う。

「お前は身請けされただろう。女郎の身とは大違いだ」

「あたしのことじゃないよ。窓から外を見てみな。鍬ヶ崎は相変わらずの遊里。侍が意地汚く食い扶持《ぶち》を争って世の中を引っ掻《か》き回しているのにさ。田舎ってのはありがたいね」

「なにが言いたい」

和磨は苛々と言う。

「悪いねぇ。分かりづらい話をして。言いたいことが色々ありすぎて、まとまりがつかないのさ」

「世の中のことは、侍に任せておけばいい」

金吾が言う。

「あんた、なんで徳川さまの肩をもつんだい？　もう世の趨勢は決まっちまったじゃないか」

千代菊は煙を吐いた。

「ほれ、そういう理屈も知らないんだから、世の中のことは侍に任せておけばいいと言ったんだ――。我ら侍は徳川家に恩がある。先祖の代からだ。それが第一。二番目は、この度の戦が薩長をはじめとする攘夷派が好き勝手をやらかした果てに起こっているということだ。最初は開国など論外と言って井伊《いい》大老を斬殺したくせに、外国の兵力は恐ろしく強大だと知ったとたん、掌を返した。今は、攘夷を叫んでいた奴らが外国の軍服を着て外国の鉄砲を使っている。薩摩は生麦《なまむぎ》でイギリス人を斬り殺し、イギリスと戦争までやらかした。その尻拭いは幕府にさせたことは棚に上げて、江戸に攻め込もうとした。官軍はみんな節操のない奴らなんだよ」

金吾は一気にまくし立てた。

聞いているうちに千代菊は腹が立ってきた。

「あたしたちにすりゃあ、侍はみんな同じ。こんどの戦だって侍たちが国の天辺《てっぺん》を争ってるだけじゃないか。どうせ世直しなんか二の次。どれだけ自分が儲《もう》かるかってことで血眼なんだろうが」

「なんだと……」

和磨は千代菊を睨みつけた。

「まぁまぁ」金吾が和磨を宥《なだ》めて、千代菊に顔を向ける。

「お前は鍬ヶ崎に閉じ込められているから世の中のことを知るまいが、陸奥、出羽の諸侯は貧しいながらも精一杯のことをやってきた。盛岡藩なんかはここのところ、一揆が起こるとその首謀者たちと話し合いを持って藩政を改革してきたんだ」

「そんなこと、江戸者のあんたに言われるまでもなく知ってるよ。だから盛岡藩の民百姓は旧幕贔屓なんだよ」

「みんながみんな旧幕贔屓ってわけじゃねぇがな――。まぁ盛岡藩は三閉伊一揆以来、必死に藩政改革をしてきた。この戦いでは、貧乏な盛岡藩が火縄銃や古い型のゲベール銃を使ってたのに、薩摩は新式の銃砲をどんどん買い漁《あさ》って戦いに投入した」

「どこにそんな金があったんだい？　どこの藩も金が無くてひーひー言ってるご時世だろうが」

「薩摩は抜荷《ぬけに》をして金を稼いでたんだよ。潤っていたくせに不満たらたらで幕府にたてをついた。そんな我儘《わがまま》勝手な奴らがでかい顔をする世の中にしたくはないだろう――。まぁ、お前たちはなにも考える必要はない。おれたちが元の世の中に戻してやる」

「元の世の中ねぇ」

　千代菊は吸い終わった煙草の灰を落とし、もう一度煙草を詰めようとして熱くなった火皿に触れ、「熱っ」と顔をしかめた。指先を耳たぶで冷やし、火皿に息を吹きかけてから新しい煙草を詰めた。

「元の世の中も、今の世の中も、これからの世の中も、あたしたちにとっちゃなんにも変わりゃしないよ。どうせお侍らが民百姓から銭を搾り取る世の中が続くだけなんだから官軍が勝とうが、旧幕が勝とうが、首がすげ代わるだけだろうよ」

「痛いところを突くが――」金吾が言う。

「やりたければ民百姓も蜂起すればよい。この辺りの民百姓はたいそう威勢がいい。一揆を起こして藩と対等に渡り合い、自分たちの要求を認めさせてきたんだ。それだけのことができるならば、侍を倒して民百姓の国を打ち立てればいいだろう。だが、そうしない。なぜだ？」

「ずっと侍が押さえつけていたからさ。だから政のやりかたを知らない」

「違うな。学のある民百姓は大勢いる。だが、あえて侍から政を奪おうとしないのだ。それは、政は侍にさせておいた方が楽だからだ。高みの見物を決め込んで、勝った方の言うことを聞く。どちらの味方もしなければ、咎められることもない。覇権を争う侍を意地汚いと言うならば、民百姓は狡い」

金吾は豪快に笑い、立ち上がって千代菊の肩を叩くと、隠し階段へ歩いた。

「まぁ、女の浅知恵で下らんことは言わぬことだ」

金吾の足音が聞こえなくなると、千代菊は膨れっ面をして和磨を見た。

「あたしが言ったことは女の浅知恵かい？」

「深い考えとは言えぬな」

和磨は言いながら立ち上がって、また窓の側に立った。そして千代菊に背を向けたまま、

「それに、不愉快だ」

とつけ加えた。

千代菊はむっとして和磨の背中を睨んだ。

その背中がなにやら悲しげである。

千代菊は、和磨や金吾に対する怒りを持て余して、ぷいっと立ち上がり、隠し階段を駆け下りた。柱から鉤棒を取り、乱暴に階段を戻すと外に飛び出す。

七瀧沢の脇の道を駆け上がって、石橋に腰を下ろした。

上がった息を深呼吸で整えながら、海を睨む。蒸気船がいなくなった宮古港は、広々として見えた。

侍は民百姓から年貢を、御用金をかすめ取るだけで、なにもしてくれないという思いは変わらない。

だが一方で、民百姓が狡いという言い分も分かる。

三閉伊の一揆に参加した者たちがそれぞれの村に戻って以後、鍬ヶ崎にもちょくちょく遊びに来ることがあった。

三閉伊とは、野田通《のだどおり》、宮古通、大槌通《おおつちどおり》の三地区の総称である。

三閉伊に端を発する幕末の二つの大きな一揆を三閉伊一揆という。

一つ目は、弘化《こうか》四年（一八四七）に三閉伊沿岸の通、百二ヶ村の領民一万二千人が遠野《とおの》に強訴《ごうそ》した一揆である。二つ目は嘉永六年に野田通に端を発し、一万六千人が仙台藩に越訴《おっそ》した全領一揆である。

特に嘉永六年の一揆は国内最大の一揆となった。仙台藩のはからいもあり、一揆勢の要求が認められ、首謀者の責任を追及しないという約束をとりつけたこともまた希有《けう》なことであった。

女郎たちは、侍たちをやっつけた男たちをもてはやしたが――。その中の、少なくない人数が、傍若無人な行動に出た。

『おれたちのおかげで、これからの年貢、御用金は軽くなる』

『誰のお陰で楽な暮らしができると思っているのか？』

女郎と遊んだ代金を踏み倒すのである。同じ被害は鍬ヶ崎の料理屋、居酒屋でもあった。

若い衆らが叩き出し、その者たちは二度と鍬ヶ崎に来ることはなかったが、三閉伊の村々で同様のことが起こっているらしい。

一揆ではたいした働きもしなかったくせに、ただ参加したことだけを笠に着て美味い汁を吸おうとする者たち――。

徳川を引きずり下ろして次は自分たちが美味い汁を吸おうとする薩長の侍たち、その尻馬に乗っておこぼれにあずかろうという諸藩の食い詰め侍たちと同じではないか。

和磨も絵図のことなんか忘れて、そのくらいの賤《いや》しい気持ちになればいいのに。

旧幕軍が負けて、心血注いだ絵図が何の役にも立たなかったとなれば、和磨はどうなるだろう。自分をやっと支えているものがすべて無くなったら――。

和磨は、這いずって、泥水を啜ってまで生きることができる男じゃない。

きっと、腹を斬る――。

「だからどうだっていうんだい……。あたしが見てないところでやってくれりゃあ、どうってことないよ」

むしゃくしゃした気持ちをどうすることもできず、千代菊は両足をばたつかせた。

左足の下駄が脱げて沢に落ちた。下駄は沢を流れ落ち、途中の溜まりに浮かび、石に引っ掛かった。

石橋を降りて下駄を取りに行こうとした千代菊は、坂道を桃香が上って来るのを見つけた。

「桃香。桃香。下駄を取っておくれよ」

千代菊は声をかける。

桃香は千代菊を見上げてこっくりと肯いて溜まりの側にしゃがみ込んで下駄を拾い、懐から手拭いを出してそれを拭うと高くかざして見せた。

「ありがとうよ」

千代菊は、もう片方も落としたら大変と、下駄を脱いで石橋に置いた。

坂を上って来た桃香は拾った下駄を石橋に置き、自分も下駄を脱いで揃えて、千代菊の横に座った。

「姐さん、なんだか怒っているみたいだったから心配で」桃香は千代菊の顔を覗き込みながら言った。

「七戸の旦那と喧嘩でもしたのかい？」

「まぁね。ちょいとした言い争いさ。心配してもらうほどのことじゃないよ」

「そう。それならよかった」

桃香は胸に手をおいて本当にほっとしたように言った。

「大部屋の方はどうだい？　もう落ち着いてるかい？」

「それなのよ」桃香は眉をひそめた。

「牡丹姐さんが、七戸の旦那の正体を探るんだって息巻いてる」

桃香の話を聞き、千代菊は舌打ちした。

「下らないことを考えるね」

「千代菊姐さんを――、あっ、これは牡丹姐さんが言っているんだからね。大年増の千代菊姐さんを身請けするなんて普通じゃないって」

桃香の顔を見ると、なにかもっと酷いことを聞いたのに隠していることが分かった。

「ご挨拶だね」千代菊は笑った。

「大年増でも、頭の出来も、お道具の出来もあの馬鹿女より数段上なんだよ」

「そりゃあ、そうだろうけど、牡丹姐さんは七戸の旦那の正体を暴いて、官軍の船が来たら知らせてやるなんて言ってる。旧幕軍の船が入った日に七戸さんが来たろ。だからきっと旧幕の密偵じゃないかって疑ってるようなんだ」

「下衆《げす》の勘ぐりだね」

「そうなんだけどね、牡丹姐さんは、千代菊姐さんがすること全部が面白くないんだよ。

それからほら、牡丹姐さんの馴染みがいるだろう」

「日立浜の源助《げんすけ》かい？」

日立浜の漁師源助は、浜一番の乱暴者で通っていた。

「そう。その源助が、七戸の旦那を叩きのめして口を割らせようって言ってるらしい」

「類は友を呼ぶ。下らない奴は下らない奴にくっつくかい」

千代菊は苦い顔をした。

「姐さん。七戸の旦那と朝早く鍬ヶ崎を歩き回っているだろ?　しばらくは旦那に外に出ないように言った方がいいよ」

「あの刻限なら、源助は漁に出てるよ。漁舟が浜に戻ってくるまでには帰るから大丈夫さ」

「そうかい……」

と言ったが、桃香は心配そうな顔である。

「ありがとうよ。ともかく用心するよ」

千代菊が言うと、桃香はにっこりとして「うん」と肯いた。

「さぁ、お前も用心しなきゃ。あたしと一緒のところを見られれば、あんたも虐《いじ》められるよ」

「そうだね」

桃香は立ち上がり、下駄を履いて坂を下った。

牡丹や源助なら、本当に和磨を痛めつけて口を割らせるということをやりかねない。

千代菊は、桃香の後ろ姿を見送りながら唇を噛んだ。

二

五日間の好景気は終わりを告げて、いつもの鍬ヶ崎に戻った。それでも荷船の出入りはあるので遊里は賑わっていて、窓の外から歌舞音曲《おんぎょく》や酔漢の濁声《だみごえ》が聞こえてくる。

源助が狙っているという話をしても、和磨は朝の散策をやめようとしなかった。たかが漁師ごときと侮っているのもあるだろう。口に出しては言わなかったが、源助の企《たくら》みを告げたとき、和磨は確かに薄く笑った。

そしてなにより、朝の散策、絵図を作るための探索をやめてしまえば、己の存在価値が消えてしまう――。おそらくそういう焦りがあるのだろうと千代菊は思った。

しかし、わずかながらいい変化もあった。

千代菊が近づいても無理して足を速めることなく、時に並んで歩くこともあった。

少しだけ嬉《うれ》しさを感じ、焦《じ》らされて気持ちを揺さぶられているのは自分の方ではないかと苦笑いした。

とはいえ、和磨は千代菊と好んで並んで歩こうとしているのではなく、やっと密偵らしく人の目を気にする分別に目覚めただけのようであったのだが。

翌日は、鍬ヶ崎の南の端、御台場《おだいば》──砲台のある鏡岩《かがみいわ》と呼ばれる岩場の岬に行く手を遮られる由ヶ尻まで歩いた。この岬は漁師たちが海の様子を見て出漁を決める場所で、後に測候所が築かれた。

鍬ヶ崎の山の手には幾本もの沢が流れていて、その沢筋に坂道が拓《ひら》かれ、家が建ち並んでいる。見晴らしのいい高台には料理屋が、埋め立て地には鍬ヶ崎で働く者たちの家や長屋が多かった。

和磨はその坂道一つ一つに入り込み、左右に延びる路地にも足を進めた。歩幅を決めて歩き、道の距離や幅を子細に留書帖に記して行く。

しかし──。家々の様子を観察しているのかと思うと、突然忙《せわ》しなく足を進め、家並みを見るのもおざなりで、路地のどん詰まり、坂のどん詰まりに行き着くと、さっさと向きを変えて浜に戻ることもあった。

そんな時、きまって和磨は絶望的な顔をして、来た道を振り返った。

絵図のことよりも重い何かを考えて、仕事がおざなりになっていたのだ。

和磨は己の中に没入してしまった小路まで戻り、歩数を数え直す。そういうことが一日に何度かあった。

和磨は絵図を制作する作業で己の存在価値を自身で確かめようとしていると千代菊は思っていた。絵図を作るという作業が続く限り、自分の命には存在価値がある。

それと相反《あいはん》するように、和磨は己の死を求めている。

和磨がなぜ脱藩して会津に行き、どのような経緯で大怪我をしたのか。そしてなぜ榎本の蒸気船で鍬ヶ崎に来たのかは分からない。

だが、そういう日々の中で和磨が己を見失ってしまったことは確かであろうと千代菊は思う。怪我のために侍らしく戦で散ることもできない男の目は、無意識のうちに鍬ヶ崎の裏路地に死に場所を探しているのかもしれない――。

熱心に道や家々の様子を留書帖に記している和磨と、目的もなく町を彷徨《さまよ》っているように見える和磨の姿は、きっとそういうことなのだ――。

あるいは――。

昨日より近くにある和磨の背中を見つめながら、千代菊は唐突に思いついた。

もしかすると任務に没頭することで、なにかを忘れたいのかもしれない。それが少しずつ崩れ始めた。だから、集中して仕事ができないのではないか？

会津で、なにかがあった。

脚を怪我したことと関係があるのか？

己の存在価値を証明する任務を邪魔するほどのなにかとはなんだ？

「訊きゃあいいじゃないか」

千代菊は和磨に聞こえないくらいの小声で呟く。

少し足を速めて和磨と並ぼうとする。

しかし、千代菊はすぐに和磨との間を元に戻した。

訊いたって答えてくれるはずはない。もしかすると二度と口を利いてくれないほどに怒られるかもしれない。

和磨との間には、現実の距離よりもずっと遠い隔たりがある。

あの絶望的な顔を思い出すと、和磨の心の中にはとてつもない相剋《そうこく》があるのだと想像がつく。

たぶん、隣に並んで手を繋いで歩くくらいにならなければ、話してはくれない類のことなんだ――。

散策の間、和磨のことばかり考えている自分に気がつき、千代菊は唇を歪めた。

上ノ山へ上り、彌伝次沢、十分沢《じゅうぶざわ》を探るのに四日かかった。十分沢は元もと、〈十分の一沢〉と呼ばれていた。奇妙な名前だが、鍬ヶ崎に集まる荷に〈十分の一の税〉をかける盛岡藩の役所があった場所だったのでその名がついた。長い名前なので〈じゅうぶつ沢〉と縮められ、いつしか十分沢と呼ばれるようになったのである。

十月の二十日過ぎ――。新暦では十二月に入っているから冬であった。

北国盛岡藩は雪の多い国である。しかし、それは内陸の話。沿岸の冬は概ね温暖で、春先に大雪が降るものの乾燥して晴れた日が多い。

この日は朝から雨が降っていた。

屋根を打つ雨音を聞きながら、身支度を整える和磨に、千代菊は言った。

「ねぇ。雨なら漁師は海に出ないよ。源助が待ち伏せしているかもしれないから、出かけるのはやめようよ」

しかし和磨は首を振る。

「源助とやらは、雨ならば、こっちも外には出ないと考えるさ」

刀を腰に差し、杖をついて隠し階段を下りた。

千代菊は仕方なく後を追う。

和磨と千代菊は〈東雲楼〉の文字が記された番傘を差して表に出た。

今日は七瀧沢の坂を上る日だが、千代菊は案内したくなかった。誰でも通る坂であるが、本当の自分の姿に戻れる石橋は、なんだか和磨に見せたくなかったのだった。

「雨の日は、坂は滑るだろう」

和磨は言って、左に歩き出した。

七瀧沢へ行かないと知ってほっとした千代菊であったが、進む先は漁師町である。源助の住む日立浜はずっと先だが、漁に出られず朝から酒をあおっているだろう漁師たちの町へ行くのは不安があった。

道の右、海側の家並みからは、居酒屋で酒を飲む漁師たちの声が聞こえていた。しかし、通りに人の姿はない。

清水川《しみずがわ》に架かる橋の手前まで来た。

橋を渡れば前須賀町。日立浜は近い。

「もう帰ろうよ」

千代菊が和磨の袖を引っ張った時、前須賀町の角から、五つの番傘が現れた。顔は傘で隠れていたが、尻端折りで剝《む》き出しになった脚はいずれも黒い。太股の肉付きから若い漁師だと分かった。

一人の着物の小持縞《こもちじま》模様に覚えがあった。

「源助だ」

千代菊は言った。居酒屋にでも行くために日立浜を出て来たのであろう。

それを聞いて、和磨は橋へ歩み出した。

「駄目だよ。帰ろうよ」

千代菊は、和磨の傘を持つ腕の肘に手を引っかけて引っ張った。

和磨が肘を伸ばすと、腕は千代菊の手からするりと抜けた。傘が道に転がった。

「駄目だよ！」

千代菊も傘を放り出して橋を渡る和磨の腰にしがみつく。

和磨はくるりと体を回転させる。和磨の体はするりと千代菊の手から放れた。

千代菊と和磨の姿に気がついたらしく、五つの番傘が一瞬立ち止まる。そして、急ぎ足になって橋に駆け寄った。

「帰っていろ」

和磨は言った。

「お前も帰るんだよ」

千代菊は和磨の腕を摑む。

和磨はそれを振り払って、杖をつきながら橋の真ん中まで歩いた。

和磨と五人は、橋の真ん中で一間ほどの間を空けて対峙した。

「お前《め》ぇが七戸和磨か？」

先頭の一人が傘を上げた。

ぼさぼさの脂っ気のない髪を無造作に茶筅《ちゃせん》に結った若い男である。肌の色は黒く、猪首《いくび》で、はだけた縞の着物から筋肉の張った胸が見えた。

「いかにも」

和磨は答えた。雨が髪を顔を、着物の肩を濡《ぬ》らしている。

千代菊は転がった傘を拾って和磨の側に駆け寄り、頭の上に差し掛けた。

五人の男の殺気に気圧《けお》されて、千代菊の顔は蒼白《そうはく》であった。

「お前は源助か？」

和磨が訊く。

「そうだ」茶筅頭――、源助は少し胸を張った。そして、

「お前ぇ、旧幕の密偵だろう？」

と訊いた。

「だったらどうする？」

「ひっ捕まえて、代官所に引き渡す。盛岡藩は官軍に降参した。小躍りして喜ぶだろう

ぜ」

「金が欲しいか？」

和磨は見下したように冷笑する。

「まぁ、それもあるな」

源助の言葉に、千代菊は金は二の次、牡丹の気を引くのが第一なのだと思った。

馬鹿な男――。

しかし、そんな馬鹿な男を相手にする和磨もまた馬鹿だ。

「君子危うきに近寄らず」

千代菊は後ろから和磨の袖を引く。

和磨は無視をして続ける。

「藩はまだまだ日和見だ。榎本さまの艦隊を迎え入れたことでもそれは分かろう。官軍が上陸しようとしたら拒否するようにと代官所に通達したそうだ。官軍相手の戦調練も計画されているという。おれを代官所に連れていけば、捕まるのはお前の方かもしれんな」

和磨の言葉に源助は舌打ちした。

「それなら、縛り上げて番屋に転がしといて、時が来たなら代官所に連れて行く。どうせ今度の戦は官軍の勝ちだ」

「面白い。やってもらおう」

和磨は源助を見つめる。その目に微かな殺気が宿った。

源助は一歩下がりながら和磨の刀に目をやった。

和磨はその視線に気づく。

「刀が怖いか？」

「人斬り庖丁が怖くて侍に喧嘩を売るかよ」

源助は鼻で笑う。

「刀は抜かぬ。お前らなどを斬れば、刃が魚臭くなる」

和磨はにやりと笑った。

「野郎！」

源助の後ろの四人が傘を捨て、和磨に殴りかかる。

和磨は足を引きずりながら前に出る。

最初に突っ込んできた男の襟を和磨の左手が摑んだ。体を回しながら、痛めている右脚を撥《は》ね上げる。男の体は宙に舞って清水川に水飛沫《みずしぶき》を上げた。

すぐに二人目が和磨に襲いかかった。

和磨の右手が動き、男の鳩尾《みぞおち》を杖で突いた。身をくの字に折った男の帯を和磨の左手が摑み、欄干の向こう側に放り投げた。

千代菊は和磨の見事な投げ技に目を見開いた。

二人の手下がやられて、源助の顔が強張《こわば》る。

「なにやってやがるんでぇ！　さっさとやっちまいな！」

源助の怒声が飛ぶ。

しかし、残った二人の手下は迂闊《うかつ》に間合いを詰められず、焦った顔で身構え、少し近づいてはぱっと飛び去る動作を繰り返している。

「源助！　お前は高みの見物か」

和磨は嘲笑した。

「お前ぇなんぞ、手下だけで十分だ！」

源助は腕組みをして怒鳴る。

和磨は左足で一歩踏みだし、杖の石突《いしづき》で二人の男の鳩尾を鋭く突いた。

二人は呻《うめ》いて橋に転がったが、一人の手が和磨の左足首を摑んだ。

和磨はその手を杖で打つ。

「痛ぇ！」

悲鳴を上げながらも、男はぐいと和磨の左足を引いた。

右脚に体重がかかり、和磨は痛みに顔を歪める。

がくっと右膝が曲がり、支えを失った和磨は仰向《あおむ》けに倒れた。

川から這い上がった二人が、ずぶ濡れの体で倒れた和磨に駆け寄る。

「ふざけやがって！」

二人は和磨を蹴る。和磨は体を丸めて打撃に耐える。

「やめておくれ！」

千代菊は二人の漁師を突き飛ばし、和磨の上に覆いかぶさった。

「どきやがれ、クソアマ！」

橋に転がった二人が立ち上がって、千代菊を引き剝がしにかかる。

和磨が千代菊の体に腕を回した。

あっと思った瞬間、千代菊の体は和磨の下になっていた。四人の漁師が和磨を蹴りまくる。

源助は落ちた杖を拾い上げて和磨の背中を打つ。

和磨は呻き声も上げずに激しい暴力に耐えている。

「なにやってんだい！　お前は大事な体だろ！」

千代菊は暴れるが、がっしりと押さえつけられて動きがとれない。

千代菊の耳元に、和磨の囁《ささや》きが聞こえた。

「女を守って殴り殺されるならば本望だ――」

それは自分に向けられた言葉ではなく、和磨自身に向けられた独り言なのだと、千代菊には分かった。

千代菊の体は降り注ぐ雨よりも冷たくなった。

和磨は、過去に女を守りきれなかったことがあったのかもしれない――。

それが、忘れたいことだったのか？

それが、自暴自棄にも思える行動の理由だったのか？

唐突に暴力は止《や》んだ。

見上げる千代菊の目に、降り注ぐ雨と、苦い顔をした五人の若い漁師の顔が見えた。

無抵抗の者を叩きのめした後味の悪さがその顔から滲み出していた。

源助は杖を放り出した。からんと硬い音を立てて杖は橋の上に転がった。

「行くぜ」

源助は吐き捨てるように言った。

足音が遠ざかる。

和磨の体から力が抜けたのが分かったので、千代菊はその体の下から抜け出した。

杖を拾い、傘を拾って和磨の元に戻る。和磨はのろのろと上体を起こした。

「すまなかったねぇ。痛むだろう？」

千代菊はしゃがみ込んで和磨の顔を覗き込む。目元や口元が赤くなって腫れ始めていた。

切れた唇の血を、千代菊は懐から出した手拭いでそっと拭ってやった。

千代菊の左目も赤くなっていた。背中や腰に熱く疼《うず》くような痛みがある。

「こちらこそすまなかった——。かわいそうなことをしたな」

その言葉が千代菊の胸に温かく染みた。

酷い様子であったが、和磨の顔に今まで見せたことのない柔和な表情が浮かんでいた。

「あたしは大丈夫さ」

千代菊は和磨に肩を貸して、立ち上がらせた。

「帰って手当をしよう」

千代菊は和磨に杖を渡す。濡れた和磨の背中に右手を回し、左手で傘を差して千代菊は歩き始めた。

三

ずぶ濡れで傷だらけの千代菊と和磨に、東雲楼の者たちは慌てた。朝飯を食べていた女郎たちも玄関に集まって来た。

弥右衛門は女中に着替えと膏薬《こうやく》を持ってくるように言い、はつは二人を風呂場に導いた。

昼見世の前に女郎たちが体を清めるために、風呂は朝から焚《た》いているのである。

脱衣場に二人を置いて、はつはその場を離れた。

意外な忘八夫婦の対応に、少しばかり感謝しながら、千代菊は和磨の前に回って袴の紐に手をかける。水を吸った木綿の結び目は解きづらくなっていた。

「自分でやる」

和磨は千代菊の手を払おうとした。その手の甲や関節が真っ赤に腫れている。

「その手じゃ無理だよ」

千代菊は手際よく袴を脱がせ、着物の帯を解いた。

女中が浴衣を持ってきて脱衣場に置き、すぐに去った。

着物と下穿きまで脱がせて全裸にした和磨を洗い場に座らせる。全身に赤黒い痣《あざ》ができていた。右の太股以外にも古い刀傷、弾傷があった。

この時代の風呂場は脱衣場と洗い場が一続きになっている。洗い場は中央の細い溝に向かって微かな傾斜がつけられていて、体を流した湯が排水しやすいようになっていた。

千代菊も着物を脱ぎ、上がり湯の桶《おけ》から湯を手桶に汲《く》んで、手拭いを浸し、冷えた和磨の体を洗った。

守りきれなかったどこかの女の代わりに守られた――。その思いは苦かった。だが、和磨を不憫《ふびん》にも思った。

恐怖と安堵と、傷だらけの男に対する憐憫《れんびん》がない交ぜになって、千代菊の心に訳の分からない昂揚《こうよう》が渦巻いた。

千代菊はさっと和磨の前に回り込み、自分の唇を和磨の唇に押し当て浴びせ倒し、腹の上に跨《また》がった。

和磨は顔を横に向けて千代菊の唇から逃れた。そして、掠《かす》れた声で言った。

「やめろ」

千代菊は和磨を組み敷いたまま、腕を立ててその顔を覗き込んだ。

「お前、誰を亡くしたんだい？」

千代菊の問いに、和磨の表情がぴくりと動いた。

「女だろ？」

和磨は答えない。

「あたしがその人を忘れさせてやる」

千代菊は和磨の腹に跨ったたままその顔を見つめる。そして右手を後ろに回して和磨の股間をまさぐった。しかし和磨の男の部分は力を漲《みなぎ》らせることはなかった。

「いくらやっても無駄だ」

和磨は横を向いたまま呟いた。

千代菊は顔を歪ませて和磨の上から降りた。

羞恥の思いが胸の奥からこみ上げた。

女郎であった日々、その行為は日常茶飯事であり、それを恥ずかしいと思ったことなど遥《はる》かな昔である。

千代菊は立ち上がり急いで浴衣を着て、三階の隠し部屋に駆け上がった。

座敷の隅に体を寄せて膝を抱える。

女郎であった時にはなんの躊躇《ためら》いもなくしていた行為を、今は恥ずかしいと思う。

男の部分が勃《た》たないのなら、手練手管で勃たせてやろうという気持ちも起こらない。

そして、和磨が守りきれなかったという女に嫉妬している。和磨が勃たないのは、その女のせいだと勝手に恨んでいる。死んでしまった女に、自分が負けたのが悔しい――。

そんな自分にただただ狼狽え、混乱している。

十五年で築き上げた防壁が、気がついたらどこにも無くなっていた。

嗚咽《おえつ》がこみ上げてきた。

理由の分からない涙が頬にこぼれ落ち、胸が独りでにしゃくり上げる。

千代菊は膝の上に手を置き、背をまるめて掌に顔を埋《うず》めた。

和磨は苦界を抜け出すための道具。出してもらった五両分の働きをしたらおさらばして、自分の好きなように人生を歩く――。

そういうつもりだったじゃないか――。

隠し階段に足音が聞こえた。こつり、こつりと杖の音がする。

和磨に泣いているところを見られたくはなかったが、隠し部屋に逃げ場はない。

千代菊はくるりと体を回して壁の方を向いた。

足音が座敷に入り、隠し階段を引き上げる綱と滑車の音がした。そして和磨が座る気配。

少し間を空けて階段が下ろされ、弥右衛門に連れられて医者が上がってきた。総髪《そうはつ》を茶筅に結った中年男である。厳《いか》つい顔の頬と鼻の頭は酒焼けをしていた。

玄庵《げんあん》という川端町に住む医者で、中条流《ちゅうじょうりゅう》の堕胎術をするので、鍬ヶ崎の女郎屋では重宝していた。

玄庵の見立てでは、骨には異常なく打ち身ばかりだということで、膏薬を置いて帰った。

玄庵の足音が下の廊下を遠ざかると、和磨は部屋の真ん中に座って、ぼそりぼそりと語り始めた。

「鳥羽、伏見の戦《いくさ》に敗れた慶喜公は、江戸に逃れた。松平容保《かたもり》公もご一緒に退去し藩主の座を養子の喜徳《のぶのり》さまに譲って、会津で謹慎なされた。しかし、蛤御門《はまぐりごもん》の変で容保公に敗れた長州は会津を恨んでいた。薩摩も、容保公が佐幕派の重鎮に御座《おわ》すので、討つべしという態度をとった。そこで会津討伐の命令が奥州諸藩に下った」

和磨が言葉を切ったので、千代菊は背中を向けたまま言った。

「でも、奥羽の藩は、会津を気の毒に思って、官軍に赦免の嘆願をしたけど聞き入れられなかったんだろ。女郎でもそのくらいは知っているよ」

「関東での戦が激しくなり、いつ会津に派兵されてもおかしくないというのに盛岡藩の態度は煮え切らなかった。白河《しらかわ》の関を破られれば、陸奥、出羽の国々に戦火が広がる。おれはその頃、盛岡の西、厨川通《くりやがわどおり》の代官所で与力《よりき》をしていたが、なぜ盛岡藩が会津に援軍を送らぬのかと憤った。薩長の食い詰め武士たちが将軍家への報恩を忘れ、己の食い扶持を増やすために暴れている。盛岡藩では、侍も俸禄を減らされ、民百姓とともに貧乏を耐えているというのに――。それでおれは脱藩し、会津に走った。恩知らずのクズ共と戦うために」

和磨は己の過去を語り始めた。

第三章 会津無情

一

閏《うるう》四月の中旬。和磨は夜半に厨川の代官所を出た。両親はすでに病没し、兄弟姉妹もいない。脱藩の趣旨を書いた書状を置いてきたから、親戚にまで難が及ぶことはあるまい——。

和磨は会津へ走った。

前会津藩主松平容保は佐幕派であった。かつて京都守護職に就いていた頃は、新撰組《しんせんぐみ》などを使い、攘夷派の志士たちを厳しく取り締まった。蛤御門の変では諸藩の兵を率いて長州軍を破った。

幕府軍は薩摩藩討伐のため京に攻め上る途中の鳥羽・伏見で、薩摩藩と一時は朝敵とされたが赦《ゆる》された長州藩を中心とする官軍と衝突。鳥羽・伏見の戦いである。幕府軍は敗北し、十五代将軍徳川慶喜と共に江戸に撤退。容保は会津に帰国して朝廷に恭順を示すために謹慎した。

官軍は、まず佐幕派の重鎮であった松平容保を追討することとした。会津藩は佐幕派が主流であり、謹慎は形ばかり——。会津討伐は奥州諸藩に命じられ、三月下旬に奥羽鎮撫《ちんぶ》総督府が仙台に入った。

奥州諸藩は、赦しを嘆願したが官軍はこれを却下した。

和磨の中には義憤が渦巻いていた。

蛤御門の変で朝敵とされた長州が赦されたというのに、会津は許されない。尊皇攘夷などとは名ばかり。すべて薩長の利害得失優先で、世の中は掻き回されている。

同じ佐幕の会津が攻められようとしている。しかし、盛岡藩は煮え切らない態度である。加判役《かはんやく》（家老）の楢山佐渡は薩長との話し合いに京へ出かけているし、会津征伐の命令が出たかと思えば、仙台藩からの横槍が入り、待機。

仙台や福島では、官軍の兵を斬り殺した者たちもいるという。志のある者たちは徹底的に新政府に抗しようとしているというのに――。

実のところ、盛岡藩はただ日和見をしていたわけではない。会津を救うべく必死で画策していたし、楢山佐渡を京に派遣したのは倒幕に走る薩長の真意を確かめるためであった。会津のように遮二無二新政府に抗しようとすれば、朝敵の汚名を着せられ、討伐の対象となることは目に見えている。いかに筋を通して物申すか――。それを模索するための楢山の派遣であり、その帰国を待ち、藩論を決定することになっていた。

奥羽越列藩同盟の諸藩も、会津は救いたいが、同時に朝敵ではないことを示さなければならないと奥羽鎮撫総督府に協力するという煮え切らない態度にならざるを得なかった。

しかし、代官所の与力という身分であった和磨は藩の上層部の思惑など知る由もなく、その若さゆえに、ただただ藩の日和見主義的な不甲斐《ふがい》なさに腹を立て、薩長のやり口に憤っていたのである。

薩長を中心とする官軍は、尊皇とは名ばかり。帝のご威光だけを借り、己らの望むように戦を続けている。

会津藩の討伐がいい例だ。

鳥羽・伏見の戦いは、徳川慶喜公がその責を一身に背負うと謝罪嘆願書にお書きになり、帝もそれを認めて御座《おわ》す。ということはつまり、会津藩にはあの戦の責任はないということだ。しかし、薩長は会津が出した嘆願書に難癖をつけ、鳥羽・伏見の首謀者の首を差し出し、武装を解除して城を明け渡せと言ったという。

降伏したと言っている者をよってたかって虐めつけ、無理難題をふっかける。町のならず者となんら変わらぬではないか――。

会津藩に『鳥羽・伏見の首謀者の首を差し出し、武装を解除して城を明け渡すべし』と進言したのは、仙台藩の奉行《ぶぎょう》(家老)、但木《ただき》土佐《とさ》であったが、和磨の周囲の噂では、薩長が無理難題をふっかけたと歪められていた。但木は苅田郡の関《せき》宿での会談の折りに、『それほどまでのことをしなければ、謝罪降伏は受け入れられまい』と会津の代表であった家老の梶原《かじわら》平馬《へいま》に語ったのであった。

和磨は上役から『民百姓の嘆願はよく聞くように』と命じられていた。

盛岡藩は嘉永六年(一八五三)に勃発した三閉伊一揆を機に、民百姓の嘆願を聞き藩政の改革を進めてきた。百姓であっても道理は通じ、話し合いで一揆を防ぐことができる。また、起きた一揆も話し合いで鎮められる。百姓たちも分を心得ているから、思い上がって無理難題をふっかけてくることはない。

薩長は徳川慶喜公を江戸城から追い出したことで思い上がっている。何事においても己らの利を優先し、無理難題をふっかけてくる。

薩長は道理が通じない山賊と同じ。

その山賊のおこぼれに与《あずか》ろうと、追従する諸藩もまた狡っ辛い山賊だ。

道理が通じないのであれば戦うしかない――。

和磨は怒りを燃え上がらせながら旅を続けた。

十日ほどで七十五里（約三〇〇キロ）を踏破した和磨は、二本松《にほんまつ》の宿で仙台藩の旗指物を翻した軍と出会った。大砲六門を曳《ひ》いた二大隊数百名は隊列を整えて宿場を出立した直後であった。

旅の途中、白河の辺りで会津の軍と官軍の戦が起こったという話は聞いていた。おそらくその戦に向かう軍であろうが――。詳しい戦況を知らない和磨は、何事かとしばらくその後を追った。すぐに声をかけなかったのは、この隊が会津討伐に向かうものか、官軍と戦うために出陣したものか分からなかったからである。

隊列が宿場を出て少し進んだ辺りで、列のしんがりにいた鎧《よろい》武者がさっと和磨を振り返った。和磨と同じくらいの年頃の若い侍であった。

「何者？」

鋭い目つきで和磨を睨み、左手が大刀の鯉口《こいぐち》を切っている。

「それがし、怪しい者ではござらぬ。盛岡藩士の七戸和磨と申す者」

「盛岡藩の方が、何用でござろう?」

男は和磨の頭から足の先まで、睨《ね》めつけるように見た。

和磨は裁付袴《たつつけばかま》に紋付きを羽織り、行李を袈裟《けさ》懸《が》けに背負い、菅笠を被った旅装である。急使であれば馬を使うが、和磨は歩行《かち》。土埃《つちぼこり》まみれである。男が疑いの目を向けるのも当然であった。

しかし和磨は迂闊にその問いに答えることはできなかった。もし、仙台藩が官軍に与《くみ》し会津を討伐に出たのであれば、そして自分が旅に出た後に盛岡藩の藩論が尊皇と決していたら、和磨がここへ来た目的を言った途端、捕らえられてしまうだろうからだ。

「この隊列はどこに向かうのでござろう?」

「白河小峰《こみね》城でござる」

「なぜ白河へ?」

和磨は用心深く訊いた。

「そこもとは戦況を知らぬのか?」

男は眉をひそめた。

「城内に勤める者たちとは違い、代官所の与力の元には、話が届くまで間がございますので」

「左様か——」男は肯いた。

「白河小峰城は、白河藩主阿部正静《あべまさきよ》さまの国替えのために空城となり、二本松藩の預かりとなっていた。奥州街道沿いにあり、会津にとっては官軍の進攻を食い止めるための、官軍にとっては会津攻略においての要所でござる」

「なるほど――」

と和磨は肯いた。盛岡藩士と知りながら自分を捕らえようとしないのは、仙台藩と盛岡藩はまだ同じ方向を向いているということ。しかし、仙台藩が小峰城へ行軍する目的が会津の討伐であるのか、官軍との戦であるのかは分からない。和磨は無言で先を促す。

「奥羽鎮撫総督府の参謀、世良修蔵《せらしゅうぞう》は会津に先んじて、仙台兵三小隊を率いて小峰城に入城した」

戊辰《ぼしん》戦争の頃の一小隊はおよそ三十人から五十人である。

「しかし、世良は閏四月十九日、岩沼《いわぬま》の奥羽鎮撫総督府に向かう途中に福島城下に投宿。その夜に捕らえられ、翌日阿武隈川《あぶくまがわ》の畔《ほとり》で斬首されもうした」

「福島で斬られたのは奥羽鎮撫総督府の参謀でございましたか」

和磨は驚いた。他藩の志士はそこまで思い切ったことをやってのけたのかと感嘆した。

「閏四月二十日、世良が小峰城を出た隙を狙い、田中左内どの率いる我ら会津軍と新撰組が小峰城を急襲いたした」

世良が首を斬られたその日に、小峰城は急襲された――。その関わりを考えるよりもまず、和磨は男が『我ら会津軍』と言ったことに気を取られた。

「すると、貴殿は仙台藩のお方では――」

「左様。それがし、会津藩家老の西郷頼母《さいごうたのも》さまの家臣、馬廻《うままわ》り役を仰せつかる星和之進《ほしかずのしん》と申す。仙台藩兵を小峰城へご案内する役の一人でござる」

つまり、仙台藩軍は、小峰城を占領した会津藩軍の援軍として出陣したのだ。

和磨は小さく吐息をついた。これならば、自分が盛岡藩を出てここまで旅をしてきた理由を話せると思ったが、星和之進と名乗った男は、興奮気味に話し続けた。

「世良の留守を預かっていた長州藩士の野村十郎らが防戦したが、その時城を守っていた官軍は少数。残りは二本松、棚倉《たなぐら》、三春《みはる》など奥州諸藩の兵であった。同朋《どうほう》と戦おうとする者は少なく、劣勢となった官軍は撤退。小峰城は会津軍が占領した――」

そこまで話して和之進ははっとしたように和磨を見つめた。

「して、そこもとは何用あってここに」

「実を申しますと、それがし、脱藩をして参りました」

「脱藩？」

和之進の目がぎらりと光った。

「それがし、薩長のやり口に憤りを感じております。しかし、我が藩は日和見を決め込み、同朋である会津のために兵を出そうともいたしませぬ」

和磨は男の眼光に負けまいと、その目をじっと見据えて言った。

「もしかして、会津藩を救うために脱藩を？」

男は驚いた顔をして大刀から手を離した。

「左様でございます――。脱藩の大罪を犯した者が転がり込むのはご迷惑でございましょうが、農兵の一人にでも加えていただければと思いまして。なにとぞ、兵卒の一人にお加え下さい」

和磨は深々と頭を下げた。

その言葉に男は破顔した。そして和磨に歩み寄って、その両肩をがっしりと摑む。

「天晴《あっぱれ》なお考えでござる。今のお話、主《あるじ》が聞けばたいそう喜びましょう」

「それでは――」

和磨は顔を輝かせ、頭を上げた。

「小峰城で主にお引き合わせいたしましょう」

和之進は和磨の肩を叩き、歩き出した。

「御家老さまが小峰城に？」

和磨は和之進と並んで歩きながら訊いた。

「左様。今月の二十六日に――。敵軍は、宇都宮を占領していた薩摩藩の参謀、伊地知正治《いじちまさはる》を差し向け、我らに戦を挑んだ。閏四月二十五日に南一里半（約六キロ）の明神まで迫ったが、我らの兵力は二千五百。向こうはたかだか七百。小峰城を陥落させることはできなかったのでござる」

「小峰城は奥州街道の要衝。なんとしても官軍を止めなければなりませぬな」

和磨は興奮した口調で言った。

これで、奥州の同朋のために戦える。

長閑《のどか》な景色に囲まれて、小鳥の囀《さえず》りを聞きながら、南の地で繰り広げられる戦に思いを馳《は》せた毎日。その悶々とし続けた日々から解放されるのだ。

二

和磨が小峰城に入ったのは閏四月二十九日。城は無惨な様相を呈していた。曲輪《くるわ》の中の主な建物は、会津軍と同盟軍、旧幕府軍による攻撃で、焼け落ちていたのである。

城内には二千五百人余りの兵が溢れていて、焼け残った二ノ丸の建物に寝起きしていた。

和磨は雑兵の溜まりのようになっている広間に案内された。和之進は「少しここで待つように」と言っていずこかへ去った。

和磨は居心地の悪さを感じながら、広間の隅に座った。

兵たちはいずれも、古びた胴丸《どうまる》鎧や安い革鎧を身につけていた。なかなか風呂にも入れない様子で、広間は獣臭い臭いが満ちている。藩ごとなのであろう、幾つかの集団になって固まっている。聞こえてくるお国言葉もまちまちであった。

兵たちは旅装の和磨に興味を抱いたようで、三人、四人と周りに集まり始めた。

「どこから来た?」

と問われ、

「盛岡でござる」

と答えると、「おおっ」という感嘆の声が上がり、

「この男、盛岡から来たそうだ！」

と誰かが叫んだ。

広間の兵の多くが和磨の周りに集まり、

「盛岡は藩論を決めたのか？」

「佐幕か？　尊皇か？」

「貴公はなぜ白河へ来た？」

と次々に問いが浴びせられた。盛岡藩が優柔不断なので戦うために脱藩してきたと答えたいところだったが、色々と差し障りがあるだろうと思い、和磨は答えに困った。

そこへ和之進が現れ、「用意が整った」と和磨を連れ出した。

「色々問われて返答に窮しておりました」

廊下を歩きながら和磨は言った。

「貴殿には会津の軍、わたしの隊に入ってもらうことにしよう」

和之進の口調は砕けてきたが、和磨は丁寧な言葉使いのまま礼を言った。

「それはありがたいことでございます」

「二本松で出会ったことも何かの縁《えにし》。それに名前に〝和〟がつくことにも宿縁を感じる」

和之進は奥まった座敷の襖の前に座った。和磨も倣う。

「星和之進でございます。盛岡藩士、七戸和磨どのをお連れいたしました」

和之進が言うと、

「入れ」

と鷹揚《おうよう》な言葉が返った。

襖を開けて、和之進は座敷に進み入る。和磨は緊張しながら後に続く。

「七戸和磨と申します」

和磨は平伏したまま言った。

「そのように硬くならずともよい。面《おもて》を上げられよ」

その言葉に、和磨は恐る恐る顔を上げた。
三十七、八歳ほどの男が鎧を身につけて床几《しょうぎ》に座っていた。
「脱藩してきたとのこと――。愚かなことをしたものだ」

男――、西郷頼母は苦笑した。

その言葉に、和磨の緊張は吹き飛んで、不愉快な思いが胸の中に渦巻いた。

「殿。愚かなこととは、お言葉がきつうございましょう」

和之進が憤然として言う。

「盛岡藩は世の趨勢を見極めようとしている。それは正しい判断だ」

頼母は床几から立ち上がり、和磨の前に歩み寄って座った。

「その方、盛岡へ帰れ。わたしがとりなしの文を書こう」

「いえ。帰りませぬ」

和磨は頼母の顔を睨みつけ、首を振った。

「困ったのう――。文久《ぶんきゅう》二年（一八六二）に、我が主君に幕府より京都守護職に就任するよう命があった。わたしは、幕府と薩長とのいざこざに巻き込まれぬように、ご辞退なさるよう申し上げた。しかし、それは聞き入れられなかった。そして、蛤御門の変の前、わたしは主君の許しも受けずに京へ向かい、藩士を帰郷させようとした」

そこまで言って、頼母は言葉を切り、溜息をついて微笑む。

「しかし、藩士らには白い目で見られ、藩邸を追い出された。帰郷すると今度は主君からの厳しいお叱り。蟄居《ちっきょ》を命じられた。そして、蛤御門の変で会津は長州を打ち破り、わたしが帰郷を勧めた者たちは凱歌《がいか》を揚げた――。その方、わたしの方こそ愚かだと思うであろう？」

頼母に間近で見つめられ、和磨は答えに迷った。

正直に言えば腰抜けだと思った。しかし、頼母は蟄居を解かれ、白河口の総督としてここにいる。藩主からの信頼がなければ、重要な役割を与えられるはずはない。

「あの時、会津藩士を京から引き上げさせることができていれば、このたびの災難はなかったであろう。いかに大義名分を掲げて綺麗事を言おうと、このたびの会津侵攻は、長州の私怨が強く反映されておる」

「だからこそ、そのようなことは許すまじと――」

和磨の言葉を頼母は遮る。

「まぁ聞け。わたしは争いは嫌いだが、主君の首をよこせと言われれば、抗《あらが》わずばなるまい」

「世良修蔵でございますな」

和磨は思わず口を挟んだ。

「そうだ――。世良誅《ちゅう》すべしとの声が高かったが、わたしはとめた。そんなことをすれば、薩長の思う壺《つぼ》。抗うにしても最初から刀を抜いてはならぬ。まずは正論で敵を圧倒しようと考えた。しかし、仙台藩士が余計なことをして、会津は否応《いやおう》なく幕府と薩長との争いに巻き込まれ、薩長を敵としなければならなくなった。それは仕方がない。売られた喧嘩だ」

頼母は言葉を切って和磨を見つめた。

「だが、盛岡はまだ喧嘩を売られておらぬ。いかようにも戦を避けることができる。その方は盛岡で、戦を防ぐための働きをしなければならぬ」

「それがし、しがない与力にございますれば――。下っ端は上の命令で動くだけでございます。それよりは、義のために命を賭けとうございます」

「その方、あの時の会津藩士らと同じ目をしておる」頼母は溜息をついた。

「いくら言っても聞くまいのう――。では、星。七戸どのの面倒を見てやれ」

「承知つかまつりました」

和之進は頭を下げた。

「星。お前が留守の間の官軍の動きは聞いておるか？」

「いえ。今戻ったばかりでございますので」

「官軍は二十七日に白坂《しらさか》を占領した。二十八日には増援の部隊が入った」

白坂は白河の南一里九町（約五キロ）ほど。奥羽越列藩同盟軍の関門があった場所である。

「白坂が落ちましたか――」

和之進は唇を噛んだ。

「同盟軍を三つに分けた――」

頼母は言った。

中央隊は奥州街道正面の白坂口を固めた。兵力は、会津兵が三隊と、大砲六門を備えた仙台兵が三小隊。棚倉兵が半大隊。それに新撰組と旧幕府兵であった。

右翼は原方《はらかた》街道を守る。会津兵二隊と大砲二門を備え、立石山《たていしやま》を中心に七箇所に設けた堡塁《ほうるい》にも兵を置いた。

左翼は棚倉口に隊列を揃えた。会津兵二隊、仙台兵五隊、大砲を備えた棚倉兵半大隊。そして旧幕府の純義隊《じゅんぎたい》である。

幕府軍、諸藩の軍によって構成、人数はまちまちであったが、当時の一小隊は三十人から五十人。中隊はおよそ二個小隊。大隊は四個中隊。連隊は二個大隊で構成されていた。

奥羽越列藩同盟軍の兵は二千五百人余り。官軍の兵は七百。負けるはずのない戦いであった。

「足軽隊ですまぬが、星には日向《ひゅうが》茂太郎の隊に入ってもらいたい」

「日向さまは確か、朱雀隊《すざくたい》の足軽一番隊中隊頭でございましたな」

朱雀隊は会津藩の武家、十八歳から三十五歳までの男たちで構成された会津の主力部隊である。総督は黒河内《くろこうち》式部。士中隊、寄合隊、足軽隊がそれぞれ一番隊から四番隊まであった。隊員はおよそ千二百名。会津藩の部隊にはほかに、青龍隊《せいりゅうたい》、玄武隊《げんぶたい》、後に悲劇的な最期を迎える白虎隊《びゃっこたい》などがあった。

「朱雀隊は右翼を守っておる。七戸どのも見知らぬ者ばかりの隊では心細かろうから、朱雀隊に入るがよかろう」

「御意」

和之進は言って和磨の方へ顔を向け、にっこりと笑った。

＊　　＊

その日、和磨は和之進から鎧を一領もらった。古いものですまぬと言いながら、和之進は着付けを手伝った。紺糸威《こんいとおどし》のそれは所々紐が解れていたが、使用には耐えるものであった。

　その後和磨は、和之進に連れられて白河の町を抜け、小峰城の西、平地にぽつんとある丘陵に登った。そこは堡塁のある立石山で、守りは会津兵ばかりである。

　陣地の周りに廻《めぐ》らされた土塁、土嚢《どのう》の向こうには、丘陵地が広がっていた。敵が陣を敷いているという白坂は南の丘の連なりの向こうである。立石山は堡塁のある丘陵の一番西で、左方向に稲荷山、雷神山と堡塁のある頂が尾根続きに連なっている。

　帷幕《いばく》の中で指揮官の日向茂太郎に引き合わされて挨拶をした。和磨よりも幾つか年上に見えた。

　茂太郎は、和磨が義憤のため盛岡を脱藩して来たという話にいたく感動して、和磨の手を固く握り、「共に逆賊ばらと戦おう」と言った。

　茂太郎と別れて、和磨は和之進が武器小屋から出したゲベール銃を一挺預けられた。

「二級品ですまんな」

　和之進は言った。

　ゲベール銃は前装滑腔《ぜんそうかっこう》銃、銃口から火薬と弾丸を装填する、ライフルを切っていない銃で命中率が悪かった。すでに前装施条《しじょう》銃、ライフルを切って命中率を上げた銃が輸入されていて、ゲベール銃は時代遅れの銃とされていた。

「ゲベール銃はおろか、火縄銃も撃ったことのないわたしには、これで十分すぎます」

「弾は大事に使わなければならんから、今、試し撃ちはさせられん。実戦で学べ」

　和之進は革袋の中から、紙で包んだ二寸（約六センチ）ほどの筒のようなものを取り出した。一方の端がきつく捻《ひね》ってある。

「これは早合《はやごう》という」

早合とは、弾を素早く装塡するために工夫されたもので、弾と、あらかじめ量を調整した火薬を紙で包んであった。

「早合は知っておりますが、形が違いますな」

「お前が見たのは火縄銃に使うものであろう」

「猟師に見せてもらったことがあります」

「この早合はゲベール銃用だ。装塡する時には包みの一方を嚙み切って、弾と火薬を銃身に落とし込む。紙は丸めて銃口に詰め、込め矢で突いて押し込む。そうしておけば、移動中に弾が落ちることはない」

和之進は、銃身の下側から込め矢を抜いて、詰める動作をして見せた。

その後、二人は弾薬の運搬や、数日続いた雨でぬかるんだ陣地の整地を手伝った。

敵が一里余りに近づいているというのに、陣地の会津兵たちに緊張はみられなかった。二千五百対七百という圧倒的な兵力の差があるからであろうと和磨は思った。

夕刻、多くの兵は城に引き上げたが、和之進と和磨は宿直《とのい》を申し出て堡塁に残った。

同じく堡塁に残った会津兵たちは酒盛りを始めた。

和之進と和磨も誘われたが断り、帷幕を出た。

「少々、気が緩んでいるように思われますが」

　和磨は帷幕に映る、会津兵たちの影を振り返る。

「今はああでも、戦になれば変わる。我らは二十五日に一度、官軍を退けている。心配するな」和之進は腕組みをして星空を見上げた。

「このまま何事もなく、官軍が引いてくれれば一番よいのだがな」

「そうはまいりますまい——。星さまも戦はお嫌いですか？」

　和磨がそう言うと和之進はこちらに顔を向けた。

「和之進でよい。そこもととは同じ年頃であろう。砕けた言葉で話してもらわぬと、なにやらくすぐったい」

「しからば——、和之進。お前も西郷さまと同じく、戦嫌いか？」

「戦国の世ならばいざしらず、戦が好きな奴などおらぬ」

　和之進は再び空に顔を向けた。

「今は戦国の世の再来であろう」

「うむ——。言われてみれば戦国の世だな」

「薩長の奴ばらは好きこのんで戦をしているように見える」

「そこもと、薩長の戦を見たわけではあるまい」

　和之進はからかうように言った。

「それはそうだが……。そういう話を聞いている」

「噂には尾鰭《おひれ》がつくものさ。それにそこもとのように血の気が多い者たちは、過剰に受け取って相手への憎しみを膨らませる」

「そのようなことはない！」和磨は和之進の横顔を睨んだ。

「お前は友が理不尽な喧嘩をふっかけられている時に、見て見ぬふりをするのか？」

和磨の言葉に、和之進は驚いたように振り向いた。

「友か――」

「そうだ。会津も盛岡も、共に奥州に生きる仲間ではないか」

「うむ。仲間だな――。友に違いない」

「長州は山陽道《さんようどう》の端っこに、薩摩は西海道《さいかいどう》の端っこに押し込められて憤懣も溜まっていようが、それならば奥羽の諸藩も同じだ。だが我らは世を騒がすような戦など起こさぬ。不満があるから力で相手をねじ伏せようというのは、頭の悪いガキどもか、ならず者のすることだ」

「手厳しいな」

和之進は笑う。

「夷《い》をもって夷を制する朝廷のやり口も気に食わん」

「しっ」和之進は唇の前に人差し指を立てた。

「朝廷の批判は口にするな。我らの志はあくまでも尊皇。朝廷は尊ぶが、薩長のやり方は間違っているという立場だ」

「だが和之進。お前もそう思わぬか？　まるで熊襲《くまそ》に蝦夷《えみし》を滅ぼさせようとしているように見えるではないか」

「帝は確か、御年十六か十七歳。きっとお側の者が色々と吹き込んでいるのであろう」

「なればこそ、薩長を倒し――」

「待てまて。そんなに興奮すれば眠れぬぞ。いつ戦が起こるやもしれぬのだ。気持ちを落ち着かせて寝ておこう」

和之進は苦笑しながら和磨の肩を叩き、土塁の側を離れた。

和磨はしばらくの間その場に立って、星空を睨みつけていた。

三

明け方、少しうとうとしたが興奮して熟睡できず、和磨は外が明るくなると酒臭い空気が澱《よど》む小屋を出た。

眠そうな顔をした哨兵《しょうへい》が櫓に立ち、南西方向を見張っている。炊事係の兵が竈《かまど》で飯を炊いていた。城に帰った兵たちはまだ戻っていないようだった。

睡眠不足で重い体を伸ばし、大きく深呼吸をして、ぼんやりした頭を目覚めさせる。

「早いな」

帷幕の中から和之進が姿を現した。よく眠ったのであろう。すっきりした顔であった。

「お前こそ」

「なるほど、早起きではなく眠れなかったか」

和之進は、腫れぼったい和磨の目蓋を見ながら微笑む。

「お前の言うとおりだった」

言いながら和磨は首を回した。首や肩の筋が音を立てた。

やがて飯が炊きあがり、起き出してきた兵たちは握り飯と汁物で朝食を摂《と》った。

そして——。辰の刻（午前八時頃）をしばらく過ぎた頃、南の方角から銃声が聞こえた。

立石山堡塁の会津兵たちは、さっと表情を緊張させ、音の方を振り向く。

全員が、白坂の敵が動き始めたと気付いた。持ち場へ走る。

和磨と和之進もゲベール銃をひっ摑んで、土塁に走った。

積み上げた土嚢に銃を載せ、いつでも射撃を始められるよう構える。

敵の姿はまだ見えない。しかし、銃撃の音は断続的に聞こえている。

和磨は鼓動が激しくなって行くのを感じた。

息が浅く速くなる。口の中がからからに渇いた。

「これが初陣だな」

隣の和之進が言った。

「ああ」

和磨は短く答えた。

「人を殺す最初は、度胸がいるぞ」

「そうだろうな——。お前は、何人殺した？」

「三、四人かな。まだ慣れぬ。だが、躊躇《ちゅうちょ》したら終わりだ」

和之進は照門に目を向けたまま掌の汗を裁付袴の股で拭った。

「何人殺せば慣れるだろう」

和磨の口はからからに渇いていた。

「慣れることはなかろうよ。慣れたらもう、人ではない」

銃声はさっきより近くなった。

「皮籠《かわご》の辺りを過ぎたな——」

和之進が言う。皮籠は白坂から半里（約二キロ）ほど北に進んだ集落である。

「敵は小丸山を目指している」

小丸山は、稲荷山堡塁から十町（約一〇九〇メートル）も離れていない場所にある丘である。

和之進の言うとおり、間もなく小丸山の山上に、旗印が翻った。

「小丸山が占領されたぞ！」

会津兵たちから声が上がった。

小丸山山上から尾根伝いに次々に薩摩藩、長州藩、忍《おし》藩などの旗印が上がった。

「主力は中央に集まっているぞ！」

日向茂太郎の声が聞こえた。

小丸山に広い間隔を空けて立てられた旗印は、確かに主力部隊が集結しているように見えた。しかしそれは、同盟軍の戦力を中央に集中させるための作戦であった。同盟軍は官軍の作戦に乗せられ、中央の稲荷山堡塁に戦力を集中させた。

砲声が轟いた。

小丸山の麓、松林の陰から硝煙が上がる。官軍中央隊の砲撃が開始されたのだった。稲荷山の仙台砲陣地からも反撃の砲が放たれる。双方の激しい砲声が丘陵地にこだました。

東の方角から銃声が響く。官軍右翼隊が棚倉街道で同盟軍哨兵と遭遇、戦闘が開始されたのである。右翼隊は哨兵を撃退すると、雷神山の堡塁に突撃を開始した。

東の銃声を聞いて稲荷山から雷神山へ向かっていた同盟軍は間に合わなかった。雷神山に斬り込んだ官軍はあっという間に堡塁を制圧。合図の烽火《のろし》を上げた。そして堡塁から撤退した同盟兵たちを白河の町に追撃した。

中央隊、稲荷山の堡塁からは小丸山方向に集中砲火が続いている。雷鳴のような砲声が響き渡り、丘陵に、二つの丘の間の平坦地《へいたんち》に、土煙が上がる。

小丸山麓からの反撃の砲は散発的であった。整備不良の砲と、これが初戦の砲ばかりであったので、連発ができなかったのである。

官軍中央隊の後尾から二十ドイム臼砲《きゆうほう》が運ばれて来た。

臼砲とは、まさに臼のような形をした砲身の短い大砲である。二十ドイム臼砲は、二十ドイム——およそ二十センチの口径をもつ臼砲のことである。

ずんぐりとした臼砲が火を噴いた。数回撃って照準を合わせ、仙台砲陣地や稲荷山堡塁を続けざまに砲撃した。

銃撃、砲撃の音。兵たちの雄叫《おたけ》び。そして断末魔の悲鳴が、地獄から響いてくるかのごとく遠く聞こえている。

しかし、和磨のいる立石山堡塁の周囲は不気味なほど静かであった。

和磨は不安にかられた。なにかおかしい。同盟軍は、大きな罠《わな》の中に落ち込んでしまったのではないか――？

「変だな」

和之進も和磨と同様に感じているらしかった。

その時、同盟軍左翼隊陣地に伝令が飛び込み、兵を中央隊に回すよう命令を伝えた。

日向茂太郎はすぐに棚倉口の一隊を中央隊の援軍に回した。

同盟軍中央隊の正面は、増援によって堅固な守りとなり、官軍中央隊の前進は食い止められた。

突然、物見の兵が叫んだ。

「敵襲！　下新田方向より敵襲！」

ほぼ同時に二門の砲が火を噴いた。轟音《ごうおん》が耳を聾す。

和磨と和之進は堡塁の南西に走る。

眼下に、散開して立石山へ突進する官軍兵の姿が見えた。

敵は薩摩藩の五番隊。長州藩兵一中隊、三小隊、大垣《おおがき》藩の一中隊。大砲は三門であった。

官軍兵は左右に展開し、立石山を包囲する。

和磨は引き金を引き絞った。

轟音と肩を蹴飛ばされたような衝撃に和磨は驚いた。

初めての射撃であったからか、それとも指が震えたことが原因か、狙いを外し、木の幹が弾《はじ》けた。

前装銃であるので、一発撃てば火薬と銃弾の装塡をしなければならない。

和磨は弾薬包を取り出し、和之進から教わったように装塡した。

砲声、銃声が間断なく続く。敵の砲弾が着弾すると、足元の土面が震えた。

和磨は射撃を続ける。頭の中は真っ白で、引き金を引き、弾薬包を詰め、また引き金を引くという動作だけを繰り返した。

何発撃ったであろうか。木の陰から飛び出した敵兵が、額から鮮血を迸《ほとばし》らせて仰《の》け反《ぞ》った。倒れ込んでそのまま下生えの笹《ささ》の上を滑り落ちて行く。

すべての動きが嫌にゆっくりに感じた。

自分がやったのか――？

和磨はそっと周囲を見回す。和之進も、そのほかの兵たちも真剣な顔で射撃を続けている。

和磨の視線を感じたのか、和之進が敵兵を狙いながら言う。

「お前だ」

「そうか——」

和磨は短く答えて銃を構えた。

頭の中には、驚いた顔に弾ける血飛沫《ちしぶき》と、斜面を滑り落ちていく死体の姿が繰り返し浮かんできた。

何発撃ったであろうか。何十発撃ったであろうか。補給された箱の中の弾薬包を機械的に装塡し、引き金を引いて、数人の敵兵を撃ち殺した。

ゲベール銃の弾の装塡は、長い銃身に弾と火薬を落とし込まなければならないので、姿勢を低くして射撃していた兵も立ち上がることになる。官軍はそこを狙い撃ちした。しかも、官軍の多くが、ゲベール銃より十倍近くも射程距離の長いスナイドル銃を使っていた。同盟軍の射程外から弾を撃ち込んで来るのである。

敵兵の撃つ弾が風を切って和磨の至近を飛び去る。最初こそ身を縮めていたが、やがて感覚が麻痺《まひ》してきた。自分には敵弾は当たらない——。本気でそう感じた。

「日向さま！」

悲鳴のような声が聞こえた。

はっとしてそちらを見ると、日向茂太郎が倒れ、従者がそれを抱き起こしている。

指揮官が討たれた——。

堡塁の中に動揺が走った。

背後から銃声が響いた。

背面を突かれるとは予想していなかった同盟軍は、驚きのあまり一瞬、攻撃を忘れた。雄叫びが上がった。後方から官軍の兵たちが刃を振り上げて堡塁になだれ込んできた。

同盟兵たちは銃を捨てて刀を抜いた。

和磨も刀を抜き、押し寄せる敵に対峙した。

盛岡では戸田一心流《とだいっしんりゅう》の道場に通い、師範代と対等に渡り合えるほどの腕前であった。

目を血走らせた若い兵が、歯を剝き出しにして奇声を上げながら駆け寄せて来た。

和磨はその一撃を身をかわして避け、敵の左肩に刃を振り下ろした。

肉を断ち、骨に刃が食い込む衝撃が柄《つか》から掌に伝わった。

ぞくりっと背筋が冷えた。

若い兵が驚いたような顔で和磨を見つめている。肩から噴き出した血がその頰を見るみる染めて行く。生温かい血飛沫が和磨にも降りかかった。

若い兵は絶叫した。

和磨は刀を引き下ろそうとしたが、刃が骨に食い込んでびくとも動かなかった。

若い兵は叫び声を上げて刀を振り上げる。

和磨は咄嗟に敵の腹を蹴飛ばした。

和磨の刀が若い兵の肩から抜けた。大きく刃こぼれしていた。

若い兵は地面に倒れ、血を撒《ま》き散らしながら立ち上がろうとしている。

人を斬った――。

目の前でのたうちまわる若い兵の姿が、撃ち殺した敵兵らの姿とともに、和磨の頭の中で渦巻いた。

左から斬りかかってくる敵の姿が視野に入った。

胃を鷲掴《わしづか》みにされたような嘔吐感《おうとかん》を堪え、和磨は素早く向きを変えて、斜め上に刀を構えた敵の胴を薙《な》いだ。

刃こぼれした刀が布や皮膚や肉に引っ掛かりながら敵の胴を切り裂く感覚が掌に伝わる。

その気味の悪い感触に和磨は叫び声を上げた。

左右から斬りかかってくる兵に、無意識のうちに体が動いた。

和磨の刃は敵の胴や肩口を打ったが、刃こぼれに加え脂汚れのために斬るまでにはいたらなかった。

打撃の痛みにうずくまった敵を、和磨は切っ先で突いた。

高潔な大義はどこかへ吹き飛んでいた。

自分の身を守るのが精一杯だった。

心のずっと奥でそれを感じていたのであろう、哀しみが和磨の胸に湧き上がって来た。

「和磨！」

怒鳴り声がして、ぐいっと襟首を引かれた。

振り向いて斬りつけようとした和磨の前に、和之進の顔があった。

お互い、返り血に汚れた顔をつきあわせる。

「和之進、無事だったか！」

和磨の目から狂気の光が消えた。

「お前もな――。撤退するぞ」

和之進は促して走り出した。

和磨はその後に続く。

辺りは死屍累々《ししるいるい》。会津兵も官軍兵も入り交じり、血まみれの死体が転がっている。硝煙のにおいと生臭い血のにおいが満ちていて、早くもそれを嗅ぎつけた蠅《はえ》が飛び始めていた。

和磨はほっとしていた。やっと地獄から抜け出せる――。

人殺しの地獄。己の心の中の地獄から――。

白河の町へ下る坂道を走りながら振り返ると、立石山から烽火が上がっていた。巳《み》の下《げ》刻《こく》（午前十一時頃）であった。

雷神山、立石山と東西両翼の陣地を失ってさほど時をおかず、中央隊の守る稲荷山も陥落し、大垣藩の旗印が翻った。

稲荷山を奪還すべく、同盟軍の突撃隊が白河の町から坂を駆け上ったが、山上から銃弾を浴びせられた。四斤山砲からも霰弾《さんだん》が発射され、同盟軍に降り注いだ。

霰弾とは、一つの弾の中に四十個余りの弾子を詰めたものである。弾子は広範囲に広がって大きな被害を与える。

同盟軍兵士は次々に撃たれ、弾き飛ばされて多数の死者を出した。

この戦いで会津軍の副総督横山主悦之介《よこやまちからのすけ》も命を落としたが、銃撃が激しくて遺体を持ち帰ることができず、従者が泣く泣くその首だけを持ち帰った。敵に首級を取られ、晒しものにされるのを防ぐためであった。

坂を駆け下りる和磨と和之進の眼下の町には、小峰城へと逃げる同盟軍兵の姿が見えた。それを追撃する官軍兵は敗走兵を次々に撃ち殺していく。

和磨の中でなにかが音を立てて切れた。

和磨と和之進は、町に飛び込むと、同朋を追撃する三十人ほどの官軍兵の一団へ背後から斬りかかった。つい今し方まで同盟軍兵に銃弾を浴びせていた者たちに、和磨は容赦なく刃を振るった。

三人倒したところで、和磨の刀が折れた。すぐさま倒した敵兵の刀を奪い、戦いを続ける。闇雲に刃を振るうので、致命傷は与えられなかったが、腕を、脚を斬られた敵は確実に戦闘能力を失った。

そうか――。こう戦えばいいのか。

和磨は妙に冷静になってそう思った。ちらりと和之進に目を向けると、彼もまた敵の命を奪うよりも、より多くの者の戦闘能力を奪う攻撃を心がけているようだった。無駄な動きがないから疲労も少ないようで、和之進は息も乱さずに敵と切り結んでいる。

二人で十人ほどを倒すと、和磨と和之進の勇猛に、官軍兵は恐れをなして散った。

和磨と和之進は小峰城へ向かって走る。

町の東西から官軍兵が押し寄せる。

数百人の兵が小峰城へ殺到する。

大勢の足音が聞こえ、和磨と和之進は町屋の陰に隠れた。

目の前を、血刀をかざして雄叫びを上げる官軍兵たちが駆け抜ける。

「城はもう駄目だ」和之進が唇を嚙む。

「北へ逃れるぞ」

「しかし――」

和磨は家の陰から顔を出して小峰城を見やった。

本丸の石垣の上に、薩摩の旗印が立った。

勝《か》ち関《どき》の声が轟いた。

「どこへ逃れる?」

和磨は和之進を振り返った。

「まずは二本松」言った和之進は苦い顔をした。

「二本松もいつまで保《も》つか分からぬが」

そんなことはない――、和磨はそう言いかけてやめた。

二千五百対七百の圧倒的有利の中、同盟軍は敗れたのだ。

自軍有利の驕《おご》りが原因であったのか、急拵《きゅうごしら》えの同盟軍の連携の悪さが祟ったのかは分からないが、地の利があり戦力的にも有利であった戦に敗れてしまった。同盟軍の士気は下がるだろうし、官軍の士気は弥《いや》が上にも盛り上がるだろう。

和磨は、白河口の戦に加わって、これからも続いていくであろう同盟軍と官軍の戦がすべて見えた気がした。

和之進は家の陰から駆け出した。和磨も続く。

町のあちこちから銃声が響いている。断末魔の絶叫と、殺戮《さつりく》を楽しむかのような笑い声と叫び声も――。

道には官軍兵の死体はなかった。同盟軍兵と、非戦闘員である従者、小者の死体まで転がっていた。官軍は逃げて行く者たちを見境無く殺している。

和磨は悔しさに歯がみをしながら和之進を追って町を走る。

「和磨。これから先は自分のことだけ考えろよ」

「どういう意味だ？」

「仲間が殺されそうになっていても、まずは自分の身を守ることを考えろと言っているのだ」

「仲間を見捨てろというのか！」

「そうだ。白河口の戦は同盟軍の負け。次の戦いの助けとなるためには、白河口を生き延びなければならん」

二人は辻《つじ》を走り抜ける。

道の向こうで同盟軍と官軍が撃ち合っていた。

和磨は右太股に強く蹴飛ばされたような衝撃を感じ、横様に倒れた。

なにが起こったのか分からず、立ち上がろうとしたが右脚が痺《しび》れて力が入らなかった。

和磨は右太股を見た。裁付袴に穴が空き、血の染みが広がって行く。

流れ弾に当たったのだ――。

そう思った瞬間、激痛が襲い、和磨は呻いた。

「言った側からこれだ」

和之進が和磨の側に駆け寄る。

「すまん……」

激痛に歯を食いしばりながら和磨は言った。

「いや。今の言葉はわたし自身に言ったのだ」

和之進は和磨を路地に引きずり込んだ。

「わたしのことはいい。二本松へ行け！」

和磨は言う。言葉を発するたびに傷が痛んだ。

「仲間を見捨てろと言ったわたしがそれを実行できぬ」

和之進は和磨の裁付袴を切り裂いて、傷をあらためた。太股の左右に肉が丸く弾けたところがあり、血が流れ出している。弾は太股の真ん中より少し下、右側から入り、左側に抜けたようだ。しかし、医術の心得のない和磨はそれ以上のことは分からない。

「弾は中に残っていない。太い血の道も切れていないようだ。不幸中の幸いだな」

和之進は、腹に巻いたサラシの一端を引っ張り出し、歯で破ると、和磨の太股をきつく縛った。そして和磨の腕を取って助け起こそうとした。

和磨はその手を振り払う。

「わたしに構うな！　早く二本松へ行け！　お前は西郷頼母さまの馬廻り役であろう！」

馬廻り役は主が騎馬で出陣する折りの護衛役である。だから城へ走って西郷を守れと言っているのだった。

「馬廻りはわたし以外にもいる。その者たちがしっかりと西郷さまをお守りしている――。見ず知らずの兵ならば見捨てもできるが、お前をここに置いていっては、一生後悔する」

和之進は無理やり和磨の腕を取って引き起こす。そして和磨の顔を見て明るく微笑むと、

「わたしを道連れにしたくなければ、左足を動かせ」

と歩き出す。

「堀を回り込んで阿武隈川に出る」

「すまん……」

和磨は和之進に支えられて必死に左足を動かした。

小峰城の西側の武家地を走り抜ける。城の方から大勢の足音と雄叫びが聞こえて来た。

追撃隊が出たのだと和磨は思った。

痛みに耐えながらしばらく進むと、前方に葦《あし》の茂みが見えてきた。阿武隈川の畔である。

川の下流側に架かる橋に、北へ逃れる同盟軍兵の一団があった。

葦の中に官軍の伏兵が立ち上がった。

数十の銃声が川原に響き渡った。

橋を渡る兵たちがばたばたと倒れる。その体を踏んで、後続の兵たちが逃げる。

川へ飛び込む者たちもいた。

官軍兵はそれを狙い撃ちする。

「籠城戦では逃げ道を一つ残しておくものだ……」和磨は唸《うな》るように言った。

「これではただの虐殺ではないか」

「お前やわたしが学んだ兵法は、きっともう古いのだ」

和之進は言いながら和磨を葦の茂みの中に連れ込む。少し進むと、目の前に小さな入り江が現れた。粗末な木の桟橋に舫《もや》われた小舟があった。

「この舟は？」

支えられながら小舟に移った和磨が訊く。

「川漁師の舟だ。いざというときのために、舫ってある場所を幾つも調べておいた」

和之進は舟を漕ぎ出し、阿武隈川の流れを遡った。

「ほかの連中にも舟が舫われている所を教えてあったのだが――」

舟を漕ぎながら、和之進は川を見渡す。しかし、川面《かわも》に浮かぶ舟は和磨と和之進の乗るもの一艘だけであった。

和磨は脱力感を覚えて舟底に横になった。

痛みは太股の奥から脈打つように襲いかかり、いつの間にか和磨は気を失った。

＊　＊

五月一日の白河口の戦いは昼を少し過ぎた頃に終結した。

同盟軍の戦死者はおよそ七百名。

官軍の死者はたった十名であった。

同盟軍の生き残りは北へ撤退した。仙台藩兵は二本松まで退却し、福島藩の軍と合流した。会津藩兵は、白河の北五里（約二十キロ）の長沼、白河の北北西六里（約二四キロ）会津領境の勢至堂《せいしどう》、勢至堂の北北西二里（約八キロ）ほど離れた会津領の三代《みよ》に後退。棚倉藩兵は、自領まで後退した。

白河へ援軍として発った二本松藩の六小隊は、白河の北東に少し進んだあたりで敗走する同盟軍兵に出会い、もはや白河へ向かっても無益と知り、領国へ引き返した。

四

和之進は舟を乗り捨てると和磨を負ぶって数里走り、集落で馬を調達した。意識が朦朧としている和磨を紐で背中にくくりつけ、白河から北へ五里の長沼まで走った。長沼は白河から若松に至る、白河街道の宿である。街道には北へ逃れる同盟兵たちが溢れていた。同朋に抱えられたり、戸板や荷車に載せられた戦傷兵たちの姿もあった。

和之進が会津兵を捕まえて、どこに集結するのかを問うと、長沼か勢至堂、あるいは会津領の三代だと答えた。いずれも白河街道の宿で、長沼が白河から五番目。勢至堂が六番、三代は七番目であった。

一番近いのは長沼である。そこまで行けば従軍の医者がいるに違いない。

和之進は自分だけが馬を使っているのを後ろめたく感じながらも、長沼へ走った。

長沼に着いたのは既に夜中。いち早く白河を脱出した者たちであろうか、あちこちに焚き火をたいて、敗残兵たちが夜営していた。

蹄の音を聞きつけて、槍を持った兵数人が道を塞いだ。

「何者だ！」

哨兵たちは蹄の音が追撃隊の斥候かと思ったらしく、和之進が一騎で、しかも怪我人らしい男を背負っているのを見て少しほっとした顔をする。

「それがし、西郷頼母総督の家臣で星和之進という者。白河より怪我人を運んで参った」

「おお、白河から。どこを守ってござった？」

一人の哨兵は、馬上の二人が共に戦った者だと知り、相好を崩した。

「立石山の堡塁だ――。そんなことより、医者はどこにいる？」

もっと話をしたそうな哨兵を遮り、和之進は鋭く訊いた。

「ああ――」哨兵は和之進に背負われた和磨に目を向ける。

「少し先の寺で、傷ついた兵たちの手当をしてござる」

その答えを聞き、和之進は礼を言うと馬を走らせた。

二町（約二一八メートル）ほど進むと、小高い丘の上に明かりが見えた。

和之進は石段の前で馬を止め、近くの木に手綱を結びつけると、和磨を背負って石段を駆け上がった。

山門の奥、境内には筵《むしろ》を敷いて数十名の兵が寝かされていた。あちこちから呻き声が上がっている。

本堂にも寝かされた大勢の兵が蠟燭《ろうそく》の明かりに照らされている。

和之進は本堂に入った。

呻き声と、血、糞尿のにおいの中、数人の白い上着を着た者たちが、兵の治療に当たっていた。一人が年嵩。残りは若い。医者と見習いであろうと思い、和之進は年嵩の男の側に寄り、

「この男を先に診てくれ」

と言った。

声をかけられた医者はちらりと和之進を見上げると、「順番でございます」と答えた。

「わたしは西郷総督に仕える者だ」

「どなたの家臣であろうと、同じです」

医者は落ち着いた口調で言いながら、患者の傷を縫合する。

「道理は分かっている。しかし、この男は盛岡藩より我らの藩を助けに来た男だ。なんとか先に診てもらえまいか?」

医者がもう一度顔を上げ、和磨の右太股をちらりと見て、

「命に関わる怪我をした者がたくさんおります。まずそちらが先でございます」

と答えた時、すぐ近くに寝かされていた男が口を開いた。

「おい。先生——。おれはもう長くないことは分かっている。腑《はらわた》が出ているから治療しても無駄だ。おれの代わりに盛岡から来たお人を診てやってくれ」

「おれが後回しでもいいぞ」

別の男が言った。

あちこちから同様の声が上がった。

「盛岡からわざわざ来てくれたお方を、後回しにしては会津武士の名折れだ」

その言葉に、医者は太い溜息をつき、

「盛岡のお方をそこに下ろされよ」

と言って、縫合の糸を結んだ。

和之進は通路になった所に和磨を横たえる。

和磨の蒼白な顔は汗にまみれ、苦しそうな息づかいをしている。気を失っているのか、

目を開ける気力もないのか、目蓋は閉じられたままであった。

医者はサラシを解いて和磨の傷の状態を確かめた。厳しい顔をして、見習いに鑷子《せっし》（ピンセット）を持って来させると、それを和磨の傷の中に突っ込んだ。

和之進は思わず顔をしかめるが、和磨はぴくりとも動かない。

医者は刀子《とうす》で傷を少し切り開く。そして、鑷子で傷の中を掻き回して、医者は血まみれの小さなものを傷の中から摘《つま》み上げると、床に捨てた。三度、四度と繰り返し、床の上に黒っぽいものと桃色をした欠片が転がった。

「弾と骨の欠片でござる」

医者は言って首を振る。

「太股の骨が砕けておりますゆえ、これ以上わたしの腕ではどうしようもござらぬ。若松にお連れなさいませ」

「郡山ではだめか？」

ここから若松まではおよそ十四里（約五六キロ）。郡山までなら四里（約十六キロ）である。

「郡山にも腕のいい医者はおりましょうが、わたしは存じ上げませぬ。若松の曲輪内、藩校日新館《にっしんかん》に近い桂林寺通りに住む柳沼松伯《やぎぬましょうはく》という金瘡《きんそう》（外科医）の元をお訪ねなさいませ」

医者は見習いに膏薬とサラシ、副木《そえぎ》を持って来させた。

「傷は化膿しかけておりますゆえ、旅の間、朝晩、焼酎で消毒した後、膏薬を貼り替えてくださいませ。酷い怪我でございますから、松伯でも治せぬやもしれません。まず、脚を切り落とされなければ上々とお考えなさいませ」

「脚を失うことになるかもしれぬと？」

和之進は顔が冷たくなるのを感じた。

「わたしが手当するとなれば、すぐにもそういたしますが、松伯ならば別の方法を知っているやもしれないということです。わたしは木村照庵《きむらしょうあん》と申します。紹介状でも書けばいいのでしょうが、この有り様でございます。松伯は評判の医者ゆえ、患者は引きも切りませぬが、わたしの名を言ってもらえれば、その日のうち、あるいは翌日一番に診てもらえましょう」

「なるほど……」

「ともかく、盛岡の方をここから出してもらいましょう。住職に言えばどこか座敷を貸してくれるやもしれません」

「分かった」

和之進は本堂を出て、庫裡へ向かい、住職から小部屋を一つ借り、小坊主に手伝わせて和磨を移した。

*　　*

開けて五月二日の朝早く、和之進は長沼で人足と荷車を手配し、和磨を乗せて若松へ出立した。

昼頃、和磨は唸り声を上げて目覚めた。

「ここはどこだ？」

和磨は荷車の上に横たわったまま言った。

和之進は馬上から和磨を見下ろす。

「やっと気がついたか。今、会津へ向かっている」

和之進の言葉に、和磨は身を起こそうとして、呻き声を上げ、再び横になった。

「無理をせずに寝ていろ。大人しくしていなければ脚を切り落とすことになるぞ」

「そんなに酷い怪我か……」

和磨はそっと右太股に触れる。指先に副木が当たった。

「骨が折れているのか」

「そうらしい。とりあえず、応急の手当をしてもらった。これから若松まで行って腕のいい金瘡に診てもらう」

「すまんな……。小峰城の奪還もあろうに、迷惑をかける」

「奪還の攻撃はまだ先であろう。まずは軍を立て直さなければならんからな。お前を医者に預けたら、西郷さまの所へ戻る」

「迷惑をかける……」

「傷が治ったら、また一緒に戦おう。おれが弾に当たったら、今度はお前が助ける番だ。

それでおあいこよ」

和之進は笑った。

若松までは十四里のほとんどが山道である。和之進と和磨は宿場毎に荷車と人足を換えて旅をした。黒森峠の少し前から道の右手には猪苗代湖があるはずだったが、木々と山並みに阻まれて見ることはできなかった。

膏薬が効いているのか、和磨の傷の痛みはだいぶ楽になっていた。

五月五日の夕方に、二人は若松に到着。荷車の人足たちはすぐに戻るというので、旅籠の手配をした後に、和之進は手間賃を支払って返した。

和磨を宿に置いて、和之進は木村照庵から教えられた桂林寺通りの柳沼松伯の家を訪れた。

玄関に現れた見習いらしい若い医者に、和之進は照庵の名を出して事情を語った。

照庵の名が効いたのか、見習いは明日の朝早くに患者を連れてくるようにと答えた。

和之進は何度も礼を言って松伯の家を出た。

ほっとして見上げた茜の空に、黒々とした真鯉《まごい》の幟《のぼり》が夕風を受けてたなびいていた。

「ああ――。端午《たんご》の節句か」

和之進は呟いた。そういえばほのかに菖蒲《しょうぶ》の香りが漂っていると思って周囲を見回すと、軒先に葉を飾っている家々が目についた。

四日前の白河の戦は伝わっているだろうに、なにをのんびりと節句を祝っている――。

と、和之進はかすかな怒りを覚えた。

町人たちの意地であろうか——。

会津藩の民は、藩に強い恨みを抱いている。

侍たちは重税に継ぐ重税を課し、今度は戦まで起こした。お前たちが起こした戦だ。おれたちには関係ない——。

そういう思いが鯉幟に表れているようで、和之進はすっと目を逸らし、宿への道を辿った。

長閑な夕暮れの町を歩いていると、白河の戦闘が、まるで悪夢の中のできごとであったかのように思えた。

五

和磨は、松伯の家の座敷に、下帯一つの姿で横臥していた。体の下には油紙が敷かれている。側には半白の髪を総髪に結った老医と、若い医師見習いが二人。そして娘が白い上っ張りを着て控えていた。

老医は柳沼松伯。娘は松伯の二女、清子《きよこ》であった。

清子は、若い男が下帯姿で側に横たわっているというのに顔色も変えない。美人ではなかったが、賢そうな顔をした娘である。

この娘、裸の患者は見慣れているのだろうが――。

和磨の方は居心地が悪かった。

傷は、肉芽が盛り上がり、薄い皮が張り始めていたが、松伯が傷の周りを強く押すと、股の内側が強く痛んだ。

「照庵の手当がよかったな。表面の傷は治りかけておる」

松伯が言った。

「脚を切り落とさずともすむのでしょうか？」

和磨が訊く。

「照庵に脅かされたか」松伯は笑った。

「弟子から話を聞いて、その用意をしておいたが、今はとりあえず切らずにおく。しかし、骨が砕けておるからそれがどうくっつくかが問題だ。骨の欠片や弾の欠片を肉が巻き込んで内側から悪さをすることがある」

「欠片は照庵先生が除いてくれたとのこと」

「細かいものは無理だ。まずは様子をみよう」

「父上」清子が言った。

「慢性の鉛中毒《えんちゅうどく》も心配でございます」

「うむ。今から診る」

松伯は和磨の下目蓋を引き下げて、血色を診る。次に、唇をめくって歯茎の色を診た。

「貧血は大丈夫のようだな。腹痛《はらいた》はないか？　嘔吐《えずき》は？」

松伯が訊く。

「いえ」

和磨は答えた。

「便通はどうだ？」

「変わりありません。粥ばかり食うておりますゆえ、量は少のうございますが」

「どこか痺れるところは？」

清子が訊く。

「右脚は少し痺れております」

「それは傷のせいでございましょう」

清子はにっこりと笑った。

その笑顔を見て、和磨の胸がどきりと鳴った。

＊　＊

和磨は歩けるようになるまで松伯の家で世話になることになった。

和之進は、五月中に白河小峰城を奪還するための総攻撃が行われるということで、主の西郷頼母の元に戻った。

和之進は戦に出る。自分はのんびりと横になって日々を過ごす――。和磨は忸怩《じくじ》たる思いであったが、養生に専念した。

身の回りの世話は清子がした。

毎日の傷の治療から膳の上げ下ろし――。体を清めることまでしてくれようとしたが、和磨は恥ずかしくて断った。用便については体を支えてもらわなければならないので、見習いの医師が世話してくれた。

同盟軍は五月二十六日、小峰城を奪還すべく総攻撃をかけたが目的は果たせなかった。二十七日、二十八日にも攻撃をしかけたが、失敗。

戦況は、治療に通ってくる城の侍の話を清子が和磨に知らせた。

心が乱れれば治りが悪くなると、清子は渋ったが、ぜひにと和磨が頼み込んだのであった。

確かに悲惨な戦況を聞けば心が乱れ、和之進のことも心配になったが、清子が治療や食事以外の時に部屋を訪れてくれるのが嬉しくもあった。

六月に入り、杖をついて庭を歩くことを許された。寝たきりで弱った筋肉の鍛錬である。清子が縁側で見守ってくれるので、和磨は積極的に庭に出た。

歩く訓練よりも、一休みして清子と縁側に並び、さまざまなことを話すのが楽しかった。お互いに、幼い頃のことや日頃考えていることを語り合い、時に声を上げて笑った。

そんな時、和磨は己が戦に加わるために会津に来たことを忘れた。

ある日、清子と一緒に縁側に座った和磨は、思いきって訊いてみた。

「それがしを愚かとお思いでしょうね」

愚か者――。それは、自身に対する和磨の評価であった。

脱藩をし、白河まで来て、ろくな働きもしないうちに敵の弾に倒れた。

そして、外では戦いが続いているというのに清子と会える一時を楽しみに思っている。

笑い話にしかならないではないか――。

和磨は独りになるといつもその恥辱に身もだえするのであった。

「とんでもないことでございます」

清子は強く首を振り、怒ったような口調で言った。

「自分が正しいと思うことを貫き通すのは、とても難しいことでございます。人はつい、損得を考えて、二の足を踏み、正しいと思うことから目を逸らしてしまいます。でも、七戸さまは違います。わたしたちの助けとなるために、脱藩までなさった。誰でもできることではございません――」

清子の言葉はしだいに熱を帯び、握りしめた拳の関節が白くなっていた。

「敵の弾に当たってしまったことは七戸さまのせいではございません。それは偶然でございます。星さまは、『走る位置が逆ならば、わたしが撃たれていた』と仰せられました。大きな傷を受け、たいそう痛い思いをなさりながらも、七戸さまは盛岡へ帰りたいとは仰せられない――。お怪我が治れば、また会津を救うために戦うご所存とお見受けいたします。並大抵のご決心ではないと、わたしは感服しております」

言い終えた清子の顔は紅潮していた。

和磨も清子に褒められて顔が熱くなった。

そんな和磨を見て、清子は慌てたように立ち上がった。

「七戸さま。ご自身を卑しめるのはおやめなさいませ。七戸さまは立派なお方でございます。そんな七戸さまを――」

清子はそこまで言ってはっとした表情になり、さらに顔を赤くした。

そして、「失礼を申し上げました」と言うと、そそくさと庭を出ていった。

和磨は清子の言葉の続きを想像し、上気した顔に笑みを浮かべかけた。

「いかん、いかん――。清子どのは、なにも言うていないのだ」

首を振って、和磨は部屋に入った。

しかし――。

清子が去って独り部屋に残されると、罪悪感がじわじわと胸を締め付けた。

同朋が命をかけて戦っているというのに、己一人が浮かれていていいのか？

だが、少しすると清子の面影が脳裏に浮かび、次に会う時を待ちこがれる和磨であった。

＊　＊

同盟軍は、六月十二日にも小峰城を攻撃した。しかし、官軍には関東からの増援部隊があり、反撃が激しく同盟軍は撤退。

六月二十四日には棚倉城が官軍に占領された。

六月の後半には、白河の東北部の同盟軍が官軍によって掃討された。

同盟軍は七月一日にも小峰城に攻撃をしかけたが、ついに落城させることはできなかった。そして七月二日。西郷頼母は総督を罷免された――。

七月の初旬、和之進は明るい顔で和磨の元を訪れた。

「負けた、負けた」と言ったきり、戦の話はしなかった。

「西郷さまから、しばらくお前の面倒を見ろと言われた。明日から剣術の稽古でもしよう」

和之進がそう言うと、お茶を運んできた清子が怖い顔をした。

「稽古はまだまだ早うございます」

和之進は、右脚を伸ばして座る和磨の横に、清子がそっと控えると、目を見開いて二人の顔を見た。

「なにやら夫婦《めおと》のようだのう」

和之進が言うと、和磨と清子の顔がぽっと赤くなった。

清子は急いで立ち上がり、部屋を出ていった。

「なにか悪いことでも言ったか？」和之進は清子の後ろ姿を見送りながら言う。

「お前たち、そういう仲になったのではないのか？」

「ばか」

和磨はさらに顔を赤くした。

「そうか、そうか。その脚では、まだまだ無理だな」

和之進は大声で笑った。

その日から毎日、和之進は和磨の元を訪れ、庭での歩行練習や軽い運動を手伝った。一刻《いっとき》（約二時間）ほどすると清子が茶を運んでくるが、和之進は喉を潤すとすぐに引き上げるのが常だった。

和磨はいつも引き留めたが、実のところそれは形ばかりで、それから半刻あまりの清子とだけの時間を楽しみにしていた。

和之進は「いいから、いいから」と訳知り顔をして帰っていった。

七月の中頃から、和之進や清子を供にして、柳沼邸を出て町中を歩く訓練を始めたが、甲冑姿の兵が慌ただしく走り回る光景をよく見かけるようになった。

しかし、与えられた部屋に戻ると、静寂そのもので、まるで柳沼邸だけが時の流れから切り離されているような気がした。

これでいいのだろうか――。

そういう焦りがあった。

怪我が治るまで仕方があるまいという思いもあった。しかし、その思いは、清子との甘酸っぱい一時を享受したいという気持ちと結びついていることに和磨は気づいていた。

だから、なおいっそう焦った。

＊　　＊

七月十六日には浅川の付近で戦。

二十五日は新発田藩が官軍に恭順。

二十六日には三春藩が降伏。

二十七日、守山藩が降伏。

二十九日。二本松城が落城した。官軍に降伏した三春藩が先鋒になり二本松に押し寄せたのであった。三春藩が官軍側についたために、白河方面に派兵されていた二本松軍は退路を断たれ、帰郷することができなくなっていた。城下に残っていた多くは少年兵と老兵で、呆気なく陥落したのであった。官軍の戦死者は十二人。対して二本松兵は二百人を超える死者を出した。同日、福島城も開城した。

酷《むご》い敗戦の知らせに、和磨の胸は痛んだ。

それに追い討ちをかけるように、同盟の越後国三根山藩、黒川藩、村松藩の降伏の報が続いた。

庄内藩は善戦し、官軍についた亀田藩、本庄藩を降伏させたが、官軍の勢いを止めることはできなかった。

八月七日。ついに磐城《いわき》地方がすべて官軍に制圧された。奥羽の地の官軍の支配圏は着実に広がっていった。

その出来事は二日ほど経って、和之進が知らせてくれた。

八月の中頃、和之進が訪ねて来て、意外な知らせをもたらした。

「盛岡藩が楢山佐渡を総督将として秋田藩へ攻め入ったそうだ」

その言葉に、和磨は頭を強く殴られた思いがした。

日和見をきめこんでいた盛岡藩がついに動いた――?

「楢山さまが……。いつだ?」

「八月九日だそうだ」

それまで故郷で待っていれば、楢山佐渡の軍に加わることができた――。

和磨の胸に、微かな後悔の念が湧いた。

わたしが早かったのではない。盛岡の判断が遅かったのだ――。

和磨は唇を噛んだ。いずれにしろ、藩を出たからには、会津で戦う以外に道はない。いまさら藩に戻れば、戦場にも出られず牢に繋がれるだけだ。

「お前は、どうするのだ？　もうわたしのお守りをしている場合ではあるまい」

「うむ――。我が殿（西郷頼母）の謹慎がとけておらぬから動きがとれぬ」

和之進は渋い顔をする。

「わたしは西郷さまの家臣ではない。なんとか戦に加えてはもらえまいか」

そう和磨が口にした時、今まで黙っていた清子が突然声を上げた。

「なりません！」

和磨も和之進も驚いたように清子を見た。

清子は一瞬はっとした顔をしたが、意を決したように和磨に顔を向け、続けた。

「無理をして出ていっても、傷の痛みで満足に動けますまい。我が藩の侍は、傷ついた仲間を見捨てるようなことはいたしません。かえってお味方の足手まといになりましょう。あなたさま一人の我儘でお味方が何人も命を落としたり、傷ついたりすることになるのです」

正論であった。だからこそ、和磨の焦りを鋭く突き刺した。こちらも正論で抗することができぬ言葉であったから、和磨は自分の存在価値を否定されたと強く感じた。

だから、思わず怒鳴った。

「女の分際で、侍の気持ちが分かるか！」

言った瞬間から後悔した。

清子の顔が凍り、次いで、怒りの表情が浮かんできた。

それを見て取った和之進が間に入る。

「まぁまぁ。清子どの。和磨は会津を守りたいがために脱藩までして駆けつけてくれた男だ。それが大怪我をしてしまい、焦っている。乱暴な口の利き方は許してくれ」そして和磨に顔を向ける。

「お前も、今の状態で戦に出れば足手まといになることはよく分かっておろう。まずは伝《つ》手《て》を辿って城下の警備にでも使ってもらえるよう手筈《てはず》を整えてやる。前線でなければ多少の足手まといは命取りにならぬ。清子どのは、会津の兵たちの心配をしているように語りながらも、一番死んで欲しくないのはお前なのだ。そこを汲み取れ」

和之進はにやりと笑う。

和磨も清子も、頬を赤らめて俯いた。

そんな二人を見やり、和之進は微笑んだ。

「おれのことにしろ、清子どののことにしろ、お前はよっぽど会津の地に縁《えにし》があるのだな。きっとおれたち三人は、前世も会津で出会っていたのであろう」

*　　　　*

和磨は、和之進があちこちに声をかけてくれたお陰で、日新館警備の役割を与えてもらった。日新館は会津藩の藩校である。立派な門構えで、築地塀に囲まれた敷地は八千坪。

毛詩塾、三礼塾、尚書塾などの教場や蘭学所、天文台、水練水馬池と呼ばれる水練場まであった。

しかし、今年の閏四月、戦の激化に伴って傷兵が若松に運ばれるようになると、前藩主であった松平容保は日新館を休校とし、治療施設として使用することに決めたのだった。旧幕府陸軍の軍医、松本良順が中心となり傷病兵の治療に当たっていた。

和磨の傷はほぼ癒えたが、痺れと痛みが残り、右脚はうまく動かなかった。和磨はできるだけ日新館の周囲を歩き回って機能の回復につとめた。

清子と父松伯が日新館へ傷病兵の手当のために入ったことも、和磨にとっては嬉しいことだった。形ばかりではあっても清子を守る立場になれたからである。

和磨は日新館の敷地を見回る口実で、清子の様子を陰から見守った。

日新館で看護に当たる婦女子のほとんどは医師の手伝いであったが、医術の心得もある清子は治療も担当していた。優しく微笑みかけ、傷ついた心も癒しながら、傷の手当をする清子の姿に、和磨は感動を覚えた。

また、すぐにでも戦場《いくさば》に戻りたいと訴える傷兵らを、清子がたしなめる場面を何度か見かけた。

和磨が叱られた時と同じ内容であったが、さすがにあの件で学んだのだろう。徒《いたずら》に兵の気持ちを逆撫でしないよう、柔らかな言葉を選んでいた。

傷兵を叱る清子も、優しく微笑みかける清子も、心から怪我をした侍たちのことを考えているのだと感じた。

清子もまた、少し手が空くと日新館の外に出て、和磨の様子を見に来た。

名目は和磨の傷の様子を診るためであったが、ほんの少しだけでもいいから和磨と話がしたいというのが本当の目的であった。

日新館の周りを巡回しながら歩行の訓練をする和磨に、

「七戸さまは、模範的な怪我人でございます」

と清子はにっこりと笑いかけた。

二人が交わす言葉は、ほんの一言二言で、清子はすぐに傷病兵たちの元に戻って行った。

しかし、その一言二言が、まるで一年の付き合いに相当するかのように、二人の気持ちが深まっていくのを和磨も清子も感じた。

もちろん、二人ともその感情を口に出したことはなかったが、お互いの言葉が、その声、笑顔が一日の活力となったのだった。

しかし――。清子は日に日に憔悴して行った。

溜息をついて、

「治療を終えると兵の方々は戦場《いくさば》へ戻って行かれます。助けた命が失われるのは辛《つろ》うございます。死なせるために、命を助けたのではございませぬ」

と和磨を見上げた。

それは和磨に対する言葉でもあった。

二本松を占領した官軍は、母成峠《ぼなりとうげ》を越えて会津を攻撃することを決した。

また白河口から白河街道を北上する作戦も立案されていた。

会津藩は八月四日に義勇兵制度を発令し、兵の増強をはかったが籠城戦への備えは後手後手に回っていた。

八月十九日。榎本武揚が旧幕府軍の軍艦と補給船など八隻を率い、二千五百人の兵を乗せて品川沖から船出し、北を目指した。

そして八月二十日。官軍は若松に向かって進軍を開始した。およそ三千人の軍勢であった。

二本松から進軍した官軍は二十一日、西に四里（約十六キロ）の母成峠で守備の同盟軍、旧幕府軍およそ八百人と衝突した。

同盟軍は死傷者三十数名を出して敗北。猪苗代へ撤退した。敗走した旧幕府軍の中には土方歳三もいて、彼は地元の猟師の道案内で磐梯山の北へ逃れた。

鶴ヶ城に官軍が母成峠を越えたという知らせが届いたのが二十二日。鶴ヶ城では重臣らが相次いで登城し、今後の防衛についての評定が行われた。遊軍隊が組織され、十六橋《じゅうろっきょう》方面と赤井村方面へ派遣された。

重臣による軍議には、和之進の主である西郷頼母も参加していた。謹慎中ではあったが会津の一大事に黙って屋敷に閉じ籠もってはおられず、息子の吉十郎《きちじゅうろう》と共に禁を破って登城したのであった。頼母の謹慎は解かれ、和之進は主と共に背炙峠《せあぶりとうげ》の防衛に向かうことなった。

和之進は和磨にはなにも告げずに行軍の一員となった。

自分が出陣することを知れば、和磨はまた心を乱すだろうと思ったからであった。

城下では、十五歳以上、六十歳以下の男子に対して招集の命令が伝えられた。

また、警鐘が鳴ったならば、婦女子は着の身着のままで城内に避難すべしとの伝令が走った。

和磨が警備する日新館には人の出入りが激しくなった。怪我人が運び込まれ、何度も伝令の者が駆け込んでは飛び出して行った。

その日、官軍は猪苗代から若松に向かって進軍し、夕刻には日橋川《にっぱしがわ》に架かる十六橋を破壊しようとしていた同盟軍を排除。橋を占領してさらに進軍を続け、夜には戸ノ口原を占領した。

六

八月二十三日は雨であった。

早朝から戸ノ口原で戦が始まり、若松の町は大混乱となった。避難する町民たちが城戸口に殺到し、圧死する者も出た。増水した川に逃げた者たちも数百人が水死した。

割場《わりば》――、御用人所の鐘が打ち鳴らされて、藩士の家族らが城へ避難した。

降りしきる雨の中、日新館の周囲を巡回する和磨の前に、一人の女が立ちふさがった。

最初は誰なのか分からなかった。笠を被り、蓑を着ていたからだけではない。目深にかぶった笠の下、髪を肩に触れぬほどの尼削《あまそ》ぎにして、白羽二重の鉢巻きを巻いた女は、浅葱《あさぎ》の小袖に襷掛《たすきが》け。小豆色の裁付袴をはいて、腰には刀を差し、手には薙刀を持っていた。

先ほど同じような格好をした数名の娘が日新館に入っていったから、その一人であろうと和磨は思ったのだったが――。

「清子どの……」

和磨は驚きの声を上げた。目の前に立っているのは清子であった。

「いかがなされた、清子どの」

和磨は訊いた。

「照姫《てるひめ》さまが会津坂下《ばんげ》に退かれているところに、急な敵の来襲。護衛の数も少ないとのことと、わたくしのお友だちが知らせてくれました。今からお助けに向かいます」

照姫とは、前会津藩主松平容保の義姉であった。

「清子どのがお救いに向かうので？」

「わたしばかりではございません。隊員は二十人余りでございます」

「隊員とはどういうことでございます？」

「わたくしたち、娘子隊《じょうしたい》と名乗っております。指揮は江戸詰勘定役中野平内《ひょうない》さまの奥方、こう子さまと、ご長女竹子さまがとって御座《おわ》します」

清子はにっこりと笑った。

「しかし……、清子どのには傷兵の手当という重要な役目がございましょう」

「松本良順さまほか、わたしの父も含め大勢のお医者さまがいらっしゃいます」途中から清子の表情が翳《かげ》った。

「ですが、医療品が足りず、着物を裂いてサラシの代りにする始末――。娘子隊に加わり、照姫さま救出の道すがら、もし機会があればサラシの一反、膏薬一瓶なりと持ち帰りたいと」

清子は顔を引き締めて和磨に一礼し、「では」と言って駆け出した。

和磨はなにか声をかけなければと思った。しかし、気の利いた言葉を思いつく前に、清子は町角を曲がって走り去った。

官軍は城下に侵攻し、辰の刻（午前八時頃）には若松の北東、一箕《いっき》村に、辰の下刻（午前九時頃）には甲賀町口の郭門《かくもん》、巳の刻（午前十時頃）には北出丸大手口に到達した。

白河小峰城の戦いと同様、武器の差はいかんともし難く、同盟軍兵たちは城下の各所で壮絶な戦いを展開した。

日新館の警備に当たっていた和磨たちも、間もなく桂林寺通りになだれ込んでくるであろう官軍に備えた。

「火事だ！」

塀の内側から声が上がった。

警備の兵たちは驚いて振り返った。建物群のあちこちから火の手が上がっていた。

爆発音はしなかったから、榴弾《りゅうだん》による火災ではない。

「火矢か！」

兵たちは一斉に門内に駆け込む。

和磨は右脚を引きずりながら後を追った。

火矢が届くほどの距離に敵はいない。

では――。

和磨は東側の築地塀の向こうに聳える城の石垣に目を向ける。

西出丸である。

仲間が放った火矢だ――。

敗戦で撤退するとき、あるいは籠城する時、敵に自領の家々や施設を利用されないために町に火を放つことがある。

日新館は城に近く、大勢の兵を駐屯させることができるほど大きな建物である。官軍に占領される前に焼き払おう――。そう考えた者がいるのだ。

しかし、日新館には傷病兵がいる。

自分では歩けないほどの重傷者もいるのだ。

あちこちの建物から、患者たちが飛び出して来る。

走れない仲間に肩を貸したり、抱えたりして逃げる者もいた。

その中に、着衣に返り血を浴びた者たちもいた。

和磨は背筋に冷たいものを感じた。

飛び込んだ建物の中、広がり始めた煙の中に、血にまみれて倒れている者たちの姿があった。

仲間の足手まといになるまいと、自刃した者たち――。

返り血を浴びた患者らは、おそらく死にきれなかった友の介錯をしたのだ。

和磨は、喉に刃を突き立てようとしている傷兵を見つけ、短刀を奪った。

「諦めるな！」

和磨は寝間着姿の男に肩を貸し、立ち上がらせる。右太股に鋭い痛みが走る。

歯を食いしばり、右脚を引きずりながら傷兵を建物の外に出す。

再び建物に飛び込んで、自刃しようとしている兵を救い出した。

警備隊の仲間や、自分の脚で歩ける傷兵たちが、動けない傷兵を助け出している。

何人の傷兵を救い出したろうか。

建物の障子や襖に火が燃え移り、梁《はり》に柱に炎が走った。

脚の痛みに歯を食いしばりながら、『これ以上は無理か』と門の外に出た和磨は、愕然《がくぜん》とした。

門の外、雨に打たれる道の上に、数十人の傷兵が倒れていた。

誰かが持ち出したものであろうか、数振りの大刀、小刀が転がっていた。

和磨に支えられていた傷兵が、その腕を振り払い、倒れ込むようにして小刀を拾い、何の躊躇もなく刃を己の首筋に滑らせた。

血飛沫が上がり、兵は前のめりに倒れた。

和磨や警備隊の仲間は呆然として死者たちの周りを囲んだ。

「死なせるために助けたのではない……」

和磨は唸るように言った。

同じ言葉を清子が言っていたことを思い出した。

ごうごうと音を立てて日新館が燃える。

大手の方角から砲声が轟く。

警備隊は重い足取りで城へ退却した。

この日の日新館の火災を飯盛山《いいもりやま》から見た白虎隊は、鶴ヶ城が落城したと思いこみ、自刃して果てた。

同日、西郷頼母の屋敷に集まっていた家族親族二十一人は、刃で己の胸を突いた。籠城戦の足手まといにならないようにであったのか、敵兵に辱めを受けぬようにであったのか、総督を罷免された西郷頼母の名誉を守るためであったのか——。

攻め寄せる官軍の砲声を聞きながら、主の足手まといにならぬようにと自刃した藩士の家族は二百人を超えたという。

＊　＊

八月二十四日。前日、鶴ヶ城に激しい砲撃を行った官軍であったが、一気に落城へと持ち込むことができず、いったん郭外に退き、町屋に陣を敷いた。そして外郭の内側の武家屋敷を焼き払い、射界を確保した。

各地の守備に当たっていた会津軍が次々に城へ戻って来て、城の守りについた。

和磨は北出丸の守備に回された。

清子たちが救出に向かった照姫は城にいた。娘子隊が受けた知らせは誤報だったのである。

一夜明けても娘子隊の女たちは帰ってこなかった。一度帰ってきたが門が閉じられていて城へ入ることができずにいたところへ、照姫は会津坂下の法界寺に御座《おわ》すという知らせがあり、そちらへ向かったという者もいたが——、それを確かめる術《すべ》もなかった。

激しい籠城戦が始まり、娘子隊の安否が分からぬまま日々が過ぎた。

八月二十六日。西郷頼母とその子吉十郎が越後口の軍への連絡という口実で城を出された。

降伏を主張する頼母を邪魔に思った重臣たちは刺客を差し向けた。頼母はその刃を辛くも逃れ、仙台へ走った。

頼母の家臣である星和之進は城内にいるという話を聞いたが、激しい籠城戦の最中《さなか》である。行き会うことはなかった。

同じく二十六日。城の南の小田山に佐賀藩のアームストロング砲が運ばれ、天守閣への砲撃が始まった。城内に多数の死傷者が出た。

二十九日には、南西部以外の三方を官軍に包囲された状態を打破すべく、突撃隊が七日町、日新町へ出撃し、兵站路《へいたんろ》を開いた。

娘子隊が城を出てから十日ほどが経った九月の初め、和磨は城の廊下で髪を尼削ぎにした女を見かけた。あの日と同じ、小袖に裁付袴、襷に鉢巻きという姿で、二人一組、弾薬箱を運んでいた。

和磨は慌てて後を追い、一緒に歩きながら、

「娘子隊の方でござろうか？」

と問いかけた。

一人の娘が目を伏せて「娘子隊は解散いたしました」と答えた。

「なにがあったのでございます？」

と和磨が問うと、もう一人の娘が、

「結局、照姫さまとはお会いできず、わたしたちは城外で会津軍と共に戦いました。しかし、中野竹子さま、優子さまほか、何人かが討ち死にし、数日後、城に戻りました」

と悔しそうに答えた。

何人かが討ち死にしたと聞き、和磨は背筋に冷たいものが走るのを感じた。

「柳沼清子さまはどこに御座《おわ》しましょう？」

和磨は訊いた。答えは分かり切っていた。

もし生きているならば、自分に会いに来ないわけはないのだ——。

「お亡くなりに——」

分かっていたとはいえ、その答えに和磨の顔から血の気が引いた。

「どこで？」

「涙橋《なみだばし》で、敵の弾にお倒れになりました」

「ご遺体は？」

和磨が訊くと、二人の娘は目を逸らして小さく首を振った。

和磨は居ても立ってもいられなくなり、密かに城を抜け出して涙橋へ向かった。

清子が死んだということを、和磨は信じられなかった。

しかし、もし生きているならば、自分の元に現れないはずはない。

いや、どこかで敵に囲まれて動けなくなっているのかもしれない。

いやいや——。清子は死んだのだ。一緒に行動していた娘子隊の者がそれを見ている。

和磨の思いは堂々巡りを繰り返した。

涙橋は城から一里（約四キロ）足らず、越後街道の湯川に架かる橋である。正式な名前は柳橋であるが、刑場に向かう罪人と家族の別れの橋であることから涙橋と俗称されていた。

城下にはあちこちに兵士や町人、女子供の遺骸が転がり、異臭を放ち、蠅が飛び回っていた。中には明らかに犯された後に殺されたと分かる、着物の裾が乱れた娘の遺骸もあった。

涙橋の近くには多くの洋装の官軍の兵がいた。叢《くさむら》に死体らしきものが見えたが、銃をもつ兵たちに迂闊には近づけなかった。

叢の遺体は、和磨の方に背中を向けていた。赤黒く変色した血にまみれた浅葱の小袖。襷。小豆色の裁付袴――。顔は確かめられなかったが、あの日の清子の装束である。

清子が、死んだ――。

その事実が和磨に押し寄せる。

和磨の中に、冷たい塊が生まれた。

清子は死んで、その遺骸はすぐそばで十日も野ざらしになっている。

清子の遺骸を連れ帰りたい――。

しかし、飛び出せばすぐに一斉射撃を受けてしまうだろう。清子の遺骸を連れ帰ることは無理だ。

無理を承知で飛び出し、撃たれて死ぬか。それとも、引き返して戦いの中に身を投じ、討ち死にするか。

和磨は清子への思いと侍の矜持《きょうじ》を秤《はかり》にかけた。

会津に来たのは、理不尽な官軍に正義の鉄槌を加えるためではなかったか。

わたしは侍だ。戦の中で死ぬことこそ本望――。

「清子どの……。すまぬ」

和磨は食いしばった歯の間から言葉を絞り出し、清子のものと思われる遺骸に背を向けた。

「ちくしょう……。ちくしょう、ちくしょう……」

和磨は歯を食いしばって城へ走った。

和磨の脳裏に、戦場《いくさば》の光景が明滅した。

鉄砲に撃たれ、大筒に砕かれた死体。野犬に食い荒らされ、腐敗した死体をたくさん見てきた。清子の遺骸も、あのように無惨に朽ちていくのか――。

道端に転がる腐乱した死体の姿が、清子の面影に重なった。

清子が無惨な姿を晒し朽ちていくのを自分はどうすることもできない――。

わたしは、恋する女の遺骸を野ざらしにしたまま、逃げた――。

城に戻ってもその思いは和磨を苛《さいな》み続けた。

*　*

九月十七日。城の南で激しい砲撃、銃撃の音が響き続けた。

夕刻、和磨のいる北出丸に、南を守っていた会津兵が米沢藩と土佐藩によって城の南西二里（約八キロ）の福永まで撤退させられたという知らせが入った。

これで、鶴ヶ城はすべての方位を囲まれた——。

北出丸には重苦しい空気が澱んだ。おそらく、城内すべてが同じであろうと和磨は思った。

城には食糧も医療品も乏しい。怪我人の中には治療が行き届かず傷が膿み、そのために死んでいく者たちもでていた。

四方を包囲されてしまえば、降伏するか、城を枕に全員が討ち死にするか、あるいは自刃するかの選択肢しか残されない。

結局、わたしはなんのために会津に来たのか——。

たった一人の熱情など、なんの役にもたちはしなかった——。

和磨は壁に背をもたせかけ、ゲベール銃を膝に乗せて、紫に暮れていく空をぼんやりと見上げた。

血気に逸って会津まで駆けて来た。そしてなにかを成したかといえば、負け戦の中、ただ逃げ回っているだけだ。恋する女一人、助けることもできず、屍を持ち帰ってやることもできなかった。いっそ、あの時に飛び出していって官軍に撃たれていれば、いくばくかの満足を胸に死んで行けたかもしれない。

「死に場所……」

和磨はぽつんと呟いた。

事ここに至れば、自分にふさわしい死に場所を探さなければならない。

負けを認め、自らの命を断つのは嫌だった。降伏して生きながらえることはもっと嫌だった。

総攻撃をかけてくる官軍に向かって、雄々しく突進し、無数の銃弾に打ち砕かれる。

なにも成し得なかったが、信念だけは貫き通した。そういう死に方をしたかった。

清子の遺骸をそのままに、城へ逃げ帰ったのは、自分の信念を貫くためではなかったか――。

そう決意した時、人影が一つ、和磨の元に歩み寄った。

「和磨」

和之進の声だった。

「和之進！　久しぶりだな！」

言った和磨の前に、和之進は座り込んだ。顔は土埃と汗に汚れ、鎧の紐も所々ほつれている。闇の迫る中、和之進はぎらつく目で和磨を見つめた。

「お前、盛岡へ帰れ」

唐突な言葉に、和磨は一瞬返事を忘れた。

「なにを今さら。わたしは最後まで戦う」

「だからだ。最後まで戦うならば、盛岡へ帰れ」

「どういう意味だ？」

和磨が訊くと、和之進はぐいっと顔を近づけ、小声で言った。

「会津藩は降伏開城の手続きを進めることになる」

「なんだと？」

和磨は険しい顔になる。

「言った通りだ」和之進は苦々しげに言った。

「下っ端のわたしに子細は分からぬが、遠からず会津は戦に負ける。このままここに残っては、お前も虜囚となろう。だから盛岡へ帰れ。まだ盛岡は負けておらぬ」

「お前はどうするのだ？」

「わたしか」和之進はにやりと笑った。

「高田に御家老の佐川官兵衛さまがいる。神出鬼没、官軍を攻めて混乱させて御座《おわ》す。そこに合流する」

「ならばわたしも一緒に行く」

「馬鹿。会津は降伏するのだ。佐川さまの軍は、最後の最後まで戦うだろうが、いずれ藩の命令には従わなければならぬ――。戦ったとして十日ほどであろうよ。わたしは会津藩の最期を見届けたならば、仙台へ向かう」

「仙台へ？」

「我が殿西郷頼母さまの元へ行くのだ。仙台に逃れて御座すという噂が聞こえている」

和之進は言葉を切り、さらに和磨に顔を近づけた。

「和磨。お前の脚では佐川さまの軍の動きにはついて来られぬ。お前に、次はわたしを助けてくれと言ったが、それは脚が治ってからに日延べだ。脚は以前に比べればずいぶん良くなったようだ。盛岡まで旅をするうちにもっと動くようになるやもしれぬ。命は大切に使え。ここで死ねば無駄死にだ。せめて故郷のために戦って死ね」

「しかし――」

「城は四方を囲まれているが、一人二人が抜け出す道は幾通りもある。道に詳しい小者をつけてやるから、今夜中に城を出ろ」和之進は和磨の肩を摑み、強く揺すった。

「だが、和磨。よく覚えておけ。藩は、我が殿が降伏、恭順を勧めた時にはそっぽを向き、あまっさえ殺害しようと刺客を差し向けたというのに、四方を包囲された途端、掌を返した。まだまだ官軍に抗している藩があるというのに、戦を始めた我が藩はもう負けを認めるという――。藩など、為政者などそんなものだ。果たしてそんなもののために命を賭けることが正しいのかどうか、よく考えることだ」

「考えるまでもない。わたしは侍だ。お前も侍だからこそ、最後まで官軍と戦い、その後は主の元へ帰ると考えたのだろう」

「まぁな――」和之進は溜息をついた。

「わたしにはそれ以外に考えつかなかった。会津のために主家を捨て脱藩までしたお前ならば、また別の道を見つけられるのではないかと思った――。夜が更けたら小者を迎えによこす。それまでによく考えておけ」

和之進はそう言うと、和磨の肩をぽんと叩き、歩み去った。

＊　＊

会津のために戦うと決めて盛岡を出てきた和磨であった。しかし、このまま会津にいてはすべてが無駄になる。それに、清子を殺した者たちに降伏などできるものかとも思った。和之進が言うように、奥羽にはまだ官軍に抗し続けている藩がある。

仙台には旧幕府軍の艦隊を率いた榎本武揚もいると聞いていた。

たとえ会津が敗れてもまだ官軍と戦うことはできる。

盛岡へ帰れば脱藩の罪で捕らえられるだろう。ならば、わたしは遊撃兵となろう。いや、盛岡を出た時に、すでにわたしは遊撃兵となっていたのだ。

どの藩にも属さず、官軍に抗する戦に加わる。

まずは仙台に向かい、榎本さまに会おう。仙台にいれば、いずれ和之進も駆けつけて来る。

和磨は、そう決意し、和之進の小者に案内され、城を出て官軍の包囲網から脱出した。

七

千代菊は、和磨の背中を見つめていた。

和磨が長い間を空けたので、頬を涙が伝っているのに気付き、袖でごしごしと擦った。

意固地で性格の捻《ね》じ曲がった男——。そう思っていた和磨に壮絶な過去があったことを知り、千代菊は胸が締めつけられる思いがした。

そして、清子という女に嫉妬を感じた。

和磨の話から、清子とは手さえ握ったことのない関係であることがうかがえた。

しかし、その死が、心に深い傷をつけるほどの衝撃を与えた。

あたしは、何百人という男と体の関わりをもった。けれど、あたしが死んだとして、そのなかの誰が和磨ほどに打ちのめされるだろうか——。

あたしが死んだと聞いても、顔さえ思い出せない男たちも多いだろう。

墓に一、二度、花を手向けてくれる奴も、もしかしたらいるかもしれない。

あたしを思ってくれる奴がいたとしてもそのくらい——。

千代菊は唇を噛んだ。

「九月二十二日に会津が降伏した事は旅の途中で聞いた——」和磨は話を続けた。

「長岡藩、泉藩、湯長谷藩、出羽の松山藩も降伏し、仙台に辿り着いた時にはすでに仙台藩まで官軍に降伏していた。仙台では残念ながら西郷頼母さまや、和之進に会うことはできなかったが、なんとか榎本さまに頼み込んで船に乗せてもらい、宮古まで来た。あとはお前も知っての通りだ。すでに盛岡藩の降伏は受理された後だった。わたしは榎本さまにこのまま箱館まで連れて行ってくれるよう頼んだ。だが、鍬ヶ崎に密偵として潜伏するよう命じられた――。体のいい厄介払いだ」

和磨の言葉に、千代菊は髭の男を思い出した。

命を賭けて仲間を助けようとした和磨を、鍬ヶ崎に置き去りにした奴――。

和磨を苦しめる憎たらしい奴――。

しかし、見方を変えれば、脚が満足に動かせない男は戦の足手まといにしかならない。

将の行いとすれば、寛大な計らいというべきかもしれない。

千代菊はなにが正しいのか分からなくなった。

「清子どのをそのままにして城に戻ったおれの心の中に、会津から脱出した気持ちの中に、命が惜しかったという気持ちが寸毫《すんごう》もなかったとは言えない――。清子どのの遺骸を、和之進を見捨てて逃げてきた後ろめたさは日々心の中で重さを増していった。おれは酒を飲んで忘れようとした。松島の居酒屋、料理屋には同じような旧幕の侍たちがあふれていた。いずれも、自分ではどうしようもない重いものを抱えていた――。それで、おれは荒れた気持ちで、松島の料理屋で半ば強引に芸者を抱いた」

和磨は畳を見つめたまま、自嘲の笑みを浮かべた。

「結果は、お前も知っての通りだった。おれの体はおれを罰しているのだろう。清子どのは、おれと手を握ることもなくこの世を去った。だから、おれは二度と女と交わることはない——」

千代菊はさっと和磨に駆け寄り、背中からその体を抱きしめた。薄い布地を通して和磨の体温を感じた。

何千回と男と肌を重ねてきたが、これほど心地のいい温かさを感じたことはなかった。

千代菊は和磨の背中に頬を当てて、そのにおいを嗅いだ。

和磨の心は二つに割れている。佐幕派の武士と、一人の女を一途《いちず》に愛する男。

佐幕派の武士は怪我のために戦に出られず、女を一途に愛する男は、女を失った。

そして、己を地獄の中に繋ぎ止めてしまっている——。

「自ら命を断つことであればいつでもできた」

和磨はぽつりと言った。

「嫌なことを言わないでおくれよ」

千代菊は和磨の背に頬をあてたまま言った。

「だが——、それでは清子どのに対する詫《わ》びにならない。清子どのを殺した敵が何者であるか分からない以上、できるだけ多くの敵を倒して仇討ちとする。敵を斬って斬って斬りまくり、そして、敵弾に倒れて最後を迎える。そして、清子どのの元に向かい、命を助けてやれなかったこと、屍をそのままに盛岡へ逃げ帰ったことを謝るのだ。それが今のおれの望みだ」

最後は溜息のような声であった。

幻の清子が三途の川の向こう側から手招きしている――。

千代菊の心が冷えていく。

心の中のもう一人の自分が冷たく言う。

苦界から解き放たれる手段として、和磨の小間使いになると言ったことを忘れるんじゃないよ。

和磨は、今まで肌を重ねてきた男たちよりもよっぽど縁が浅い。あたしがここから解き放たれるために利用した男じゃないか。

体の交わりをすることもなく、ただ身の回りの世話をしていればいい。

それだけの関係にとどめておきな。

無理にこっちを向かせることなんかないじゃないか。

だいいち死んだ女は、男の中で侵しがたい神さまみたいなものになっちまう。死んだ女に惚れている男を、生身の女が振り向かせることなんかできやしないんだよ。

頭の中に響くその言葉に抗うように、千代菊は和磨を抱きしめ、その腕に力を込めた。

第四章

嵐の前

一

平穏な日々が鍬ヶ崎の上を通り過ぎていった。和磨の表情もずいぶん穏やかになった。会津での出来事をすべて話し、心の枷《かせ》が取れたからだろうか。和磨は寝言で清子の名を呼ぶようになった。

それを聞くたびに、千代菊の胸は鈍く痛んだ。

千代菊は、和磨の口から清子の名が流れ出すたび、背中を向けて痛みに耐えるのだった。

千代菊の胸の痛みは甘く懐かしいものだった。

嫉妬。

好きな男が別の女の名を口にしただけで起こる、軽い苛立ちを伴った感情。

おぼこ娘じゃないんだからさ――。

そう、おぼこ娘ではないのだから、もしかしたら自分の胸の痛みは嫉妬とは別のものなのかもしれない。

死んでしまった女を思い続ける男。

あたしが死んでも思い続けてくれる男なんかいやしない。宴を開いてくれた馴染たちは、一時《ひととき》涙を流してくれるだろうが、しばらくしたらあたしのことなんか忘れて嫁をとるだろう。

清子が羨ましい。

清子に対する嫉妬なのか、和磨が寝言に清子の名を口にするゆえの嫉妬なのか、あるいはその両方なのか。それとも、それとも――。

それを考え始めると目が冴えて眠れなくなった。

空が白み始めた頃にやっとうとうとしても、和磨が起き出す気配で目が覚める。

朝の散策は相変わらず続いていた。源助らに痛めつけられたというのに、和磨は清水川を越えた集落にまで足を延ばした。千代菊は呆れ、再度の暴力に怯えたが、川端町、山根町、日立浜、角力浜の散策につき合った。和磨は以前よりも鋭い目つきで家並みや道を観察し、留書帖に記した。

心の鬱屈が軽くなったことで、和磨は幕府の復権に全身全霊を注ごうと決意したに違いない。

もし、脚の具合がよくなれば、また戦の中に飛び込んでいくんだ――。

いや。戦いの中に飛び込んでいくのは、幕府の復権のためなんかじゃない。

和磨の行動はおそらく、どれも清子への贖罪《しょくざい》に繋がっている。

新政府軍と戦い、見事に命を散らす。そういう口実で、清子への罪――そんなもんありゃあしないんだけど――を償うつもりなんだ。清子の元へ行こうとしているんだ。

それほどまでに女を思う男。自分は、そんな男に愛されることに、恋をしているのかもしれない――。

自分に対する和磨の態度は、以前よりずっと柔らかくなったが、心の距離はずっと遠くなってしまった気がする。

違う。心の距離はもともと、今くらい離れていたのだ。それに気づかなかっただけ。清子の存在を知って、本当の距離が見えたのだ。

千代菊は小さく溜息をついた。

前の方がましだったのかもしれない。

生きている者は死者に勝てない。過去は時と共に美化されていくが、現在は劣化していく。

心の距離を縮められないのは分かっている。かえって、日々それは広がっていくだろう。

なのに、和磨はしだいに優しくなっている。

千代菊はそれが苦しかった。

川端町から角力浜までの散策の間、源助らの姿を見ることはなかった。脚の不自由な和磨を叩きのめした後味の悪さが原因なのか、牡丹が『もういい』と言ったのかは分からなかったが。

今日で角力浜の端っこまで歩き終えるという日。冷え冷えとした空気の中、砂浜に打ち寄せる波を避けながら和磨の後を追った。

和磨は時々立ち止まって後ろを振り返る。その度に千代菊との距離が詰まっていった。

もしかすると和磨はわざと足を止めて間隔を縮めているのかもしれない——。

そんなことを考えると、昨夜も闇の中で清子の名を聞き苦しんだことを忘れてしまった。千代菊は和磨が立ち止まるたびに、少し足を速めた。そして、ついには並んで歩いた。千代菊はなんだか照れくさくて、対岸に見える鍬ヶ崎の遊里の家並みの方へ顔を向けた。しかし、自分がそっぽを向いているように和磨には見えているのではないかと心配になって、

「角力浜って変な名前だろ」

と明るい声で言った。

案の定、返って来たのはほっとしたような和磨の声であった。

「ここで角力の興行が行われるのか？」

「違うよ」千代菊はその言葉をきっかけに和磨に顔を向ける。

「元もとこの辺りは篠《しの》の原で、篠浜《しのはま》って呼ばれていたんだそうだ。そのシノハマが訛ってスノハマになって、スノウハマになって、スモウハマになったんだって話だよ」

「なるほど、篠浜だったか――」

和磨の言葉は、なにか別のことを考え始めたのか、途中から気のないものになった。

千代菊は会話を長引かせようと、早口で話し始める。

「あんたが来る前にさ――」

いつの間にか『お前』が『あんた』に変わっていた。慌てて『お前』と言い直そうとしたが、和磨は気にしていないようなので、千代菊はそのまま続けた。

「あんたが来る前に、代官所は千徳《せんとく》の中川原《なかがわら》や藤原須賀で御筒調練をやったんだよ。藩は宮古代官所に、官軍が上陸しようとしても拒否しろって通達してたから、敵は官軍ってことにした調練だったんだろうね。その調練は角力浜でもあって、鉄砲の音が恐ろしいほどだったよ」

目の前に岩場が現れ、行く手を塞がれ、二人は立ち止まった。

千代菊は少し迷ったが、もう聞いてもいい頃合だろうと思い、口を開いた。

「ねぇ――。あんた、脚がよくなったら、また戦に行くつもりかい？」

穏やかだった和磨の表情が、見る見る険しくなった。

千代菊はしまったと思った。

「当たり前だ」

和磨がぼそっと答えた。

「そうかい――。そうだよねぇ。官軍を破って、元の世の中に戻すんだものね」

千代菊は明るく言って、今来た道を引き返す。

二十歩ほど進んだ所で、声がした。

「千代菊――」

千代菊は心の臓がどきどきしてくるのを感じた。

なんだよ。ほんと、おぼこ娘みたいじゃないか――。

「はい」

千代菊は、振り返って笑みを見せ、和磨に駆け寄る。

和磨はまだ硬い表情をしていたので、機嫌を取るために女郎の手練手管を思い出し、和磨と視線を絡み合わせた。

和磨の機嫌を損なって隠し部屋を追い出されてしまえば、自分には行く所がない。だから、甘い幻なんかの虜にならないで、和磨の機嫌をとり続けていかなきゃならないんだ。

千代菊は自分にそう言い聞かせた。

ところが――。

「お前の本名はなんという？」

思ってもいなかった和磨の問いに、千代菊は別の意味でどきりとした。

「本名なんて、いいじゃないか」

声に少し狼狽の気配が漂った。

「女郎ではなくなったのに、いつまでも千代菊と呼ぶわけにも行くまいと思っていたのだ」

そうか――。和磨は、そんなことを気にしていたのか。と、千代菊は嬉しくなった。

「この女郎屋に売られたとき、本名は捨てたよ。本名で呼ばれた月日より、千代菊って呼ばれた年月の方が長い。それに、千代菊って名前、可愛くてけっこう気に入ってるんだ。あたしは千代菊でいいよ」

「なるほど……」和磨はばつのわるそうな顔になる。

た。


「悪いことを聞いたな」

「いいんだよ。嬉しいよ、あんたがそういうことを気にしてくれてたってこと」

千代菊は和磨の手を取ろうとした。

しかし、和磨はそれに気づかず、照れくさそうな顔をして来た道を辿り始めた。

千代菊は膨れっ面を作って和磨の後を追った。

砂浜に、往路の二人の足跡が刻まれている。

千代菊はほとんど和磨の後ろを歩いていたのだが、足跡は並んで歩いてきたように見えた。

千代菊は小さく微笑んで、和磨に並んだ。

手を繋ぐのは諦めた。

たかが足跡だけで喜ぶ自分が哀しかった。たとえ手を繋いだところで、和磨の心は遠い遠い所にあるのだと思うと、さらに胸が締めつけられた。

二人は並んだまま復路を辿ったが、人の姿を見ると和磨は少し足を速めて千代菊から離れた。

日立浜あたりから、漁師の女房たちが砂浜に出て夫の帰りを待つ姿が増え、二人は離れたまま歩き、清水川を渡って遊里に戻った。

東雲楼で牡丹にすれ違うこともあったが、つんと顔を逸らすだけで千代菊に嫌がらせをすることもなかった。

＊　＊

継ぎの平塚金吾もしばらく現れなかったので、官軍と旧幕軍の戦いがどうなっているかという情報は、船で訪れる商人たちの口からの噂話だけであった。

十一月には山田浦に、三千人余りの官軍、五稜郭討伐軍が上陸し、鼓笛隊の演奏に合わせて徒歩で北上し、宮古の町を通った。

官軍の兵は月末には青森に到着する予定で、すぐに青森口総督府を置き、そこを本拠として箱館の旧幕軍を攻めるつもりなのだという話であった。

またこの月の末に、盛岡藩の加判役であった楢山佐渡が秋田戦争を起こした犯罪人として東京へ送られたという話が聞こえてきた。藩主南部利剛《としひさ》とその嫡男彦太郎《ひこたろう》も一緒だという。

鍬ヶ崎では、楢山は死罪となり、南部利剛は改易になるだろうという噂でもちきりになった。改易になり、侍たちに暇が出されれば、今まで貸していた金やツケはどうなるのかと、商人や料理屋、女郎屋の主らは騒いでいた。

官軍が勝ってもなにもいいことがない。今までの南部家の侍の代わりに、別の家中の侍が乗り込んできてのさばるだけ。しかも、今までのツケは踏み倒される。女郎屋が潰れては自分たちも路頭に迷うと、女郎たちも心配顔であった。

身請けされた千代菊は、その点は気楽なものであったが、階段を上り下りする時に見える内証の弥右衛門は、そのたびにツケのある藩士たちに伺いの手紙をしたためていた。

このまま、なし崩しに官軍の天下になってしまったら――。

清子への贖罪の機会がすべて失われたら、和磨はどうするだろう――。

千代菊の心配はそれだけだった。

二

領内のあちこちで藩主転封中止を新政府に嘆願する一揆が起こっているという話が聞こえてきたのは十二月になってからであった。転封中止を求める一揆は、商人たちの欲得ずくの思惑も含まれてはいたが、ほとんどは真に南部家と政の存続を願ったものであった。

和磨は、下図と留書帖を見ながら、細かい本描きの描き起こしを始めていた。

厚い奉書紙《ほうしょし》に東雲楼の周辺から描き起こし、一軒一軒の家と細い路地まで記入した。本描きの方が下図よりも一回り大きく描かれている。一枚描き終えると紙を張り合わせ、続きを描き込むのだった。下図もそうであったが細々と描き込まれた画面は鬼気迫るものがあった。

清子への贖罪。清子を無惨な死に追いやった官軍への怨念。それらが渦巻いているような気がして、千代菊は背筋を寒くした。

家の敷地を示す区画の中には家主の名と、下図には書き込めなかった〈瓦葺き〉、〈茅葺き〉、〈板葺き〉などの屋根の材料も書き込んである。それを見たとき、千代菊はやはり鍬ヶ崎に火を放つための絵図ではないかと思った。しかし、和磨が朱色で防火用水の位置も書き込むのを見て、それが杞憂《きゆう》であったと胸を撫で下ろしたのだった。

十二月のある夜――。

千代菊は火鉢の側で足の爪を切りながら、

「重税で苦しめられ、何度も大きな一揆を起こして殿さまに逆らって来た百姓たちが、今度は一転して殿さまを守ろうとしている――。なんだか滑稽だねぇ」

と言った。

和磨は、文机《ふづくえ》に向かいながら、

「嘉永六年の一揆以降、藩は領民のことを考えた政に切り替えて来た。それを領民も分かっているのだ」

と答える。すでに十枚の紙を張り合わせた絵図は、文机からはみ出して畳の上に延びている。

和磨の告白以来、二人の間は急速にその距離を縮めていたが、未だ肌を合わせることはなかった。時折、千代菊の方から手を伸ばし和磨と手を繋いで眠った。和磨はそれを拒まなかった。

和磨がどんなつもりなのかは分からなかったが、仲のいい兄妹のようだと千代菊は思った。そして、それでもいいかという気分になっていた。

「せっかく一揆を起こして侍たちを躾《しつ》けてきたのに、別のご家中の連中が乗り込んできたら、また一から躾けなきゃならない――。そういうことじゃないのかねぇ」

千代菊は部屋の隅の鏡台の抽斗に鋏を仕舞った。

「なかなか辛辣だな」和磨は顔を上げて笑う。

「だが、それが正解かもしれぬな」

「鍬ヶ崎はどうなるのかねぇ」

「盛岡藩は、ではないのか？」

「だって、あたしは川井村と鍬ヶ崎しか知らない」

「そうか――。そうだな」和磨は筆を置く。

「南部侯の転封は確実だろう」

「どこに？」

「さて――。奥羽のどこかではないかと思うが」

「それじゃあ、南部領には誰が入ってくるんだい？」

「官軍に味方した秋田の佐竹か、津軽か――。まったく別の藩か。しかし、千代菊。まだ榎本さまがいることを忘れるな。榎本さまは、蝦夷地を平定し、新しい国をお建てになる。

そして諸外国にそれを認めさせ、援軍を求めて官軍と戦う。そうなれば、転封された南部侯もこの地にお戻りになる」

「せっかくご領内では戦が起こらずにすんだのに——。もし軍船での戦となりゃあ、鍬ヶ崎も危ないねぇ」

千代菊がそう言うと、和磨は真剣な顔になって、

「そうなる前に知らせが来る。おまえはここから逃げろ」

と言った。

その時、隠し階段が廊下から叩かれた。誰かが来たなら鉤棒で三回叩くのが合図という取り決めを数日前にしたばかりであった。

戦の知らせの話をしていたところだったので、千代菊と和磨は顔を見合わせた。

「はいよ」

千代菊は隠し階段を下ろす。

合図をしたなら、廊下の者は隠し階段が下りるまで待ち、自分で鉤棒を使っては下ろさないというのも取り決めの一つであった。

廊下で待っていたのは金吾であった。

「戦かい？」

千代菊は思わず訊いた。

「なんの話だ？」

金吾は怪訝な顔をして隠し部屋に上がった。

「今、榎本さまが蝦夷地で新しい国を作り官軍と戦うという話をしていたのだ」和磨が絵図を片づけながら言った。

「千代菊。酒の用意を」

「あいよ」

千代菊が階段を下りようとするのを金吾は制した。

「おれが頼んできた——。ずいぶん仲が良くなったではありませんか。なにかいいことでもあったのですか？」

金吾はにやにやしながら和磨の前に座った。

「邪推は迷惑だ——。まず知らせを伝えよ」

和磨は少し顔を赤くして言った。

「そうでした——。十月二十六日に、五稜郭が大鳥圭介さまの軍によって占領されました」

「そうか！」

和磨は顔を輝かせた。

「それだけで喜ばれるな。十一月五日、土方さまが松前城を攻撃。陥落させました。軍艦蟠龍《ばんりゅう》が砲撃に参加して大活躍でございます」

軍艦の話が出て、千代菊は隠し階段の前で眉をひそめた。そこへ女中が膳を三つ重ねて持ってきた。千代菊はそれを受け取り、階段を上げた。

「十一月十五日には土方隊が江差《えさし》を占領。松前藩兵たちは、海を渡って津軽へ逃げました。もうじき五稜郭では蝦夷《えぞ》共和国《きょうわこく》政府の閣僚を決める入札《いれふだ》が行われます」

入札とは、投票による選挙のことである。

「着々と進んでいるな」

和磨は何度も肯いた。

「次は、悪い知らせでございます」

金吾の顔が急に曇る。

千代菊が自分も含めた三人の前に膳を置き、和磨と金吾の杯に酒を注いだ。

「悪い知らせとはなんだ？」

和磨が千代菊の杯に酒を注ぎながら訊く。

「星和之進どののことです」

「和之進――」

和磨は徳利を膳に置き、眉間に皺を寄せた。

和之進は仙台で西郷頼母と合流したはずだから、今頃は箱館で官軍と戦っている――。

もしかして箱館で敵弾に倒れたか？

和磨は顔が冷たくなるのを感じた。

「和之進どのは、落城の日に弾傷を負いました。開城と共に城内になだれ込んだ官軍の兵によって、城近くの村に連れて行かれたとのこと。旧幕の負傷者は、七つの村に分けて収容されたそうでございます」

「手負いの敵は殺されるのが戦場の常だ。殺されなかっただけよかった」

和磨は溜息をついた。和之進は生きているのだ。

「早合点をなさいますな」金吾は厳しい顔をした。

「村には怪我人のための米は支給されたが、それだけでございました。薬もない。医者もいない。火の気もない空き家にまとめて突っ込まれて、着の身着のままで、傷は腐り、体中を腫れ上がらせて次々と死んで行ったそうでございます」

「酷い……」和磨は顔を歪めた。

「村人たちはなにをしていた？」

「なにも。会津の民百姓たちは侍に対して恨み骨髄に徹していたようで。長年の重税に加えて、侍の意地のためにいらぬ戦を起こした。そして、働き手の男たちを兵として引っ張っていった――。民百姓は、喜んで官軍に御用金を出し、鶴ヶ城の落城を双手《もろて》を上げて喜んだということでございます」

「それでは、和之進は？」

「戦で死ぬか、切腹するかの方がましだったことでございましょう。膿の毒が全身に回って、ずいぶん苦しんで死んだようでございます」

その言葉を聞き終える前に、千代菊は杯の酒を金吾に浴びせた。

「なにをする！」

金吾は着物にかかった酒を手で払った。

「わざわざ友だちが苦しんで死んだ話をして、和磨さんを苦しめなくったっていいじゃないか！」

千代菊は怒鳴った。

金吾は小さく唸り「すまない……。悪気はなかった……」と頭を下げた。

千代菊は泣きそうな顔をして和磨を見た。

和磨は恐ろしい形相で畳を睨みつけ、膝の上で強く握った拳を震わせている。

和磨は鉄砲傷を負って和之進に助けられた。和之進が鉄砲傷で倒れた時には、今度は自分が助けると固く約束をした。しかし、和之進が倒れたとき、和磨はそばにいなかった――。清子を失い、その遺骸を埋葬することもできず、そして今度は無惨に友を失った。

千代菊は和磨にかける言葉を探したが、見つけることはできなかった。

「許すまじ、官軍……」

和磨は見開いた目で宙を見つめ、絞り出すような声で言った。

様々な後悔がその胸の内に渦巻いているのだろうと千代菊は思った。

「帰っとくれよ！」

千代菊は金吾を睨んだ。

「分かった……。その前にもう一つ。ストーン・ウォールが官軍の手に渡りそうでございます」

「ストーン・ウォール？」

和磨は金吾に顔を向ける。

「アメリカの軍艦です。幕府との取引が成立していましたが、官軍が横槍を入れて慶応四年に引き渡しが棚上げになり、今は横浜に係留されております。それを使って蝦夷地を攻めるつもりのようでございます。今のところ、蝦夷地から奥州の沿岸は蝦夷共和国政府の海軍が握っているが、ストーン・ウォールが投入されると、それも危うくなります」

「蝦夷共和国政府も新しい軍艦が欲しいところだな」

「交渉を続けているようですが、まとまったとしても海を渡って軍艦が届くまでにはだいぶ日にちがかかりましょう」

「うむ……」

「ともかく、これから慌ただしくなりましょうから、そのおつもりで」

金吾は言うと、千代菊の機嫌を伺うようにその顔を覗き見て一礼し、隠し階段を下りて行った。

千代菊は恐る恐る和磨の顔に目を向けた。

このごろ柔らかくなっていた表情が消えて、以前の和磨のそれに戻っている。

千代菊は唇を噛んだ。

＊　＊

十二月の中頃。珍しく楼主の弥右衛門が隠し部屋に現れた。

「代官所から通達がございました」

弥右衛門は真剣な顔で言った。その表情から悪い知らせであるのは確実であったから、千代菊は眉をひそめ、胸の前で手の指を組み合わせた。

「藩より箱館の旧幕に与する者がいれば知らせるようにとのお達しだとのことでございます」

「ついに盛岡藩も官軍側につくことを決めたか」

和磨は溜息をついた。そして皮肉っぽい笑みを浮かべて、

「それで、おれのことを代官所に知らせたと」

と言った。

「滅相もない」弥右衛門は顔の前で手を振る。

「榎本さまから頼まれたお方でございます。代官所などに売り渡すはずはございませぬ。ただ、お出かけはしばらくの間控えていただきませぬと」

榎本から頼まれた方だからと弥右衛門は言ったが、そんな義理堅い男ではない——。と、千代菊は思った。

おおそれながらと申し出れば、今まで和磨を匿っていたことまで取沙汰されて、どんな難癖をつけられるか分からない。ならばいっそのこと匿い続け、頃合を見計らって逃がす――。弥右衛門はそう考えたのではないかと勘繰ったが口には出さなかった。

しかし和磨は弥右衛門の言葉を素直に受け取ったようで、すまなそうな顔で首を振る。

「箱館の旧幕の密偵が堂々と歩き回っているとは思うまい。朝の散策はいつも通りに行う。まぁ、用心はするから心配するな」

「はぁ……。左様でございますか。ともかく、ご用心下さりませ」

弥右衛門は一礼して隠し部屋を去った。

「牡丹と源助の動きが心配だね。あんたを売るんじゃないかい？」

千代菊は和磨を見た。

和磨は微笑んで首を振る。

「源助はおれを売ることはない。牡丹が言い出しても、源助が止める」

「なんで？」

「男とはそういうものだからだ。あの雨の日ですべて終わり。源助はそう考えておろう」

「そういうもんかね……」

千代菊の不安は消えない。

「そういうもんだ」

和磨は笑った。

三

江戸時代の正月準備は十二月十三日から始まった。歳神《としがみ》を迎えるため、屋内を掃き清める煤払《すすはら》いである。元々は江戸城でこの日を煤払いの日と決めたものが、庶民に広まったのである。

鍬ヶ崎の遊里でもそれは同じであった。

二十日には餅つきをする。和泉屋など大きな女郎屋には、鳶の頭など、威勢のいい若い衆が来て餅をついたが、臼を担いで町を流す餅つき屋に頼む見世もあった。

吉原の遊廓よろしくこの辺りから張見世を休む女郎屋もあった。

そろそろ町の空き地に市が立つという日。千代菊と和磨はこの年最後の散策に出た。人の出入りが多くなるので、早朝でも安心して外に出ることができなくなると考えたのである。

目的地は北側の小さい峠の辺り、蛸《たこ》ノ浜町《はまちょう》であった。峠を降りた蛸ノ浜まで確かめることに決めて、二人は東雲楼を出た。

熊野神社のある熊野町や清水川ぞい、鍬ヶ崎の遊里発祥の地である金勢神社近くの集落など、未踏の場所はあったが、それは年明けにすることにしていた。

清水川を渡ってすぐ、目の前の山を越える峠道が現れる。道の両側にはぽつり、ぽつりと漁師の家が建っていた。峠の上り口に桜の古木があった。秋に枯れた葉も北風が吹き飛ばし、寒々とした空に枝を伸ばしている。

鍬ヶ崎と蛸ノ浜を隔てる山は、さほど高くはない。道は二度、三度緩やかに曲がり、最後の曲がりを過ぎると峠の頂上が見えた。その辺りから潮騒の音と海のにおいが漂って来た。左手に墓所と心公院《しんこういん》の堂宇がある。

和磨と千代菊は軽く息を切らせて峠を登りきり、木々の合間から海側の景色を見た。臼木山の岬が右側から迫り出し、小さな入り江を作っている。真正面は大海原であった。黎明《れいめい》の水色の空と紺青の海が接する辺りは、沖の風が強いのだろう、ぎざぎざと波だって見えた。沖には幾艘かの漁舟が浮いている。おそらく蛸ノ浜町の漁師の舟であろう。左手に砂島を始めとする小島が幾つか見えている。その辺りにも舟の姿があった。

蛸ノ浜は砂利の浜であった。押す波は激しく打ち寄せ、引く波が小石を転がしてからからと音を立てる。

頂上から左に降りる道を進むと浜の上に番屋が並んでいるのが見えた。一棟の板戸に丸に東の印があった。東雲楼が雇っている漁師の番屋である。採った魚介類を東雲楼に届ける役目で、先日漁師町で会った春吉と数人の漁師が使っている番屋であった。

「ここはよいな――」

和磨は浜に降りて周囲を見回した。

「小さな漁港だよ」

千代菊は肩をすくめる。

「鍬ヶ崎を官軍が占領した場合、ここの奥に船を停め、ボートでこの浜に接岸し、峠を越えて攻め込める。敵の側面を突く奇襲がかけられるんだ」

和磨は独り興奮して何度も肯いた。

千代菊は心が寒くなっていくのを感じた。

和磨の思いは再び戦に向いている。

いや――。わずかな間でもこちらに気持ちを向けてくれたという思いは幻想であったのかもしれない。

戦で死ぬことを望む和磨の気持ちは、会津で清子を失ってから変わりなく居座り、和之進の死によってさらに強固なものになってしまったのだ。

千代菊は向きを変えて坂を戻り始める。

和磨がすぐに追って来ることを期待して振り返った。しかし、和磨は懐から留書帖を出して蛸ノ浜の景色を写し取っていた。

＊　　＊

千代菊と和磨が蛸ノ浜を歩いた次の日、鍬ヶ崎の空き地に宮古から行商人が押しかけて、筵架けの小屋を建てた。棚が組み立てられ、華やかな正月用の飾りが並べられた。しめ縄のほかに神棚に貼る紙飾りなども売られていた。

宮古の辺りの神棚の紙飾りは、元々は家長が恵比寿、大黒、鶴亀など縁起のいい図柄を切り抜いて作った。しかし、近頃は〈オカザリ〉と呼ばれる木版で摺った絵が市に並ぶようになって、それを買い求める者も多い。

和磨は用心のために隠し部屋に閉じ籠もり、鍬ヶ崎の絵図の制作に没頭した。

千代菊は足繁く人混みの中に入って、挙動の怪しい者や、江戸訛り、長州、薩摩の訛りのある者などを探った。

目星をつけた者の後を追って宿泊先を見つけだすのである。

和磨は危ないからやめろと言ったが、千代菊は少しでも役に立ちたいと思い、一日に二度、三度と市に出かけ、通りを歩いた。

役に立ちたいというのは和磨と自分に対する口実で、実のところ、無言で絵図を描く和磨と一緒にいることに息が詰まりそうであったからだった。

千代菊の調べで、秋田屋《あきたや》に一人、小菱屋《こびしや》に一人、常盤井《ときわい》に二人、江戸訛りの男が長く滞在していることが分かった。

他国の者は一所に長く留まってはならない掟である。旅芸人などは、それなりの伝手を頼って肝入《きもいり》や検断《けんだん》に鼻薬をかがせて、長逗留することもあった。

いずれも俵物商人という触れ込みであったが、商売をしている様子はなく、あちこちの女郎屋や料理屋で遊んでいるだけのようだった。

薩長の訛りを話す者の姿は見あたらなかったが、江戸訛りの者たちが薩長の手先ではないとは言い切れない。

千代菊は、秋田屋、小菱屋、常磐井で働く気心の知れた女郎や小女に聞き込みをした。すると「あたしから聞いたって言わないでよ」と前置きをして、江戸訛りの男は官軍と関わりがあることを話してくれた。

奥羽総督府と書状のやりとりをしているというのである。

自分が探り当てたくらいだから、向こうも和磨の存在に気づいているかもしれない。そう思うと千代菊は腹の底が冷たくなるのだった。

＊　　＊

千代菊と和磨は、小さい手焙《てあぶり》を中に仕込んだ炬燵に入り、差し向かいで燗酒をちびりちびりと啜りながら除夜の鐘を聞いた。近所の寺や熊野神社、金勢神社へ初詣に出かける女郎や客たちの賑やかな声が通りを行き過ぎる。

まるで夫婦《めおと》のよう——。

思ったそばから千代菊の心に静かな哀しみが滲み出す。

和磨に思われなくてもいい。こうやっていつまでも〝夫婦みたい〟な暮らしが続いてくれたら、それでいいじゃないか——。

そう考えると心が楽になった。しかし、いつまでこういう暮らしができるのかという不安が首をもたげる。

千代菊は溜息を堪えてちらりと和磨を見る。

和磨は炬燵布団の花模様の数でも数えているかのように、視線を下に落としている。しかし、表情は穏やかだった。

和磨が、しばらく炬燵の中で温めていた右手を出して猪口に伸ばす。

千代菊はちょっと躊躇って、和磨の手をさっと握った。

和磨ははっとした顔で千代菊を見たが、その手を振り払おうとはせず、左手で猪口を持ち酒を口に運んだ。

繋がった二人の手は炬燵の上に横たわる。

千代菊は微笑みながら二人の手を見つめ、親指で和磨の手の甲を優しく撫でる。

和磨はされるがままに酒を啜っている。

初めて会った頃は邪険に扱われたが、今はもう手を繋いでも怒らない。

嬉しさがこみ上げてきて、千代菊は思わず微笑む。

こうやって、少しずつ近づいて行ければいい――。

なぜ？

ふと千代菊は考えた。

自分はなぜ和磨にもっと近づきたいと思っているのだろう？

それは今まで感じたことのない感情だと千代菊は気付いた。

あまりにも自然に湧き上がってきた感情だから、疑うこともなくそれを受け入れていた。妓楼での色恋は疑似恋愛である。本当の恋愛をしてしまった女郎たちは、ほとんど例外なく悲劇への道を歩む。

幼い頃からそれを見続けてきた千代菊は、男たちとの間に距離を保つことを身につけた。惚れていなくても本気で惚れているような態度をとる手練手管を、多くの姐女郎たちから学んだ。そして、和磨に対しても最初はそういう思いの延長線上で接した。

身請けされたということは、その金で買われたということと変わらない。和磨に嫌われてお払い箱にされないようにと、女郎の手練手管を使おうとした。

和磨の手に触れたいと思った気持ちは、相手を馴染にしたいと弄する手練手管とはまるで違う。なにやら胸が切なくなって、和磨の手を己の手で包み込みたいという衝動が抑えきれなかったのだ。

和磨は、惚れるほどいい男だとは思えない。意固地だし。無愛想だし。自分の客たちの中にはもっとずっと、見てくれも性格もいい男たちがいた。

女郎上がりだから女房は無理にしても、身請けの金がいらない今、妾にしてくれと言えば肯いてくれる男なら心当りがないではない。

では、なぜ和磨なのか？

会津での悲惨な出来事を哀れに思ったからだろうか。

それとも、無力な和磨をなんとか助けたいと思ったからだろうか。

女郎は金で買われた身。それは体に価値があるからだ。

しかし、兵として価値がないと判断された和磨は、金を積んで置き去りにされた。

もしかすると女郎よりも惨めな身の上かもしれない。

自分は、それを不憫に感じたのか——？

いや、思い返してみれば、毎日、少しずつ和磨に引かれていった気がする。

死んでいった姐女郎の中に、酷く乱暴な男に惚れた女がいた。

男の方は、その女郎に青あざができるような暴力を振るうので、出入り禁止となったが、女は時々、外で男と会っていた。百姓家の納屋や浜の番屋で待ち合わせて、一時を過ごしていたのである。

千代菊は『なんであんな男に惚れたんだい？』と訊いたことがあった。

女は『惚れたはれたに理由なんかないさ』と寂しく笑った。

結局その姐女郎は男に乱暴された怪我が元で死んでしまった。

いつかは殺されると知りつつ、男に惚れ続けた女——。

惚れるというのはそういうものなのだと千代菊は思ったのだった。

とすれば、自分が和磨に惚れてもなんの不思議もない。

おそらく今、自分の気持ちに疑問を持っているのは、まだまだ惚れきっていないからなのだ。惚れきってしまえば、あの姐女郎のように、熱に浮かされた死の床でも男の名を呼び続けるようになる。

それは、恐ろしい気がした。

しかし、暗く甘美な感覚が千代菊の体の中に疼いた。

突然、和磨の指がぴくりと動いた気がした。

今までの思考が、指先から伝わったのではないかと、千代菊はそっと和磨の顔を見る。

和磨は相変わらず炬燵布団を見つめている。

千代菊はほっとして、和磨の手を自分の両の掌でそっと包み込んだ。

暗く重い思考はどこかに消えて、千代菊の中に和磨と手を繋いで初詣に行きたいという思いが湧き上がった。

二人で手を繋ぎ、人混みの中を歩く。

これがあたしのいい人だよ。誰彼構わずにそう言って歩きたい――。

先ほどとはうって変わって、浮き立つような思いが千代菊を煽る。

そこではっと気付く。

そんな危険な真似はできない。秋田屋、小菱屋、常磐井に宿泊している官軍の密偵たちが雑踏の中に紛れ込んでいるかもしれない。旧幕に与する者がいれば代官所に知らせるようにとの御達しも出ている。

「ねぇ」

千代菊は手を握りながら和磨を見た。

「初詣に行って来てもいいかい？　毎年行っているのに今年だけ行かないってのはなんだか気持ちが悪い」

「ああ。行って来い。おれは先に寝ている」

和磨は答えた。

「あんたの分も、祈ってくるよ」

千代菊は和磨の手を放して立ち上がると、綿入れを着ていそいそと隠し階段を下りた。提灯を持って見世の外に出て、人混みの中を北へ向かう。

無数の提灯が不規則にゆらゆら揺れて、通りを行く。橙色の明かりが人影に隠れ、また現れる。それぞれが来る年の希望を語るざわめき。衣擦れと足音。

人波は清水川の手前で左手に曲がる坂に入った。

真っ直ぐ進めば熊野神社。さらに左に曲がれば金勢神社である。今夜のお相手がいない女郎たちがとぼとぼと坂を上っている。

千代菊はその一団に混じって金勢神社に向かった。

金勢神社は農具小屋ほどの大きさの、小さい社である。祭神は金木彦命、金勢大明神で、ご神体は木製の男根であった。

社の中には百本を超える、上部の膨らみに鉢巻きを巻いた金勢さまが奉納されている。

御利益は病気平癒、子授けで、女郎が商売繁盛を祈る神でもあった。たくさんの金勢さまが奉納されているのは、病気平癒を祈る者が金勢さまを一本借りて帰り、願をかけながら患部をそれでさすり、快癒したならばお礼に金勢さまを作って奉納するというしきたりがあったからである。

千代菊も、金勢さまを借りて帰ろうとも思ったが、それは断念した。

木製の男根で和磨の局部をさする——。千代菊にとっては切実な願かけであったとしても、傍目《はため》にはきわめて滑稽である。鍬ヶ崎の人ではない和磨が、そういうことを承知するとは思えなかった。

とりあえず今日は祈るだけにして、千代菊は社の前にしゃがんで手を合わせた。

和磨と結ばれたいという願いもあったが、なにより清子に勝ちたいという思いが強かった。和磨は清子のせいで勃たなくなった。ならば、自分がそれを治すことができれば、こっちの勝ち。

清子の死霊に『ざまぁみろ』と言いながら和磨と結ばれてやる。半ば冗談のような意地であったが、半分は本気だった。

金勢さま。本当に頼むよ。一生のお願いだよ——。

心の中で祈りながら、千代菊は金勢神社に今まで何度、一生のお願いをしたろうと考え、くすっと笑った。百回では利かない回数、一生のお願いをしている。しかし一度として叶えてもらったことはない。

ならば、今までのお願いは無効だ。今度こそ、叶えておくんなさいよ——。

千代菊は力を込めて合わせた手を離すと、勢いよく立ち上がり「よしっ」と言って坂を下りた。

少し前を見知った後ろ姿が歩いているのに気づいた。常盤井に泊まっている江戸訛りの男二人と、小菱屋の一人。

千代菊は何気ない様子を装って、三人の前に回り込み、歩きながら耳を澄ませた。

「箱館を奪われたのは、返す返すも無念――。だが、アメリカはストーン・ウォールを我が方に売却したというではないか」

「そうだ。売ろうと思っていた徳川がいなくなったからな。買ってくれる相手なら、徳川の敵でもかまわんのだ」

「節操のない」

吐き捨てるような口調である。

それを聞いていたもう一人が口を挟む。

「いやいや。アメリカは徳川に売ろうとしていたが、戦が始まって、官軍もストーン・ウォールを買いたいと言ってきた。負ける側に売っても、以後の商売にならないし、下手ないちゃもんをつけられても困るということで日和見をしていたのだ。アメリカが官軍に売ったということは、この戦は官軍の勝利と読んだからだろう」

「官軍が勝つのは当たり前だ。だが、軍艦を手に入れられるのはありがたい。なんでも、ストーン・ウォールでは呼びづらいから甲鉄《こうてつ》と名付けるらしいぞ」

「箱館に攻撃をしかけるのはいつだ？」

その言葉に、千代菊はさらに耳をそばだてる。

「冬は海が荒れる。波風の落ち着く晩春の出撃だという話だ。その間に、このたびの戦で失った兵を補充するのだそうだ」

「その甲鉄一隻で攻めるのか」

「馬鹿をいえ。向こうは七隻の軍艦を持っているのだ。こっちは甲鉄のほか、春日《かすが》、陽春《ようしゅん》、丁卯《ていぼう》など八隻を出すという話だ」

千代菊は、官軍は八隻の軍艦で蝦夷を攻めるという意味にとらえた。実際は軍艦四隻、輸送艦など四隻で合わせて八隻であった。

千代菊は唇を噛む。戦のことなどなにも知らぬ千代菊であったが、敵が一隻多いならば旧幕の不利になると考えた。

三人の話はそこから、それぞれが泊まっている宿の女郎の話題に変わったので、千代菊はそれとなく足を速めて東雲楼に帰った。

＊　　＊

千代菊の話を聞くと、和磨は厳しい表情で、

「官軍は春に出撃か——。蝦夷共和国政府に知らせなければならんな」

と言った。

金吾からの知らせは彼自身が隠し部屋を訪れることで行われていたが、和磨から金吾と連絡をとるには、宮古の貸本屋摂待屋《せったいや》に文を出すことになっていた。

和磨は部屋の隅の文机に座って、金吾への書状をしたためた。

千代菊は後ろからそれを覗き込む。

文面を読みながら、千代菊は思った。

横浜なり品川なりから蝦夷地を目指すならば、官軍の軍船《いくさぶね》は必ずかの地までの最後の補給地である鍬ヶ崎に立ち寄る。

鍬ヶ崎が戦場になるという悪い予想が、現実のものになるのではないかと、千代菊の胸に不安が渦巻いた。

四

金吾からの返事は、使いに出した小者が持って帰った。すぐに箱館に知らせるとのことであった。

その文を読み終えて、和磨はやっと布団に入った。もう夜明けが近い刻限であった。

千代菊も夜具に横たわったものの、胸が騒いでなかなか寝付けない。そうするうちに障子の向こうが白み始めた。

初日の出でも拝みに行こうかと思ったが、和磨は隣で寝息を立てている。一人で行くのも面白くない。輾転反側《てんてんはんそく》するうちに、千代菊は眠りに落ちた。

目覚めたのは昼過ぎである。

正月一日は女郎屋も休みであるから、隠し階段の下は静まりかえっている。

しかし、その静けさも夕刻までで、もうじき明日の花魁《おいらん》行列のために女郎たちは忙しくなる。正月二日の行列は、江戸の吉原の行事を真似た催しであった。女郎たちが着飾って鍬ヶ崎の町を練り歩くのである。宮古はもちろん、南の山田からも船を設《しつら》えて見物に来る旦那衆がいる。

昨年は、千代菊もその行列の中にいた。一年の中で、晴れがましさを感じることのできる数少ない一日であった。

今年はもう行列に出ることはできない。それが少し寂しいと感じている自分に、千代菊は驚いた。

せっかく身請けされたというのに、なんだい――。

千代菊は寝返りを打って、眠っている和磨の横顔を見る。

身請けされたといっても、あたしはこれからどうなるんだろう――。

これから先、和磨と共に生きられるだろうか――。

いや、それは無理だ。

和磨はまだ、官軍との戦いに身を投じたいと思っている。だとすれば、春に来るという官軍の艦隊との戦に飛び込んでいくだろう。

そうなれば、あたしはお払い箱になるかもしれない。

千代菊の胸は切なく痛む。

こんなことなら、昨夜、自分の気持ちを確かめるんじゃなかった。

千代菊はほうっと大きな溜息をつく。

自分が和磨に惚れていることを曖昧なままにしていた方がずっと楽だった。

なにより、女郎だった頃の自分の掟を守って、和磨との間に気持ちの上での距離を置き、ただ身の回りの世話をする役目だけをこなしていれば、辛い思いをしなくてすんだのに――。女郎でなくなったという喜びが、今まで張りっぱなしだった気持ちを一気に緩めてしまったのだ。

ああ――、和磨がいなくなったらどうしよう。

宮古の町で踊りと三味線の稽古場を開くにしても先立つものがない。

嫌がられてもいいから、和磨にすがりついてどこまでも一緒に行こうか――。

和磨がずっと自分を側に置いてくれるとしても、官軍との戦で、死んでしまうかもしれない。たとえ生きて帰っても、官軍が勝てば捕らえられて牢屋へ入れられるだろう。

もし蝦夷共和国政府軍が勝ったとすれば、戦は長引く。次の戦にも、その次の戦にも、和磨は参戦する――。

蝦夷共和国政府軍のお偉いさんが、脚が利かないから兵士は無理だと突っぱね続けてくれればいいが――。

榎本の旦那に手紙を書こうか。

そう思って身を起こした千代菊は、小さく溜息をついて、また横になった。

手紙を書いたとして、誰に預ける？　誰が届ける？　伝手は金吾だけだ。金吾にそんなものを預けたら、すぐに和磨に知れてしまう。

知れてしまえば、和磨が自分を側に置いてくれるという微かな望みさえ潰《つい》えてしまう。

あたしはこれからどうなるんだろう——。

女郎屋の中で生き延びる方法は熟知していたが、世間の中で生きたことのない千代菊は、途方に暮れるのであった。

＊　　＊

二日の日は部屋の中から賑やかな行列の音を聞いていた。三味線や太鼓、摺鉦《すりがね》、笛の音。馴染み客が女郎の名を呼ぶ声。

和磨は絵図を描きながら「行ってみないのか？」と訊ねたが、千代菊は「いい」と短く答えた。和磨は「そうか」と言ったきり、あとはなにも言わなかった。

なんとなく、自分の気持ちを察しているようだと千代菊は思った。

その日から鍬ヶ崎も通常営業に戻り、いつもの賑やかな遊里となった。

和磨と千代菊の朝の散策も再開されて、熊野町や日影沢の辺りを歩いた。金勢さまの側を通った時、千代菊は和磨にお参りを勧めたが、「神頼みは好かない」と素っ気なく断られた。

『下が役に立たないから金勢さまを拝めと言っているのか』と怒られるかと思いながら、恐るおそる勧めた千代菊であったが、和磨は千代菊の意図に気づいていないようであった。

平穏な日々が続き、一月の末には鍬ヶ崎の絵図が完成した。和磨は、今度はその写しを制作し始めた。

二月の初め、金吾が隠し部屋を訪れた。

和磨はすぐに文机を片づけて訊いた。

「おれの知らせは箱館政府の役に立ったか？」

「はい。榎本さまは『よく知らせた』とお喜びだったそうでございます」

「そうか。それはよかった」

和磨は嬉しそうな顔をした。

たった三十両で鍬ヶ崎に捨てられたという悔しさを少しでも雪《すす》ぐことができたと感じているのだろう。千代菊は和磨が不憫になった。

金吾はすぐに本題に入った。

「江戸の密偵から知らせがありました。官軍の艦隊の出撃は三月九日だそうで」

千代菊はその日にちを聞いて青ざめた。あと一月余りだ——。

「確かか？」

和磨が訊く。

「こっちの密偵がちゃんと調べましたし、アメリカの箱館領事のライスも同様の知らせを江戸から受けております」

金吾の言葉に和磨は強く肯いた。

「これが品川を出る予定の艦の絵図でございます」

金吾は懐から紙を出して和磨の前に開いた。それには八隻の軍艦、輸送艦の喫水線から上の姿が描かれ、それぞれの全長が記されていた。その中でも異彩を放っているのが甲鉄の姿だった。

他の船が舳先から喫水線に向けて下部がえぐれた曲線を描いているのに対し、甲鉄は逆に下部が迫り出す形をしていた。

「気味が悪い形をしてるね」千代菊は眉をひそめた。

「これでちゃんと航海ができるのかい？」

「艦首の迫り出した部分は衝角《しょうかく》と言うそうだ」金吾が言う。

「敵艦に突っ込んで船腹に穴を空けるために、こういう形をしているらしい」

「物騒な船だね」

千代菊は顔をしかめた。

「箱館からのご下知は？」

「詳しい話はまだでございますが、とりあえず御殿山と山田にも密偵を置くことになりました。御殿山には新撰組の中島登《なかじまのぼり》どのが籠もります。三月九日以降、山から上がる烽火に気をつけて下さい」

御殿山は、重茂半島の先端部にある山である。昔は鏡山、現在は月山《がっさん》とも呼ばれ、漁師や荷船の船頭は、夜間の航行では月とこの山の位置で方位を確かめた。

御殿山からは山田も宮古も見渡せるので両方の町から上がる烽火をすぐに見つけることができる。また、両方の町からも御殿山から上がる烽火をすぐに見つけることができる。連絡の中継地としては最適であった。

「夜には篝火《かがりび》で合図いたします――。一日中目を離せませぬが、大丈夫でございますか?」

金吾が訊く。

「千代菊と交代で見張る」

その言葉で千代菊の心はぽっと温かくなった。和磨が頼りにしてくれた。それだけで嬉しくなる自分がかわいらしく感じられて、千代菊は少し恥ずかしくなった。

思えば、この繰り返しで、自分は和磨に引かれていったのかもしれない。

緊張の中の小さな喜び。嫉妬に胸を焼かれながら、もしかしたらという微かな希望を見出し、和磨の寝言で夢を砕かれ――。

女郎でいたうちは、年季明けだけが希望だった。しかし、ただの女になってしまったら、心はいつでも激しく翻弄される。

「何人か手伝いをよこせればいいのですが、何しろ人手不足で」

金吾がすまなそうに言う。

「大丈夫だ——。それで、蝦夷共和国政府の様子は？」

「十一月十五日に土方隊が江差を占領したことは前にお話ししましたが、それによって旧幕軍は蝦夷地を平定しました。その続報がありまして……。同じ日に榎本さまは支援のために軍艦開陽《かいよう》を江差に進めたのだそうで」

「土方さまの隊が占領した後にか？」

「残敵の掃討です」

「そんなことのために、わざわざ開陽を回したのか？」

「開陽の連中が、自分たちも活躍したいと騒ぎ出したのだそうで。そのまま我慢させると士気に関わるということで出撃させたとのこと。ところが江差の沖はその日の夕方から空模様が悪くなりました」

金吾の話にオチが見えた千代菊は、口元を手で押さえた。

金吾はちらりと千代菊を見ながら話を続ける。

「お前が思ったよりも、酷いことになったんだぜ——。空模様はどんどん悪くなって、叩きつけるような吹雪になった。碇泊していた開陽は浅瀬に流されて座礁した」

「なんてことだ」和磨は眉をひそめる。

「馬鹿な兵たちの我儘をきいてしまったために」

「まだまだでございます。軍艦神速《しんそく》が救援に向かったが、これも座礁。数日間波に揉まれた二隻の軍艦は放棄されました」

「二隻も軍艦を失ったのかい」

千代菊は呆れて言った。

出撃をねだった兵たちはまるで子供だ。それを許した榎本は馬鹿な親――。そんなことで官軍を破れるのかと、千代菊は心配になった。

そして、榎本さまは開陽の兵たちの駄々は聞いても、和磨の我儘は突っ撥ねたのかい――。と、千代菊は腹が立った。

和磨は一人で、開陽の兵は大勢だったからかい？　だったら榎本さまはただの意気地なしじゃないか。自分が率いている兵も押さえられず、軍艦を失ってしまうような大将なら、やっぱりこの戦は旧幕の負けだね――。

千代菊は和磨も同じことを考えているのではないかと思い、ちらりとその顔をのぞき見る。和磨の表情は硬かったが、なにを考えているのかまでは読み取れなかった。

「まぁ、気を取り直して、十二月十五日。旧幕軍は、箱館の砲台と軍艦から祝砲を百一発撃って、蝦夷の平定を祝いました。士官以上の者の入札によって政府閣僚を決め、総裁は榎本さまになりました。それですぐに諸外国との交渉に入ったのでございます。しかし、諸外国は、蝦夷政権を認めはしたが開陽と神速を失ったので官軍に対して劣勢になったと見て、それで今まで中立だった立場を廃して官軍に味方することにしたのでございます」

「最悪だねぇ……」

千代菊は顔をしかめて首を振った。

「そういうことで、これから頻繁にご下知がありましょう。できるだけ部屋を離れませぬよう」

金吾は言うと隠し階段へ走る。

「いよいよなんだね――」

千代菊は隠し階段を下りる金吾を見ながらぽつりと言い、和磨を振り返った。

「そうだな」

和磨の返事は短かったが、その目は輝き頰は微かに紅潮して、あきらかに興奮しているのが分かった。

五

二月の中頃。常盤井で騒ぎがあった。

江戸から来た長逗留の商人二人が殺し合いをしたというのである。

二人は商談のために女郎を遠ざけて座敷で二人きり、話をしていた。ところがしばらくして怒鳴り合う声が聞こえ、若い衆が飛び込んでみると座敷は血の海。二人は道中差を握って死んでいた。すぐに代官所の同心が来て調べたが、女郎を取り合っての殺し合いだと断じられた。

何日か日を空けて、秋田屋で足抜けがあった。こちらも騒ぎを起こしたのは長逗留の江戸の商人で、由ヶ尻の崖を無理やり通ろうとして女郎と共に海に落ちて行方知れず。

それから何日も経たずに小菱屋でも足抜けがあった。女郎を連れだしたのは、やはり長逗留の江戸の商人で、こちらはどこをどう逃げたものか、さっぱり足取りは摑めなかった。

江戸者らは鍬ヶ崎遊女の情けにやられたのだと、遊女屋の者たちは自慢げに話していたが、千代菊と和磨はすぐに真相に気づいた。

殺し合いをしたのも、行方が分からなくなったのも官軍の密偵である。

金吾がやったのだ——。

これから起こるであろう鍬ヶ崎での戦をいくらかでも有利に進めるために。

その金吾が隠し部屋に現れたのは二月の末であった。

隠し階段を上ってくる金吾を、千代菊は怒鳴りつけた。

「お前！　女郎を殺したね！」

金吾は口元に指を立て、

「でかい声を出すんじゃねぇ——。女郎は殺しちゃいねぇよ。うまく足抜けさせた。女を殺したんじゃ寝覚めが悪いからな」

と言いながら千代菊を押しのけて和磨の前に座った。

「千代菊」金吾が振り返って言った。

「大事な話をするんだ。お前《め》ぇは出ていろ」

「あたしだって見張りを助けてるんだ。大事な話は聞いとくよ」

千代菊は和磨の隣に座る。

「聞く分にはかまわないだろう」和磨が言う。

「千代菊は誰にも話を漏らさない」

金吾は苛々と舌打ちをした。

「七戸さんよ――。お前ぇ、だいぶ表情が甘くなってきたぜ。そいつの手練手管にやられたんじゃねぇのか?」

急に言葉遣いがぞんざいになった。

「ふざけるんじゃないよ――」

千代菊が膝立ちになって食ってかかろうとするのを和磨が手で制した。

「それ以上くだらんことを言えば、ただではすまぬぞ」

和磨は金吾を鋭い目で見つめた。

「すまねぇ……」

金吾は鼻白んで謝ったが、言葉遣いはそのままだった。

鍬ヶ崎に捨てられた男に丁寧な言葉を使うのに嫌気が差していたのか、あるいは、抱席の三男坊と言っていたから、もともと丁寧な言葉が苦手だったのかもしれない。なんだかほっとしたような様子で話を続ける金吾を見て、おそらく後者だろうと千代菊は思った。

「お前ぇの知らせで、回天の艦長、甲賀源吾《こうがげんご》さまが、面白い兵略をお立てになった」

「面白い兵略？」

和磨は身を乗り出した。

「三月九日に品川沖を出た官軍艦隊はかならず鍬ヶ崎に立ち寄って補給を行う。不意をつけば甲鉄を奪取できると仰せられた」

「そうか。甲鉄を奪うか！」

和磨は興奮気味に言って膝を叩く。

「甲賀さまは、回天一隻でもできる兵略だから、なんとかやってみたいと仰せられ、榎本さまはそれをフランス人の軍人たちに諮《はか》って『やってみよう』という答えをもらった」

「旧幕軍にはフランス人もいるのかい？」

千代菊は驚き、思わず口に出した。

「ああ。お雇い外国人だ」

和磨は答えた。幕府は殖産興業のために欧米の学問や最先端技術を持った外国人を雇い入れた。お雇い外国人とはそういう人々の総称である。軍事についてはフランスから顧問団を招いていた。

「幕府はフランスと繫がりがあったからな。今、蝦夷共和国政府にいるのは、フランス軍事顧問団副団長で砲兵大尉のブリュネ。砲兵下士官のカズヌーブ、フォルタン。歩兵下士官のマルラン、ブッフィエ。フランス海軍士官候補生コラッシュ、ニコール。元陸軍下士官のトリボー。横浜の商人プラディエとクラトーだ」

金吾の口から聞き慣れない異国の名前が次々と出てきて、千代菊は感心して首を振った。鍬ヶ崎ではまず耳にすることのない外国人の名に、千代菊は改めて世の中が変わり始めているのだと実感した。

「小難しい名前、よく覚えたねぇ」

「当たり前だ。フランスからわざわざ幕府のために来て下さった方々だ。それに、物覚えがよくなければ密偵などできねえ。留書に書く暇さえないこともあるんだ」

「それで――」話の腰を折られた和磨は急かすように言う。

「どのような兵略だ？」

「まず、回天、蟠龍、高雄が外国旗を掲げて鍬ヶ崎浦へ入る」

回天は砲十三門。プロシア製で三本マストの木造外輪船。蟠龍は砲四門。かつてはイギリス王室のヨットで小型艦であった。高雄は砲五門、箱館で鹵獲《ろかく》した秋田藩の蒸気船である。

「官軍の軍船《いくさぶね》に乗ってる奴らを騙すんだね。卑怯な手じゃないか」

千代菊は膝で二人に近づき言った。

「馬鹿を言うな」金吾は顔をしかめる。

「これは国際法でも認められていることだ」

「千代菊。口を挟むな」

和磨は眉間に皺を寄せて千代菊を睨む。

千代菊は小さく舌を出して口を閉じた。

敵を叩きのめす作戦は、まるで講談でも聞くような興奮を千代菊に与えたが、よく考えれば和磨の命を奪うかもしれない戦である。

面白がっている場合ではない——。

千代菊は少し後ろに下がった。

「外国旗は、攻撃の直前に日章旗につけかえる。蟠龍と高雄が甲鉄の左右に接舷する。回天は待機。他の敵艦を牽制する。蟠龍、高雄からは斬り込み隊が甲鉄に飛び込む。急いで甲鉄の出入り口を三人一組で塞ぎ、続いて飛び移る兵を支援する。兵は銃を乱射して船内に躍り込み、敵を降伏させる。そして甲鉄を制圧し、拿捕《だほ》するのだ。こういうのをアボルダージュというそうだ」

「蟠龍、高雄よりも回天の方が強力な艦だ。なぜそのアボルダージュに回天を使わぬ?」

「回天の形をよく考えてみろ」

「ああ——。外輪船か」

回天は船の左右に突き出た外輪を回転させて水を掻き前進する外輪船である。接舷して兵を送り込むにはその外輪が邪魔なのである。

「それに、三本のマストのうち二本が折れているんだが、修理する暇なく今に至っている。だから蟠龍と高雄を使ってアボルダージュするんだ。そして、万が一、失敗した時には甲鉄の横っ腹に穴を空けて逃げるために、回天には先を鋼鉄にした頑丈な弾を五十発用意している。今、箱館ではニコールとクラトーが兵たちに接舷攻撃の調練をさせている」

「甲鉄一隻で、失った開陽と神速を補えるのかい？」

思わず口を出し、千代菊ははっとして和磨を見た。和磨は小さく肯いた。どうやら和磨もそれを訊きたかったようだ。

「開陽はオランダ製の軍艦。神速はアメリカ製の木造輸送船だ。輸送船の方はまぁいいとして、開陽は長さが二百四十尺（約七二メートル）を超える。砲門は後からつけたのも加えて三十五門あった。速さは――、実際にどのくらいの速さなのかおれには見当がつかねえが、十ノットだそうだ」

一ノットは、一時間に一海里（一・八五二キロ）を進む速さである。十ノットは一時間に十八キロ余りを進む速さとなる。

「甲鉄は？」

「長さが百九十七尺（約五九メートル）。大砲が七門。ガットリングっていう、連発の鉄砲が一基。ミニエー銃の倍はあるでかい弾をぶっ放す砲だ。あっという間に二百発を撃つらしい」

「あっという間に二百発なんてできるのかい」

千代菊は目を丸くした。西洋の銃を見たことはあったが、それらは単発の先込め銃である。

「西洋の武器は日本とは桁違いに恐ろしいんだよ」

金吾は千代菊に言うと、甲鉄の説明を続けた。

甲鉄の速さは十・五ノット。開陽よりも少し速い。しかし、船体は開陽より小さく、大砲の数も少ない。だが、甲鉄の大砲七門のうち、四門は砲身の内側に螺旋の溝が切ってある。ライフルである。ライフル弾は遠くまで飛び、正確に的に当たる。

そして甲鉄は装甲艦であった。舷側の鉄板は、厚い所では四寸（約一二センチ）。薄い所でも二寸五分（約七・五センチ）はあった。大砲の弾の衝撃をはね返し、体当たりして敵艦に穴を空けることもできる。甲鉄は開陽と神速、二隻を失った分を補うに余りある軍艦であった。

「――ガットリングがおっかねぇが、一基しかねぇ。右を撃ってる時にゃあ、左は撃てねぇ。蟠龍と高雄が両側から挟むんだから、心配はねぇ」

金吾は話を締めくくる。

「蝦夷共和国政府の軍艦はいつ来る？」

和磨が訊いた。

「あまり早くこっちに来れば、敵の目につく。しかし、遅れれば元も子もない。三月の初めには行動を起こす。だから鍬ヶ崎の官軍の密偵を始末した。田老《たろう》や山田の密偵も冷たい海の中さ」

金吾は一瞬暗い目をした。

千代菊は鋭い刃物の切っ先を突きつけられたような気がした。自分のまるで知らない世界に金吾は住んでいるのだと千代菊は実感した。

しかし、怯えた自分に腹が立った千代菊は、金吾に挑むような口調で言った。

「でも、密偵が一斉にいなくなったら官軍が怪しむんじゃないのかい？」

「密偵が消えたことを誰が官軍に知らせる？」金吾はにやりと笑う。

「密偵が奥羽総督府に知らせを出すのは月に一度。それぞれ知らせを出した直後に殺《や》ったから、官軍が不審に思うのは一月《ひとつき》先だ。官軍の艦隊が鍬ヶ崎に入り、密偵に継ぎをとろうとした頃には、蟠龍と高雄が甲鉄を挟み込んでいる」

作戦のためにはなんの恨みのない者でも平気で殺す。いや、殺さなければならない。戦とはそういうものなんだ――。

千代菊は、自分から遠い所で行われていると思いこんでいた戦が、すぐ身近に迫っているのだということを実感した。

金吾はすでにその殺戮の巷に生きている。何人もの人を殺した男が、今、目の前に座っている――。

人を殺したということであれば、和磨も人を殺している――。しかしそれは殺すか殺されるかの戦の中であって、金吾のそれとは違う。

金吾はおそらく、寝込みを襲うかなにかして、無抵抗な相手を冷酷に殺したのだ。

千代菊は恐怖を覚えたが、和磨はまるで気にする様子もなく、腕組みをして言った。

「品川から鍬ヶ崎までざっと百七十五里（約七〇〇キロ）。三月九日に品川を出るとすれば、一日百里強を進むとして、二日あれば着くか」

「海が荒れればそれだけ遅くなる。二日では着かぬと見ている。官軍艦隊の動きは、各地に密偵が早馬や烽火で知らせることになっている」

金吾が答えると、和磨は肯いて立ち上がり、右脚を引きずりながら部屋の隅に置いた絵図の写しを持って来て金吾に渡した。

「これを榎本さまに。甲鉄を奪った後、官軍の残党を掃討する時に役立てて欲しいと伝えてくれ」

「うむ――」

金吾は受け取った絵図を子細に眺める。そしてそれを畳み、懐に仕舞った。

「労作だが、役に立つかどうかは分からぬぞ」

その言葉を聞いて、千代菊はかっとした。

「なんて言い草だい！　官軍の密偵の目を避けながら、一生懸命歩いて描いた絵図だよ！　役に立たないなんて、酷いことを言うんじゃないよ！」

「甲鉄を奪ったならば、回天、蟠龍、高雄はすぐに箱館へ引き揚げる。四隻の軍艦で七隻の敵艦を相手にするのは危険が多すぎる」

「ならば、なぜ榎本さまは絵図を作れなどと言ったんだい！」

激昂して言った瞬間、千代菊はしまったと思った。それは和磨も千代菊も分かり切っていることであった。

和磨は脱藩までして会津に駆けつけて戦った男ではあったが、怪我をして兵としては使い物にならない。鍬ヶ崎に置いて情報収集をさせるにしても、密偵の仕事ならば、金吾とその手下たちで十分。そこで与えられたのが絵図の制作――。

和磨がそう推し当てて、千代菊に聞かせた。それを金吾の口から真実として語らせてしまうことになる問いであった。

「それはなぁ……」金吾は言いにくそうに顔をしかめる。

「脚を怪我した七戸さんを戦の場に連れて行きたくなかったんだ。まずここでゆっくり養生して脚を治させようと思ったのだ」

金吾の言葉は嘘だと千代菊は思ったが、ほっとした。本当のことを言われるよりずいぶんましであった。

「そうか――」静かな声で和磨は言い、まっすぐに金吾を見た。

「脚はこれ以上よくなることはないだろう。養生は必要ない。おれを蟠龍か高雄に乗せてもらえるよう、口添えしてもらえまいか？」

「駄目だよ！」千代菊は和磨の腕にすがりついた。

「今の話を聞いてたろう！　脚の利かないあんたは軍船なんかに乗せちゃもらえないよ！」

千代菊の言葉に、和磨は目を見開いてその顔を睨みつけた。

「脚は利かなくとも、銃は撃てる！　白兵戦でも命を捨てて戦えば、敵を一人、二人倒すことはできる！　飯炊きでも、皿洗いでも、なんでもできる！」

凄まじい形相であった。目が吊り上がり、顔色は真っ赤に染まって、こめかみにも首筋にも太い血管が浮き上がっている。食いしばった歯が剝き出しになっていた。

千代菊は、言ってはならない言葉を言ってしまったことに気づき、はっと手を放した。

和磨の顔から急速に怒りの形相が引いて行く。顔は青白くなり、目から力が消えた。

「そうであったな——。右脚を痛めてから、おれは何の役にも立たぬ男だ」

そう言って微笑む。

「まぁ、気を落とすな」金吾は立ち上がりながら和磨の肩を叩く。

「絵図は確かに榎本さまに届くよう手配する。お前の働きも伝える。いずれ蝦夷共和国政府の中で働けるよう話しておくから、今は我慢しろ」

金吾は急ぎ足で隠し階段を下りて行った。

「我慢はした……」

唸るような声で和磨が言った。

千代菊はかける言葉を見つけることができず、顔を歪めて和磨を見つめる。

「我慢はした……。我慢をして、我慢をして……。それで役に立たない男になってしまった自分を思い知らされた。これ以上、なにを我慢せよというのだ」

和磨はのろのろと立ち上がり、部屋の隅に歩く。そして、崩れるように座り込むと、絵図の元本と写しの残りを手にした。

びりっ、と大きな音を立てて和磨は絵図を破った。

「あっ！」

千代菊は止めようとしたが、出来なかった。

和磨の背中から何者をも拒否する気配が滲み出していたからである。

和磨はゆっくりと絵図を細く裂き、さらに細かく千切る。

我慢をして、我慢をして、綿密に鍬ヶ崎を調査し、描いた絵図である。しかしそれは、和磨と同様、役に立たないもの——。

それを和磨はなかったことにするかのように千切っている。

千代菊は背中を丸めて和磨を見つめた。

紙を破る音が、いつまでも隠し部屋に響いていた。

第五章

宮古湾海戦

一

和磨は一言も喋らなくなった。

ただ黙って窓から海を見る日々が続いた。

食も細くなり、千代菊は和磨が体を壊すのではないかと気が気ではなかった。

なんとか食べさせようと、幾度も『食って力をつけなきゃ官軍と戦えないよ』という言葉が喉元まで迫り上がった。

しかし、その言葉は禁句である。

戦えない体なのだと知っている者に追い打ちをかける言葉——。あの晩に千代菊がうっかり言ってしまった言葉が、和磨をこんなふうにしてしまった。それを繰り返すわけにはいかない。

あの言葉を言ってしまったことを謝ろうとも思った。しかし、思い出させることがさらに傷つけることに繋がると考えて、千代菊は謝罪の言葉を口にしていない。

腫れ物に触るようにすること以外、千代菊には方法が思いつかなかった。

針の筵に座っているような十日余りが過ぎ、三月九日となった。

官軍艦隊が品川を出る日である。

すぐに鍬ヶ崎に姿を現すはずもなかったが、和磨は日がな一日窓辺に佇んでいた。

千代菊は見るに見かねて、隣の和泉屋へ行き、頭を下げて腰掛けを借りてきた。

側にそっと腰掛けを置くと、和磨は千代菊を振り返り、死人のような目で微笑んで、

「かたじけない」と小さな声で言った。

怒りは収まっているのだと、千代菊けほっとしたが、怒りよりも酷いものに和磨が取り憑かれているのだと気がつき慄然とした。

千代菊は、和磨が雪隠に入っている間に刀架けの差し料を天井裏に隠した。

刀の柄にはうっすらと埃が積もっていた。しばらくの間、和磨は刀を手に取ることも、そちらに目をやることもなかった。だから隠しても気がつくまいと千代菊は思ったのだった。

甲鉄の奪取という作戦が行われるまでは、まだとりあえず密偵としての役目があるが、それが成功した後は――？

榎本武揚は、和磨を厄介払いのために鍬ヶ崎に置いていった。ならば、和磨を箱館まで連れていこうとはしないだろう。

和磨は自刃を否定した。それは、敵を斬って斬って斬りまくり、戦の中で死ぬことを願っているからだとも言った。

しかし、その機会が失われたならば、きっと和磨は自らの命を断つ。まずは切腹されないように、刀を隠したのである。

自死には色々な方法があるから刀を隠しただけでは防ぎきれない。あとは和磨から目を

離さぬことでなんとか自死の機会を奪い続けるしかない。そのうちになにかいい手を思いつくだろう――。

案の定、一日経っても二日経っても、和磨は刀がなくなったことに気づかない様子だった。そのことで、千代菊は久しぶりに安堵を味わったのであった。

*　　*

穏やかな日が続いて里の桜が開き、紅紫の桜草や紫雲英《げんげ》、黄色の菜の花が狭い鍬ヶ崎の空き地や畑に咲いた。

三月十日、十一日――。十五日になっても官軍の艦隊は姿を現さなかった。

和磨に苛立ちの色が見え始めた。

千代菊にもそれが感染して、花の季節が訪れていることにも気づかなかった。

そして三月十六日――。

御殿山に細い煙が上がった。

千代菊は浜に走ったが、沖に船影は見えない。

少し迷って千代菊は東雲楼に走った。烽火のことを和磨に隠したところで、艦隊が鍬ヶ崎に入って来ればばれることだ。

「やっと来たか――」和磨はほっとしたように言った。

「御殿山からは山田の向こう側まで見通せる。浜から見えなくとも官軍の艦隊は近づいている」

しばらくすると、外が騒がしくなった。

鍬ヶ崎の町衆が叫びながら浜の方へ走っていく。

「官軍の蒸気船だ！」

窓辺の和磨がさっと動いた。右脚を引きずりながら隠し階段へ走る。

「駄目だよ！　外に出ちゃ！」

繕い物をしていた千代菊が慌てて立ち上がる。

「密偵はもういない」

和磨は隠し階段の綱を釘から外す。

「官軍が来るんだよ。あんたは侍姿だ。どんな言いがかりをつけられて捕まえられるか分かったもんじゃないよ」

「蒸気船に気を取られて、おれなど目に入らん」

和磨は壁際に立てかけていた杖を取って、体を大きく揺らしながら階段を駆け下りる。

千代菊は階段を下り、鉤棒で天井に収納した後、和磨を追う。小部屋の掃除をしていた小者たちも箒や雑巾を放り出して外に出たらしく、二階に人影はない。遣手婆のとめだけが小部屋でぼんやりとしている。

「返しとくよ」

千代菊は小部屋に鉤棒を置く。

柱に隠した予備の鉤棒を使えば、貸し借りの面倒がなくていいのだが、それをすればとめの数少ない仕事を取り上げてしまうようで申し訳ないと感じているのだった。

「あい」

とめはぼんやりと言った。

千代菊は階段を下りる。

内証もからっぽだった。昼見世の前であるから、ほとんどの遊女も外に飛び出していて、一階もがらんとしている。

「不用心だねぇ」

外に出ると、まるで祭のような混雑であった。料理屋や女郎屋、旅籠の使用人や女郎たちや、その客らが浜を目指して走っている。北の方へ目をやると、一仕事終えた漁師たちも下穿きに袖無し姿で海岸通に走っている。

これだけの人混みならば、かえって和磨は目立たないかもしれない。

人波の中に和磨の背中を見失いながら、千代菊は思った。

少し前に旧幕の船が入港しているから、蒸気船が珍しくてそれを見物しようとしているのではない。

官軍の船が来たからである。

鍬ヶ崎の者たちは、いや盛岡藩の領民の多くが旧幕贔屓である。官軍はそれを知っていて、自分たちを罰するのではないか——？

そういう不安を感じて、様子を見に走ったのである。

船の官軍がどういう態度をみせるか。それによっては鍬ヶ崎を逃げ出そう。

そんな声があちこちから聞こえた。

「戦が始まる——」

そう言いながら家に走る者もいた。それに触発されて、大勢の町人が海岸通を離れた。

「敵に後ろを見せるのかよ！」

という罵声も響く。

敵が乗り込んでくる——。

千代菊は、前を行く人々を掻き分けてなんとか和磨を見つけると、その腕を掴み左側の路地に引っ張った。裏道に詳しい町衆たちもその路地を浜の方へ走っている。

下見板張りの壁が迫り人一人がやっと通れる道を抜けて海岸通に出ると、大勢の人が由ヶ尻の崖の側に押し掛けていた。

整地された岸壁を降りて、千代菊と和磨は砂浜に降り、人垣に向かって走る。

突然、左側の角力浜の尖端、海に迫り出した舘《たち》ヶ埼《さき》の向こうから真っ黒い船体が現れた。

由ヶ尻に近づくにつれて宮古湾の沖の方まで見渡せるようになり、二隻の船が湾内に進んで来るのが見えた。速度を落とし始めた最初の船と合わせて三隻である。

千代菊は金吾が和磨に渡した、品川から箱館へ向かう八隻の船の絵図を頭に思い描く。

特徴的な衝角をもつ甲鉄の姿はない。

「丁卯《ていぼう》、陽春、飛龍だ」

和磨は言った。

丁卯は、英国製の木造蒸気内輪船である。元々は長州の軍艦であった。黒々とした細い船体。檣《ほばしら》は三本で舳先から槍出《バウスプリット》しが突き出した姿は、港に浮かぶころんとした形の日本の荷船と対照的であった。

陽春は、アメリカ製の木造蒸気内輪船である。秋田藩が武装商船として使っていた船であった。飛龍は、長州征伐の折りに、幕府が小倉藩から購入した運送船であった。

甲板では水夫たちが忙しげに走り回っている。

やがて、三隻の船は動きを止めて湾内に投錨した。

「残りの船はどこだろうね」

千代菊は背伸びをして人々の頭の向こうを覗き見る。

「来ない……。三隻だけだ」

和磨は舌打ちした。

千代菊は『蝦夷共和国政府の船はどこだい?』という言葉を飲み込んだ。官軍の密偵はもういないはずだが、万が一ということもある。千代菊は喋ってもいないのに、口元を押さえて周囲を見回す。

「くそ……」

和磨は人垣を離れて東雲楼の方へ戻る。

千代菊はその後を追う。

甲鉄が来ないのでは話にならない。甲鉄が到着するまでに日があれば、それだけ和磨の身に危険が迫る可能性が高くなる。

官軍の者たちはすぐにでも密偵と連絡をとろうとするはずであるからだ。

密偵二人が殺し合いをし、残りの者も行方知れずになっていると知れば、蝦夷共和国政府側の何者かがやったのだと疑う。すぐに宿改めが行われるだろう。

東雲楼に隠し部屋があるのは、鍬ヶ崎に住む者や馴染み客には知られた話である。真っ先に押し掛けてきても不思議はない。

千代菊は鼓動が速くなって行くのを感じた。

「ねぇ。逃げた方がいいよ」

千代菊は和磨に並んで歩きながら言った。

浜に走る者たちがまだいたので、声は落としている。

和磨は無言だった。いつもより体を大きく揺すりながら、急ぎ足で東雲楼へ向かう。

玄関を入り、無人の内証の前を通り、階段を上がって、とめから鉤棒を借り二階の廊下を進む。

和磨の足が止まった。

千代菊はすぐにとめの小部屋に引き返した。

隠し階段が下りていたのである。

「とめさん。誰が来たんだい？」

千代菊は訊いたが、とめはぼんやりと千代菊を見上げるばかりである。

千代菊はすぐに隠し階段に引き返した。

和磨は杖を構えて足音を忍ばせながら階段へ歩く。

千代菊はちらりと和磨の横顔を見る。

眉間に皺を寄せた険しい顔である。絵図を作るために町を歩いていた時とも違う、異様な気配を漂わせた表情であった。

以前、町で侍同士の斬り合いを見たことがある。千代菊は和磨の横顔に、その時の侍たちの顔に似たものを感じた。

殺気だ――。

戦いの最中《さなか》にいる男の、相手を殺すことも厭《いと》わないという気迫である。

会津の戦でも、和磨はこういう顔をしていたのだろうか。

千代菊は恐れと共に、哀れを感じた。

この人は、この表情を浮かべて、幾人もの敵と対峙し、倒し、己も傷ついて来たのだ――。

千代菊は鉤棒を構えて爪先立ちで足音を消し、和磨を追い越して階段に足をかけた。

和磨は『やめろ』と手で合図したが、千代菊は階段の上に注意を集中しているので気づかない。

官軍の船は入ったが、兵は上陸していない。

密偵は金吾が始末した。和磨に害をなす者は鍬ヶ崎にはいないはずだ――。

千代菊はちらりと牡丹と源助を思い出した。

隠し部屋から物音が聞こえた。座った誰かが身じろぎしたような、衣擦れと畳の擦れる音である。

もし、刺客ならば、隠し階段を下ろしたままにはしないだろう――。

そう思いついた時、来訪者の正体の見当がつき、千代菊は足音を響かせて階段を上った。

案の定、座敷には金吾がいた。

煙草盆を引き寄せて、煙管に火を移そうとしていた金吾は、階段から顔を出した千代菊に手を上げた。

「官軍の艦隊を見て来たかい」

「三隻しか来ないってのは、どういうこったい」

千代菊は隠し部屋に上がって金吾の前に座った。和磨が続いて部屋に入り、千代菊の隣に座る。

「甲鉄はいなかった」

「途中、嵐に遭って入港はバラバラになるらしい」

「あんたが密偵を殺すなんて余計なことをしたから、和磨さんの身が危なくなる。上陸した官軍が密偵のことに気づいたらどうするんだい？」

「官軍は調子づいているから大丈夫だ」金吾は煙を吐き出す。

「官軍は連戦連勝。旧幕の残党の寄せ集めである蝦夷共和国政府などなにするものぞ――。あちこちの国からそういう官軍兵の様子が聞こえてくる。鍬ヶ崎に密偵を住まわせていることも忘れているさ」

「楽観しすぎだ」

和磨は首を振る。

「それじゃあ、こうするかい」金吾は煙管を灰吹きに打ちつけて灰を落とす。

「おれと仲間が官軍の様子を探る。もし、連中が密偵のことに気づいたら、おれたちが逃げ出すついでにお前たちも鍬ヶ崎から逃がしてやるよ」

「逃がしてくれるんなら、今すぐにしておくれよ。盛岡辺りまで逃げれば――」

千代菊は言った。金吾の嘲るような言葉がそれを遮る。

「馬鹿。和磨が脱藩したことを忘れたか。だいいち、盛岡藩はすでに官軍側についた。盛岡は鍬ヶ崎よりも危ねぇよ。逃げるんなら、箱館だな」

「ここから箱館までどうやって行くってんだい」

「ここより北の漁村に身を潜めるんだよ。甲鉄を奪って北へ向かう蝦夷共和国政府の船に拾い上げてもらう」

「鍬ヶ崎は箱館までの航路の最後の寄港地だ。ここで乗れなければ蝦夷共和国政府の軍艦には乗れない」

和磨が言った。

「久慈《くじ》の牛島で、亜炭《あたん》を積めるよう手配ができた。半崎あたりの漁村に宿を見つけてやる」

久慈は八戸藩との藩境の町である。牛島は湾の沖の無人島であった。

「おれのことよりも、甲鉄奪取の兵略だ。密偵のことが知れれば、敵は警戒するぞ」

「密偵らのことに気づかれたら、烽火を上げる。それを見た御殿山の密偵も烽火を上げる。甲鉄奪取は中止だ。蝦夷共和国政府の艦隊は三月二十一日に箱館を出る。それまでに官軍が密偵のことに気づかなければ、甲鉄奪取はそのまま遂行される」

金吾はのんびりと言って煙管に煙草を詰める。

「思いつきで適当なことを言ってるんじゃないよ」

千代菊は吐き捨てるように言う。

「戦を知らねぇ奴はこれだから困る。兵略がうまくいくこともあるし、失敗することもある。戦況は刻一刻変わるんだよ。臨機応変に兵略を変えて行かなきゃ戦には勝てねぇ」

「そんなこと言って、あんたらは負け続きじゃないのかい」

「多勢に無勢だからな。だが、起死回生の手は色々と考えているさ」

「だけど、あんたが余計なことをしなければ、あたしらはこんなに肝を冷やさずにすんだんだ」

「下知に従ったまでだ。おれに文句を言うのはお門違いだ」

金吾は煙管を吸いつけて煙を吐き出す。

「まぁいい――。入港した三隻の件、もう知らせは走らせたか?」

和磨が訊く。

「中島どのの烽火を見て、すでに伝令が走っている」

金吾がそう答えた時、外が騒がしくなった。

おそらく、ボートが桟橋に着き、官軍兵が上陸を始めたのだろう。引き揚げてくる見物人の足音に混じって、客引きの声も聞こえた。

旅籠、料理屋の番頭、女郎の媚びを売るような声である。

つい先頃までは『徳川さま。徳川さま』と旧幕の連中を上客扱いしていたのに、今度は掌を返して官軍を歓待する――。

それは仕方のないことなのだ。民はそのようにしてしたたかに生き延びなければならない。

体制側に取り入り、大抵のことは我慢しつつおもねっていい気分にさせながら稼ぎ、いざとなれば一揆を起こして要求を通す。

いっそのこと、民百姓が政を侍から分捕って、自分たちで世の中を転がせばいいのに、それはしない。大きな責任は侍たちに任せ、自分たちは面倒なことを回避して日々を暮らす――。

民百姓たちはそうやって生きてきたし、これからもそうやって生きていくのだろう。
千代菊は溜息をついた。

二

官軍は本陣を和泉屋として、主立った将はそこに宿泊した。七瀧沢を挟んだ北隣が東雲楼であった。

兵たちは、本陣の和泉屋のほか、廻船問屋の奥州屋、大坂屋、旅籠の横坂などを宿とした。それでも部屋数が足りず、船宿の小島屋、岩屋、小松屋、何軒かの遊女屋にも分宿した。

東雲楼にも部屋の提供を求める兵が来たが、主の弥右衛門が色々と理由をつけてそれを断った。金吾から相応の金を受け取っていたのだろうと千代菊は思った。

官軍は密偵のことなど気にする様子もなく、料理屋や女郎屋で命の洗濯をした。

実のところ、密偵の二人が殺し合いをし、残りは女郎と逃げたという知らせは下士官にすぐに入ったのだが、それをそのまま信じて蝦夷共和国政府の仕業だと裏を読まず、上官に伝えなかったのである。

官軍の兵たちは、それほどに旧幕の残党を甘く見ていたのであった。その甘さが、数日後の大失態に繫がって行くのだが――。

丁卯、陽春、飛龍の入港から一日空けて、十八日、一隻の軍艦が鍬ヶ崎浦に入って来た。甲鉄であった。

和磨は是非とも艦を見ておかなければならないと言ったが、「官軍がうじゃうじゃいる町中に出るのは危ないよ。あんたは窓から確かめりゃあいい」と千代菊は必死で押しとどめ、自分が代わりに偵察に出た。金吾の絵図は頭に入っている。浦に入った艦が甲鉄かどうかを確かめるだけなら千代菊にもできた。

絵図にあったように、甲鉄は異様な姿をしていた。

下に向かって迫り出す舳先、衝角がいかにも禍々しく、船というより鉄でできた獣のようだと千代菊は思った。

異形の軍艦の噂はあっという間に広がって、翌日には弁当を提げた見物人が宮古から押し掛けた。海岸通の岸壁に屋台を出す者もいた。

十八日から二十一日にかけて、豊安、戊辰《ぼしん》、春日、晨風《しんぷう》が入港した。

鍬ヶ崎浦の軍艦は、春霞と、屋台で焼かれる魚介の煙でうっすらと白い紗幕《しやまく》の向こうに浮いていた。

鍬ヶ崎の町に官軍の兵が溢れた。

礼儀正しい者もいたが、官軍風を吹かせて傍若無人に振る舞う者も多かった。

金は後から軍が払うと言ってただ酒を飲み、肴を食い散らかす。女郎だけでなく、嫌がる女中や小女までも物陰に引きずり込んで狼藉《ろうぜき》を働く。

藩が異なる兵どうしの喧嘩もあちこちで起こった。

鍬ヶ崎での官軍の評判は一気に地に落ちた。

二十一日からは、官軍の調練も始まった。軍楽隊の演奏に合わせて鍬ヶ崎の町を行進し前須賀の浜へ向かい、調練太鼓の合図で榎本武揚の似顔を標的に射撃をした。

和磨は隠し部屋に閉じ籠もり、暗い顔をして楽隊の音や銃声を聞いていた。なくなった刀のことはまるで気にしていないようで、千代菊は少し不安になった。

千代菊はそんな和磨を置いて毎日外に出た。気を利かせて官軍の様子を探ろうと思ったのである。

海岸通に集まった人だかりの中から顔見知りの女郎や旅籠の女中を見つけ、「官軍のお侍たちはどうだい？」と声を掛けて回った。

女たちの口からは、威張り腐っているだの、遊び方が意地汚いだの、官軍の悪口しか聞かれなかった。

岸壁の側まで出た時、左手の前須賀の方から数十の銃声が一斉に轟いた。目を向けると浜に、小隊五、六十人の放った鉄砲の白煙がもうもうと漂っていた。

「千代菊姐さん。まだ宮古の家は見つからないのかい？」

と後ろから声をかけられた。振り向くと和泉屋の女郎、姫鶴《ひめつる》が立っていた。

「あれ、姫鶴。昼見世はいいのかい？」

千代菊が言うと、姫鶴は前須賀の方を顎で指した。

「今のいい人はあっちに行ってるからね」

「なんだい。身請けの話でも進んでるのかい？」

「千代菊姐さんみたいに上手くは行かないよ」姫鶴は鼻に皺を寄せた。

「ウチの女郎たちは官軍さんの貸し切りだよ。だから今のいい人は官軍さん。船出するまでの仲さ。本当は官軍さんなんか大嫌いなんだけどね——。まぁ生きるためには仕方がないよね」

姫鶴がそう言ったので、千代菊は訊きたいことを口にするきっかけを得た。

「船出はいつなんだい？」

「明日あたりだって話だよ」

「明日かい……」

千代菊は平然とした顔で肯いたが、内心はひやりとしていた。蝦夷共和国政府の艦隊は間に合うのだろうか——？

「早く出てって欲しいよ。今のいい人はしつこくてね。一晩に何回もやりたがるから、何日も居座られたらお道具がガタガタになっちまうよ」

姫鶴は下卑た笑い声を上げた。

「そいつはお疲れさんだね」

「まったくだよ。あたしも早く姐さんのように身請けしてもらいたいもんだよ。官軍さんは願い下げだけどね」

「あんたは器量よしだから大丈夫だよ」

千代菊は話を切り上げて「それじゃあ、またね」と言ってその場を離れた。

怪しまれないようゆっくりと歩いているつもりが、思わず知らず早足になる。

だが――。

官軍の艦隊が明日出港するという話を和磨に伝えてもいいものかと、千代菊は迷っていた。

和磨に教えたところで、蝦夷共和国政府の艦隊が早く到着するわけではない。知らせればいたずらに和磨を苛立たせるだけではないか。

知らせなければ明日、官軍の艦隊が動き出したところで和磨は慌てるだろう。しかし、和磨に責任があるのではなく、遅れている蝦夷共和国政府の艦隊が悪い。

どうしようもないことで一日苛立たせるよりも、黙っていた方がいい。

だが、金吾が来て余計なことを知らせたらどうしよう――。

その時はその時。こっちはしらばっくれていればいい。

千代菊はそう決めて東雲楼に走った。

* *

夜になっても金吾は現れなかった。

もしかすると官軍の艦隊が明日出港と知り、あちこち走り回っているのかもしれない。

勝負は明日——。

明日、官軍の艦隊が何事もなく鍬ヶ崎浦を出ていったら、和磨をどう宥《なだ》めるか。

なんとか説得して鍬ヶ崎を出て、まず宮古に一緒に暮らす家を見つけよう。

千代菊はすでに寝息を立てている和磨の背中を見ながら行灯を消した。

一緒に暮らす——？

千代菊は夜具に入りながら思った。

いつの間にあたしはこの人と一緒に暮らす気になったんだろう。

そう思うと、今まで感じたことのない感情が胸を甘く酸っぱく締めつけた。

その気になれば、男一人くらい、あたしが養える。先立つものはないが、掻き集める手はないではない。馴染みだった男たちに手を合わせ『少しばかり貸してくれないかい』と頼むことはできる。男たちは『ずうずうしい女だ』と笑って金を貸してくれるだろう。

宮古で静かに暮らすのだ。なんなら盛岡まで出てもいい。いずれ官軍が勝って、盛岡藩は処分を受けるだろうから、脱藩したことを咎めている場合ではなくなる。

盛岡なら人も多いし、三味線や踊りを習いたいという者も多いだろう。あたしが稼いで、この人には好きなことをやって暮らしてもらおう。

もし、この人がそれは嫌だと言うのなら、脚が利かなくても商売はできる。侍気質が抜けなくて客商売は無理だったとしても字も書けるし算盤もできるだろうから、帳簿はつけられる。

明日をなんとか越えられれば、明るい明後日《あさって》、明々後日《しあさって》が来るんだ。

そう思うと千代菊の鼓動は速くなり、目が冴えてきた。

敵艦隊が出港したら、和磨をどう慰めるか――。

千代菊はそれを考え寝返りを繰り返した。やっと眠りに落ちたのは明け方近くであった。

＊　　＊

二十一日に箱館を出たはずの蝦夷共和国政府の艦隊は未だ現れない。

千代菊は、官軍の艦隊が今日出港することを黙ったまま、和磨の朝食の世話をし、窓から外を見ている和磨の横に座って、貸本の頁に目を落としていた。これから起こることを考えると目は文字を追うだけで内容はまるで頭に入ってこなかった。

時々立ち上がって和磨の隣に立ち、港の様子を見る。

艦船の周りには何艘ものボートが集まり、薪や水の樽を慌ただしく積み込んでいる――。

「なにかおかしい……」

和磨は呟いた。

「なにがおかしいんだい？」

千代菊はどきりとしたが、知らないフリを通しながら畳に座り込み、本を手に取る。

「なぜ積み込みをあんなに急いでいるんだろう」

「きっと入港が遅れたからだよ――。なにかあるんなら、金吾さんが知らせてくれるはずだろ。心配しないで座ってなよ。脚が疲れるよ」

千代菊は『早く出港しておくれ』と祈りながら、何気ない様子を装い本の頁を捲った。

＊　＊

昼四ツ（午前一〇時頃）からにわかに空が曇り、風が吹き始めた。地元では〈マカダ〉と呼ぶ北東風である。

これから天候が荒れる兆候であった。

官軍の海軍参謀増田明道《あきみち》は、各艦船の艦長、船長を和泉屋に集め、広間で評定を開き、本日の出港は延期と決めた。

＊　＊

千代菊はいつまで経っても出港しない官軍の艦隊に焦れた。

「浜を見てくる」

と和磨に言って千代菊は外に出た。

風が山の木々をざわざわと揺らしている。その中に点在する薄紅の花を咲かせた木々も大きく揺れていて、千代菊は初めて桜の季節になっていたことに気づいた。

この風で散らなければいいが――。そう思ってふっと苦笑する。

今年は花見などできない。ならばいっそのこと散ってしまった方がさっぱりするじゃないか。

隣の和泉屋の前に、心配そうな顔で山を見ている顔見知りの女中がいた。

声を掛けると「桜、散らなきゃいいね」と言った。

「花見の心配より、戦の心配だろ。官軍さんの様子はどうだい？」

「今日の出港の予定だったらしいけどね。この天気で延期になったそうだよ」

「そうかい――」

千代菊は落胆した。女中が訝しげな顔をして自分を見ているのに気づき、千代菊は慌てて付け加えた。

「ほんとに嫌な風だね。だけど咲き始めだから、まだ大丈夫だろ」

「なに言ってるんだい。もうしばらく前から咲いてるよ」

女中に言われて山を見れば、確かに桜は八分咲き。満開の木もあった。

「ああ……。そうだったねぇ」

千代菊はそう誤魔化し、部屋に戻った。

隠すのも気が咎めたし、出港が延期となった今となっては話した方が和磨も喜ぶと思い、千代菊はちょっと嘘を交えながら報告をした。

「あんたの勘、当たっていたよ。官軍の艦隊は今日、出港の予定だったんだってさ。だから薪と水の積み込みを急いでたんだよ」

千代菊が言うと、和磨の表情が固まった。

「だけど、空が荒れそうだからって日延べをしたんだとさ」

「そうか……。よかった。天が味方してくれたようだ」

和磨は大きく溜息をついて肯いた。

暮れ六ツ（午後六時頃）になって、雨が降り出し、南東の風が強くなって春の嵐となった。

雨の紗幕の向こうに、波に揺れる艦隊を見ながら、千代菊は唇を噛み雨戸を閉めた。

夜半――。

閉めた雨戸ががたがたと鳴り続けているので、千代菊も和磨も隠し階段を叩く音に気づかなかった。

「おい。階段を下ろしてくれ」

と金吾の声がした。

千代菊は急いで綱を解き、隠し階段を下ろした。合羽か蓑かを着て来たのだろう、膝から下だけを濡らした金吾が階段を駆け上がって来た。

「回天、蟠龍、高雄は予定通り、三月二十一日に箱館を出港した。三艦は互いにはぐれないよう大綱で繋いだそうだ。今日は鮫村まで来たぞ」

金吾は和磨の前に座りながら言った。

鮫村は盛岡藩の北、八戸領にあり、鍬ヶ崎からは陸路二十五里（約百キロ）以上離れた海辺の村である。

「そこまで来ているのだな」

和磨はほっとしたように言う。三刻（約六時間）あれば到着する距離である。

「ああ。伝令によれば、鮫村で八戸藩の侍が官軍の船と勘違いして近づいてきたので、騙して回天に乗せて拘束したそうだ。その侍は官軍の艦隊が鍬ヶ崎浦に入っていることは知らなかった。鮫から来た伝令に艦隊が勢揃いしていると言うと、明日には我が艦隊はだいぶ鍬ヶ崎浦に近づくので、烽火でその旨を知らせると言って、御殿山に走った」

「烽火では湾内の敵艦の配置などは伝えられまい」

「我が艦隊は外国の国旗を掲げて湾に入る。配置を確認する暇は十分にある――。まぁ、明日の今頃はすべて終わっているさ。二人とも、旅支度を調えておけ。海戦の混乱に乗じて鍬ヶ崎を抜け出すぞ」

「でも……。それじゃあすぐに追いつかれないかい？」

和磨の脚ではそう長くは歩けない。甲鉄を分捕って逃げるという兵略であれば、海戦はそう長くは続かないだろう。

海戦の間にどこまで逃げられるか――。

久慈の牛島で拾い上げてもらうことなど無理ではないか――。

「馬を用意してある」

金吾は言った。

「あたしは馬に乗ったこともない」

千代菊は激しく首を振る。

「和磨の馬に乗るんだよ」

「久慈までは二十里はあるだろう。馬は二十里も走れない」

「馬がくたびれてきたら、どこかの村で調達するさ。盛岡藩は馬産地。田舎でも駿馬《しゅんめ》は手に入る」

「そうかい……」

「お前が考えるようなことは、こっちだって考えているさ。心配しないでついて来い」

「嵐が心配だな」

和磨が眉間に皺を寄せた。

「うむ……」

金吾も厳しい顔をして、雨戸を鳴らす風雨の音を聞いた。

「万が一、綱が切れて艦が流されたらどうする?」

「嵐が収まったら鮫沖で合流し、鍬ヶ崎浦に南下することになっている」

「そうか……。そうなれば、兵略の実行が遅れるな」

「波に揉まれるのは官軍の艦隊も同じだ。嵐の間に出港しようとは思わない。我が艦隊が間に合わないということはない」

「ともかく、お前たちは海戦が始まるのをここで待て。おれが迎えに来る」

金吾は立ち上がった。

金吾は隠し階段を下りて行った。

千代菊は階段を引き上げながら、言いようのない寂寥《せきりよう》が胸を塞いで行くのを感じていた。ここで暮らした十五年は辛いものであったが、いざ離れるとなると急に寂しさがこみ上げてきたのである。千代菊にとって鍬ヶ崎での暮らしは人生の半分以上を占めていた。

＊　　＊

翌日も嵐であった。

千代菊は和泉屋の通用口に顔を出して女中から官軍の様子を聞き出した。海軍参謀の増田が、天候を見て各艦船の長の判断で順次出港するようにと命じたが、この天候では今日は無理だろうということだった。

その話を聞くと、和磨は千代菊が止めるのも聞かず、菅笠と蓑を身につけて浜へ向かった。着物の裾を尻端折りしていたので、万が一誰かに見られても浜の様子を見に出た漁師と思うだろうという考えであったが、なまっ白い脛《すね》はどう見ても漁師の脚ではなかった。

海は荒れていた。濁った波が岸壁に当たり、高い白波を噴き上げている。浜には人っ子一人いない。対岸の砂浜に漁舟が引き上げられているのが白い雨の幕の向こうに垣間見えた。沖の官軍の軍艦は激しい波に揺さぶられている。

「いくら見てたって、嵐がおさまるわけじゃないよ。もう帰ろうよ！」

千代菊は菅笠を吹き飛ばされないように押さえながら叫んだ。

「先に帰っていろ。おれは艦の位置を確かめてから戻る」

和磨は叫び返し、由ヶ尻の方へ歩いた。

波は海岸の家々近くまで飛沫を散らしている。一人で行かせるには不安があった。

千代菊は和磨の後について歩く。

＊　　＊

和磨は焦っていた。

なんとかしてこれから起こる海戦に参戦したかった。それが無理でも、箱館での戦には加わりたい――。

脱藩までして会津に駆けつけたが、ほとんど役にも立てず、清子を救ってやることも遺体を葬ってやることもできずに盛岡藩へ逃げ帰った。そして、自分を救ってくれた友を守ってやることもできず、死なせてしまった。そんな自分の死に場所として、海戦は華やかすぎるが、少しでも誰かの役に立って死ぬことができれば――。

ここで命を捨てて戦わなければ、あとはだらだらと、惨めな思い出だけを引きずって生きることになるだろう。

敵兵の一人、二人を減らして散ることができれば本望だ。

榎本さまは、おれを厄介者として鍬ヶ崎に置き去りにした——。

脚の自由が利かないことを補って余りある働きができる証を示せば、榎本さまも考えを変えてくれるに違いない——。

まずは、敵艦隊の配置を、味方艦隊に伝えたい。

御殿山からの烽火では、鍬ヶ崎浦内の艦の位置までは伝えられない。金吾は回天ら三隻が入港した時に確認できるから大丈夫だと言ったが、先に配置を知っておけば細かい作戦も立てやすい。

だが、それを知らせる術はない。

今から鮫に馬を走らせても、波が収まらなければ沖の回天らにそれを知らせることはできない。

では——。烽火に工夫をして詳しい情報を伝えることはできないか？

鮫沖から宮古湾に向かって進む回天らに敵艦の配置を知らせることができれば——。

和磨は御殿山へ向かおうと決心した。

だが、今から行こうとすれば千代菊がついて来るに決まっている。

千代菊は足手まといだ——。

そう考えて、和磨は苦笑した。

榎本さまに足手まといと思われた自分が千代菊を足手まといと考えている。

なんにしろ、千代菊を戦に巻き込むことはできない。

せっかく女郎から足を洗ったのだから、鍬ヶ崎を離れて幸せを摑んで欲しい——。

そう考えた和磨の脳裏に、清子と千代菊の顔が重なった。

和磨は眉をひそめた。

重なった二つの顔は、清子の面影が薄い。

和磨は清子の顔だけを思い出そうとして狼狽《ろうばい》した。

はっきりとした清子の顔を思い出せないのである。

清子とは長く付き合ったわけではない——。いや、付き合うどころか、お互いの胸の内を語ったこともなかった。それでも強く心が結びついたことは、お互いに確信できた。

千代菊とは昨年の十月からずっと一緒に暮らしている——。

千代菊を巻き込みたくないという思いは、微かな胸の痛みを伴っていた。それはとりもなおさず、千代菊との別れを意味しているからだと気づいた。

自分は千代菊との別れを辛く感じている——。

そう意識した瞬間、胸の痛みが強くなった。

もしかすると、自分は清子よりも千代菊に引かれ始めているのかもしれない——。

和磨は愕然となった。

同時に強い罪悪感を覚えた。

これ以上、清子の面影を薄れさせたくない――。

和磨は歯を食いしばって吹き寄せる風雨の中、海を睨みつける。

波が荒すぎて、由ヶ尻には近づけなかった。

和磨は大きく回り込んで鏡岩の上に出て、官軍の艦隊の位置を確認した。

外洋側に、北から春日、甲鉄、戊辰が並んでいる。他の艦は陸側で波に揺られていた。

風雨の中で留書帖に記すわけにもいかなかったから、和磨は頭の中にその配置を入れると東雲楼への道を引き返した。

千代菊は心配げな顔をしてついてくる。

今夜、御殿山へ向かう。千代菊が寝たのを確かめて、東雲楼を出よう――。

和磨は決心したが、胸の痛みはさらに激しくなった。

三

風雨の音が激しく、千代菊の寝息は確認できない。しかし、床に入ってもうだいぶ経つので、きっと寝入っているだろう。

敵は雨続きで出港ができず、宿舎で酒浸りになっている。ましてこの嵐。見張りさえも気を抜いているだろう。

和磨はそっと床を抜け出して、身支度を整えた。そして、千代菊が天井裏に隠した刀を取り出す。脇差まで差せば邪魔になるので、大刀だけ差し落した。

和磨は、千代菊が刀を隠したことに気づいていたが知らないふりを続けていた。千代菊が自分の自刃を防ごうとしたその思いを、余計なお世話と思いつつもありがたいと感じていたからであった。

天井板を戻した音でも千代菊が目覚める様子はなかった。二階の小部屋も静まりかえっている。嵐のために客は少なく、泊まりの客もすでに寝てしまっているようだった。

和磨は隠し階段を下ろす。二階の廊下の常夜灯の明かりが、ぼんやりと隠し部屋を照らす。千代菊の夜具は呼吸に合わせて規則正しく上下を繰り返している。

和磨は、二階の廊下に下りると階段を戻した。そのまましばらく様子をうかがう。千代菊が起きてくる様子がないことを確認して、一階に下りた。

内証では、弥右衛門が蠟燭を灯して帳簿つけをしていた。和磨の足音に顔を上げ、

「嵐の音で眠れませんか？」

と訊いた。

「これから御殿山へ行きたい」

和磨は弥右衛門の前に座って言った。

「御殿山へ？」

「見張りの中島登どのに、敵艦隊の配置を知らせたい」

「この嵐では危のうございます」

弥右衛門は首を振った。

「道に詳しい小者を借りたい」

「閉伊川を渡って、海沿いをぐるりと回り込み、重茂半島の中程の白浜まで行かなければなりません。道が波を被っているかもしれませんぞ」弥右衛門は言葉を切って、和磨をじっと見た。

「だいいち、御殿山の見張り場に御座《おわ》す方であれば、鍬ヶ崎浦は丸見えでございます。七戸さまが知らせに向かわなくとも、すでに官軍の艦隊の配置はご存じでございましょう」

そんなことは弥右衛門に言われるまでもなく分かっていた。重要なのは、自分にどれだけのことができるのかを己に証明すること。そして、他人にもそれを認めさせることだった。

「中島どのが知っていようがいまいが、どうでもいいことだ。大切なのは、おれが御殿山に知らせに行くことなのだ」

「そのおみ脚ででございますか？」

弥右衛門は和磨の右脚に目を向けた。

和磨は唇を嚙む。

自分の力ではどうしようもなかった数々の出来事が悔しさと共に噴き上げてきた。

会津鶴ヶ城が落城し、清子、和之進が死に、盛岡藩が降伏した今、自分はなんのために生きるのか？

戦い続けることしか、今の和磨には思い浮かばなかった。その戦いに加わることも、脚が不自由であるために拒否された——。

ならば、どうすればいいというのだ？

まったく別の道を生きよというのか？

まったく別の道とはなんだ？

そんなものが簡単に見つかるならば苦労はない。

見つからないから必死でもがいているのではないか。

まずは戦いに戻りたい。そのためには、自分は戦えるのだということを示さなければならない。この嵐の中を御殿山まで行くことができれば、兵としても役に立つと証明できる。

和磨はそう考えたのであった。

このまま諦めては清子にも和之進にも申しわけが立たない——。

「なんとしても嵐が止む前に御殿山へ行かなければならんのだ」

和磨は弥右衛門の前に平伏し、額を畳に押しつけた。

「七戸さま……」弥右衛門は慌てた。

「お顔をお上げくださいませ」

「頼む。嵐が止めば、蝦夷共和国政府の艦隊は鮫沖から移動を始める。海沿いの道が危なければ山を進む道を知っている者を借りたい」

「左様でございますか」弥右衛門は溜息混じりに言った。

「小吉《こきち》という男が重茂の出でございます。すぐに呼んで参りましょう」

「ありがたい」和磨は顔を上げた。

「恩に着る」

「千代菊は一緒に行くのでございますか？」

「置いて行く。あれにはすぐに戻るからここで待つように言ってくれ」

和磨の言葉に、弥右衛門は一瞬その目を覗き込んで、ゆっくりりと、

「左様でございますか。そのように伝えましょう」

と答えた。

＊　　＊

増水した濁流の閉伊川を無理やり舟で渡って、流されながらも対岸の藤原須賀に辿り着いた和磨と小吉は、浜街道を津軽石《つがるいし》方向へ南下した。津軽石からは重茂半島の山の中に分け入り、細く曲がりくねった山道を、御殿山へ向かって歩いた。

雨を吸った蓑が重くなり、内側まで水が染みだしてきた。右脚を庇《かば》うようにして歩くので、左脚が重く疲れたが、和磨は小吉が休もうと言うのも聞かずに歩き続けた。

厳しい上り下り。落石や倒木が道を塞いでいる場所もあった。それを乗り越え、迂回し、二人は進んだ。

明け方近く、風雨が弱まった。

「あとどのくらいだ？」

和磨は前を歩く小吉に訊いた。

「一刻《いっとき》(約二時間)も歩けば御殿山の頂上でございます」

それならば、十分に間に合う。和磨は肯いた。

小吉の言う通り、一刻ほどで前方の山の頂きに小屋の影が見えた。

「小吉。ここまででいい」

和磨は懐から財布を取りだし、一分金を二枚、小吉に握らせた。

「これは――。過分に頂戴いたしまして」

小吉は何度も頭を下げながら来た道を戻って行った。

和磨は小屋に近づき、戸を叩いた。

「鍬ヶ崎の七戸和磨でございます」

小屋の中に明かりはなかったが、すぐに「おう」と返事があった。

閂を外す音がして、戸が引き開けられ、三十絡みの男が顔を出す。首から双眼鏡をぶら下げていた。

中島登――。和磨は松島から鍬ヶ崎までの船内で、何度か顔を合わせたことがあった。

宇都宮、日光口、会津の戦を転戦したというから、もしかすると会津でもすれ違っていたかもしれない。

「何用だ？」

　中島は訊いた。

「鍬ヶ崎浦の敵艦隊の配置をお知らせいたしたく、まかり越しました」

「貴殿に知らせられなくとも、ここから見下ろせば分かることだ」

　中島は怪訝な顔をした。

　和磨はさっとその場に土下座した。

「わたしは会津での戦で脚を負傷いたしました。そのために箱館へ連れていってもらえず、鍬ヶ崎に置いて行かれました。しかし、鍬ヶ崎からここまで自分の脚で歩いて参りました。戦でも役に立てます」

「なるほど。なんとか自分を認めてもらおうと、必死でここまでやって来たということか」

　中島は憐れむように和磨を見下ろした。

「はい――」

「まぁ、入れ」

　中島は和磨を小屋に招き入れた。

　四畳半ほどの広さの、掘っ建て小屋である。床板は張られておらず、地面の上に直に筵が敷かれていた。雨水は小屋の周りに掘った溝に流れ込むので、筵に染み込むことはなかった。

筵の上には夜具と火鉢、箱膳などが置かれていた。

「蝦夷共和国政府の艦隊に、官軍の艦隊の配置を知らせなければならないと考えました。烽火を使ってなんとか知らせられまいかと思い、中島どのと相談しようと考えました」

和磨は中島に向かい合って座りながら言った。

「金吾は貴殿に説明しなかったか？」

中島は気の毒そうに和磨を見る。

「いえ……。なにも」

「去年、ウィーンという都市で開かれた万国電信連合の会議で、モールス・コードというものの国際規格が承認された」

「なんですか、そのモールス・コードというのは？」

「短い点と長い点を組み合わせて、言葉を送る方法だ。まだ〝いろは〟をコードに直していないので、いちいちローマ字に置き換えなければならんが、烽火で言葉を伝えることはできる」

モールス・コード――、モールス信号のことである。

「そのモールス・コードで敵艦隊の配置を知らせるのでございますか」

「そうだ」中島は小屋の隅から厚手の木綿の布を取って和磨に見せた。

「この布を烽火の上に被せて、煙を短く立ち上らせたり、長く立ち上らせたりする。おれは一人だから、片側を木に縛り付けてやろうと思っていたが――。貴殿に手伝ってもらって二人でやれば楽だ」

中島は言って布を筵の上に放り出すと、窓辺に近づいて双眼鏡を目に当てて外を見た。

「酷い嵐だったから、各艦を繋いだ綱は切れているだろう。三艦はバラバラにやってくるはずだ」

中島はしばらくの間、首を回しながら海上を見ていたが、「おっ」と短く言うと和磨を手招きした。

「回天が行く」

中島は双眼鏡を和磨に渡す。

和磨は中島が指差す方向に双眼鏡を向けた。

小さな艦影が大きなうねりの沖を進んで来る。それが回天なのかどうか、和磨には分からなかった。

しかし、艦は宮古沖を南に進んでいて、こちらに向かってくる様子はない。

「なぜ南に向かっているのですか？」

「流されているのだ。懸命に波に逆らって外輪を回しているが、もう少し波が収まらなければ、まだ流されるな」

中島は和磨の手から双眼鏡を取り返す。

「外輪の覆いが壊れているが、推進力は大丈夫そうだ」

「蟠龍と高雄は見えませんか？」

和磨の問いに、中島は双眼鏡を目に当てたまま首を振った。

「これでは烽火の合図は役に立たんな」

蝦夷共和国政府の艦隊に、敵艦隊の位置を知らせられなければ意味がない――。

和磨は強く唇を噛む。

「回天はどこまで流されるでしょう?」

「うむ。舳先を心持ち陸側に向けている。大沢村の港に入るつもりだろう」

大沢村は山田湾の北にある漁村である。

「大沢ですか――。回天、蟠龍、高雄が綱が切れてはぐれたならば、鮫沖で合流するという申し合わせだと聞きましたが」

「回天がここまで流されるくらいなら、それは反故《ほご》だな。昨日来た伝令によれば、官軍艦隊は天気がよくなりしだい、順次出港とのこと。官軍艦隊は、回天ら三艦が鮫沖で合流する頃には、宮古を出ている。碇泊する船にアボルダージュを仕掛けてこそ活路があるが、航行する艦隊と真正面からぶつかれば、こちらの負けだ。回天は大沢で艦の損傷を調べた後、単独でも鍬ヶ崎浦に乗り込んでアボルダージュを仕掛けるだろう」

「そうですか――」和磨は肯いて立ち上がった。

「大沢に向かいます」

和磨の言葉に中島は振り返った。そしてちらりと和磨の右脚に目をやり、

「その脚でか?」

と訊いた。

「この脚でも御殿山に登れました。大沢までなど屁でもございません」

和磨は「それでは、ごめん」と言って小屋を出た。

御殿山から大沢村まで五里（約二〇キロ）はある。それも、御殿山から浜の街道までは山道である。津軽石、荷竹《にちく》、豊間根《とよまね》を経て塞《さい》ノ神峠《かみとうげ》を越え、関口村、そして東に進み大沢村という道筋であった。

尾根沿いに十二神山《じゅうにしんざん》を越えて、日光山、大沢村という道筋もあるが――。

果たしてどれだけ時がかかるか――。

回天が山田を出港する前に間に合うか――。

和磨は右脚を引きずりながら、急ぎ足で山道を下った。

四

千代菊は目覚めた。

風の音が止んでいる。

ぼんやりした目で隣を見た。

布団が綺麗に畳まれていた。

千代菊ははっとして起きあがった。

和磨の衣類がない。

千代菊は跳び上がって部屋の隅の天井板を押し上げ隠していた刀を確かめた。脇差はあるが大刀がない。

あたしが隠したことを知っていながら、今まで気づかないふりをしていたんだ――。

千代菊は全身が冷たくなっていくのを感じた。

急いで隠し階段を下げて駆け下り、一階の内証に飛び込んだ。

弥右衛門が帳場机から顔を上げ、ちょっと眉をひそめる。

「七戸さまならすぐに戻るよ」

「どこへ行ったんだい？」

千代菊は帳場机の前に座った。

「御殿山の見張り小屋だよ。案内につけた小吉がさっき戻って来て、無事に送り届けたと言っていた。七戸さまも昼過ぎには戻るんじゃないかい」

「そうかい……」

そこへ弥右衛門の妻、はつが現れた。

「なんにしろ、今飛び出して行っても行き違いになるかもしれないだろう。今は三階で待っているのが一番だよ」

と言ってはつは弥右衛門の後ろに腰を下ろした。

「でも、和磨さんはあたしが隠しておいた刀を持って出た」

「あんた、刀を隠したのかい」はつは眉間に皺を寄せた。

「いつから？」

「しばらく前だよ」

「七戸さまは、知らないふりをしていたってことだね。ありがたい話じゃないか」

「なにがありがたい？」

　千代菊はつっかかるように訊いた。

「あんたが刀を隠したことを知りながら、咎めることはなかったんだろう？　だったら、七戸さまはあんたの気持ちを大切に考えてくれたんだよ」

「どういう意味だい？」

「あんたがどういう思いで刀を隠したかを分かってらっしゃるから、咎めもせずに黙っていたんだよ。つまり、あんたの気持ちを受け入れてくれたってことさ」

　千代菊ははっとした。同時に、じわりと胸が熱くなった。

「その刀を持ち出したというのは——。遠出の用心だろう。心配しないで三階で待ってな」

「自分も戦に加わる算段がついたのかもしれないいだろ。御殿山からどこかへ行くつもりなのかもしれない」

「ならば、その行き先の見当がついてから追えばいい。右脚が不自由な侍の行く先は、道すがら訊ねれば難なく辿れるはずだよ」

確かにはつの言うとおりだと千代菊は思った。

「近頃、ずいぶんあたしに優しくなったじゃないか。なんだか気持ちが悪いね」

「当たり前だろ。あんたはもうウチの女郎じゃないんだ。さりとて、客として扱うのはなんだか気恥ずかしい。だから、あんたが小便臭い小娘の頃から知っている近所の小母《おば》さんっていう体でつき合おうと思ってるのさ——。さぁ、三階へお行き」

「分かったよ。そうするよ」

千代菊は言って立ち上がり、隠し部屋に戻った。

＊　＊

和磨は豊間根の集落で馬を盗んだ。駄馬ではあったが足腰は強く、途中何度かの休みを挟んで大沢村までの道程を駆け通した。

大沢村の丘には色鮮やかに菜の花が咲いていた。和磨はそこで馬を乗り捨てた。

海は、南の船越半島と北側から迫り出した明神崎によって静かな湾を形成していた。大島、小島、女郎島、弁天島の島影が見える湾には、二隻の蒸気船が停泊していた。

アメリカ国旗を掲げる回天と、ロシア国旗を掲げる高雄であった。

回天は山田湾に近づいた時に高雄を発見し、共に湾へ入ったのである。

和磨は急いで丘を駆け下り、浜で漁舟の手入れをしている漁師に声をかけた。

「あの船まで連れていってはもらえぬか？」

「駄目、駄目」と漁師は手を振る。

「さっき村役人が近づいたが、外国人に追い払われた」

「おれは官軍の使者だ。急いで知らせなければならんことがある」

和磨は懐から財布を出して、小判を一枚漁師に握らせた。

「こんなにもらえるのかい」漁師は目を輝かせる。

「追い払われても返せって言わないんなら、行ってやってもいい」

「約束する」

「分かった」

漁師は舟を押して海に浮かべた。

和磨はそれに乗り込む。

漁師は櫓《ろ》を漕ぐ。

すぐに甲板に外国人が一人現れて、何か叫んだ。銃を構えているので漁師は怯えて櫓を漕ぐのを止めた。

「鍬ヶ崎の七戸和磨でございます！　お知らせしたいことがあり、参上いたしました！」

和磨が大声で言うと、外国人は後ろを振り返って一言、二言そこにいるらしい何者かと会話を交わした。そして銃を下ろす。

甲板から縄梯子が下ろされた。

「大丈夫だ。あそこまで漕ぎ寄せてくれ」

和磨が言うと、漁師はおっかなびっくり回天の側まで舟を寄せた。

縄梯子の側まで来ると、和磨は舟底に置いた杖をちらりと見た。しかし、それを取り上げることはせずに縄梯子を摑んだ。

梯子の下端を漁師に押さえさせて、和磨は苦労しながらそれを上った。

船縁に手が届くと、外国人が引き揚げてくれた。

甲板には三人のフロックコートの男と西洋式の軍服を着た日本人が十人ほど、そして外国人一人が立っていた。

和磨が見知っているのはフロックコートの男三人と、数人の軍服の男たちである。旧幕の残党が集まった松島や、そこから乗船した船で何度か言葉を交わしたことがあった。

フロックコートの一人は回天艦長の甲賀源吾。この年三十一歳。もう一人は艦隊司令官の荒井郁之助《いくのすけ》。この年三十四歳。そして新撰組の副長、土方歳三。この年三十五歳。

さっき和磨に銃を向けた外国人は知らない男であったが、フランス海軍の士官候補生、アンリ・ポール・イポリット・ド・ニコールである。

振り返ると漁師は慌ただしく櫓を漕いで回天から離れていくところだった。

「元盛岡藩士、七戸和磨でございます」

和磨は甲板の人々に頭を下げた。

「鍬ヶ崎の七戸どのといえば、密偵であったな」

甲賀が言った。

「はい。榎本さまのご下知に従いまして」

和磨はできるだけ右脚を引きずらないように、甲賀に歩み寄って懐から絵図を出した。

宮古港の官軍艦隊の配置図である。

「これを届けに参りました」

和磨が甲賀に絵図を渡すと、土方、ニコールが歩み寄ってそれを覗き込んだ。

「甲鉄は外側か。これは好都合だ」

土方が言った。

「あの――」和磨がおずおずと言う。

「蟠龍の姿が見えませぬが」

「鮫沖ではぐれたままだ」

荒井が答えた。

「平塚金吾から、はぐれた時には鮫沖で合流することになっていたと聞きましたが」

「鮫沖で待っても現れないときには南下することになっている。宮古湾近辺にこちらの船影が見えなければここまで下ってくる。いずれ姿を現そう」

「しかし、官軍の艦隊は一昨日に出港する予定でございました。天候が回復ししだい、順次出港するよう艦長に下知されたよしにございます」

「なに?」土方の眉間に皺が寄る。

「それはまずいな。嵐で艦に損傷がなければ、すぐにでも出港してしまうということか」

「はい」

和磨は自分がもたらした情報が、役に立ったようだとほっとしつつ、これが好機とばかりにすぐに言葉を継いだ。

「わたしも戦力の一人として戦に加えていただけませんか」

「貴殿をか」甲賀はちらりと和磨の右脚を見た。

「確か、会津で右脚に深手を負ったのではなかったか？　榎本さまは、そのために貴殿を鍬ヶ崎に置いた」

「傷は治っておりますので、十分に戦えます。鍬ヶ崎からここまで来られたのはその証」

「ならば」と言ったのは土方だった。

「走ってみよ」

「はい——」

和磨は肯いて甲板を走った。

右脚を大きく上げて見せようとしたが、思うように動かず、かえって不自然な格好になった。右太股の傷が引きつって痛んだ。

和磨は一番手前の檣の前で向きを変え、甲賀たちの元に戻った。

「駄目だな」土方は首を振った。

「榎本さんは、己の活躍だけを求める馬鹿な兵の言うことを聞き、二隻の軍艦を失った。

おれはその轍《てつ》を踏むわけにはいかぬ。脚が利かぬくせに戦に加えよという男を艦に乗せるわけにはいかんな」

和磨の胸に鈍い痛みが広がった。

土方の言葉は正論である。自分は、軍艦二隻を失う原因を作った馬鹿な兵と同じ。

「しかし――」と土方は甲賀に顔を向けた。

「密偵であれば色々とこちらの内情も知っておりましょう。ここに置き去りにすればやけを起こして官軍に走り、それらをべらべらと喋ってしまうやもしれません」

「そのようなことはけっして……」

和磨は、慌てて首を振る。

「さりとて、ここで斬り捨ててしまえば、乗員の士気が下がる。回天に乗せて箱館まで連れて行きましょう」

土方の言葉に、和磨は目の前に光を見た気がした。

「本当でございますか！」

「ただし――」甲賀が言った。

「兵としては乗せられん。回天の炊事係《かしき》として乗せよう」

「構いませぬ。よろしくお願いいたします！」

炊事係でも、雑用係でも構わない。

当初の作戦では蟠龍と高雄で甲鉄を挟み込み、分捕り作戦を実行するということだった。

回天は他敵艦の牽制役。

だが、蟠龍がいなければ、回天と高雄で甲鉄を挟み込み、分捕ることになるだろう。

外輪の出っ張り分の距離はあるが、命を捨てる気であれば、回天から甲鉄に飛び移ることはできる——。そういう読みであった。

「蟠龍を待っているわけにはいかんな」

甲賀は絵図を畳んでフロックコートのポケットに突っ込む。

「回天と高雄でアボルダージュを行うしかありませんな」

土方が言った。

ニコールが通詞《つうじ》と共に歩み寄り、フランス語で何か言った。

「回天で他艦を牽制し、高雄を甲鉄に接舷させるしかないとのこと」

通詞が言った。

「待って下さい——」和磨は思わず口を出す。

「兵略を成功させるならば、回天と高雄で甲鉄を挟み込む方がいいのではありませんか?」

「敵艦が何隻いると思っている」甲賀は首を振る。

「回天で他艦の動きを封じておかなければ、この作戦は成功しない」

「しかし——」

なおも言い募ろうとする和磨の肩を、土方が摑んだ。

「理由は知らぬが、お前は死に急いでいるようだな」言って土方は和磨の顔を覗き込んだ。

「おれはお前のような目をした奴を何人も見てきた。そういう奴は作戦のことなど考えずに突き進む。その結果、綿密に立てた作戦を台無しにする。私怨のために大義をぶち壊しにしてしまうのだ。この戦はお前に死に場所を与えるためのものではない。死にたいのならば、回天の甲板に血を流すのを許してやるから、ここで腹を斬れ」

土方は強い眼光で和磨を見据える。

和磨はそれを真正面から受けながらも首を振った。

「いえ——」

「ならば、厨房で大根でも切っておれ」

土方は和磨の肩から手を放し、北の山塊に目をやった。青空に雲が流れている。

その方角には十二神山があった。御殿山で中島登が上げた烽火を大沢村の回天、高雄に知らせるための兵がいる。中島の烽火が上がれば、すぐにその兵が烽火を上げることになっていた。鍬ヶ崎浦の官軍艦隊に動きがあれば十二神山から煙が立ち上る。

官軍の艦隊はまだ鍬ヶ崎浦にいる。

「出港準備をいたしましょう」

土方は甲賀に言い、次いで和磨に顔を向けた。

「すぐに厨房へ入れ」

甲賀と土方、ニコールは並んで船室に降りる階段へ歩いた。

下士官の「出港準備！」の声に、水夫たちが慌ただしく甲板を走り始めた。

和磨はしばらくの間呆然と甲板に立ち尽くしていた。

五

千代菊は隠し部屋の壁に背をもたせかけて、ぼんやりと煙管を吹かしていた。

和磨のいない部屋はがらんとして広く感じた。

目は床の間に置いた刀架けの脇差に向いている。

和磨は今頃、御殿山を下りて鍬ヶ崎を目指しているのだろうか。それとも、どこかへ行ってしまったのだろうか。

どこかって、どこへ？

戦ができる場所へ——。

これから戦が起きる一番近い場所は、宮古湾である。宮古浦か鍬ヶ崎浦か——。

舟を漕いで海戦の中に突っ込むつもりだろうか。

それとも、甲鉄を奪い取った蝦夷共和国政府の艦隊に合流するために久慈へ馬を走らせているだろうか。

「もう諦めればいいじゃないか」

千代菊は灰吹きに煙管を打ちつける。

その言葉は、和磨に対して言ったのか、自分自身に言ったのか——。

「どっちだろうね」

自分でもよく分からず、千代菊は煙管の火皿に息を吹きかけて冷まし、新しい煙草を詰めた。

隠し階段が下から叩かれた。

千代菊ははっとして煙管を放り出し、階段へ走った。

「和泉屋のたねが来てるぜ」

二階廻りの若い衆の声だった。二階廻りとは、行灯の油のつぎ足しや、煙草盆の取り替えなど客室の世話をする係である。

「おたねちゃんが――。今行く」

たねは和泉屋の女中である。千代菊が和泉屋に泊まっている官軍の様子を聞き出している女中の一人だった。

千代菊は階段を下ろして、若い衆に「戻しておいておくれ」と言って勝手口に走った。

女中たちが昼食の後片づけをしている台所を抜けて、勝手口を出ると、二十歳そこそこの女が立って待っていた。

「どうした、おたねちゃん」

「官軍さんのこと、聞きたいんだろう？」

たねの言葉に、千代菊はひやりとした。用心して何気ない様子を装いながら聞き込みをしたつもりだったが――。

「官軍のことをしつこく聞いてたから、きっと旧幕の人と繋がりがあるんだろうと思ってさ」

たねは、千代菊の警戒した表情に気がついたのか、にっこりと笑って言う。

「安心おしよ。あたしは旧幕贔屓さ」

「——それで、なにがあったんだい？」

「昨夜、喧嘩があったんだよ。佐賀と薩摩の」

「佐賀と薩摩——」

「艦隊参謀補助とかの石井富之助って侍と、青森口総督府ってとこに陸軍参謀で赴任する途中の黒田了介って侍の口論がきっかけさ。石井は佐賀の侍。黒田は薩摩の侍。それからすぐに佐賀と薩摩の喧嘩がおっぱじまった」

黒田了介は後に総理大臣となる黒田清隆である。

「なんで喧嘩になったんだい」

「昨日の夕方に、伝令が来たんだよ。二十二日に旧幕の軍船が鮫の港に入って、八戸藩の役人を引っさらって南へ向かって出港したって」

「なんだって？」

その話は金吾から聞いて知っていたが、千代菊は青ざめた。官軍は、蝦夷共和国政府の甲鉄奪取の作戦に気づいた——。

「黒田は、斥候を出すべきだって言ったんだけど、石井は盛岡藩にはまだ佐幕の者たちが多いから、嘘の噂を流しているんだってとりあわない。黒田は引かずに、報告があったんだから、調べるべきだし、湾の入り口に見張りの舟を出すべきだって言うと、官軍じゃ立場が上の薩摩に一矢報いる好機だって思ったんだろうね。石井は『陸軍の者に、海軍のなにが分かる』って怒鳴った――」

「そうかい――。それでどうなった？　斥候は出されることになったのかい？」

千代菊はたたねに詰め寄る。

「いいや。『なるほど、海軍というものは、確かめもせずに嘘と決めつけるものでござるか』と黒田が一応引いた。石井は『その言葉が気に食わぬ』と殴りかかろうとしたが、配下に止められた。朝方もね、沖を南に進む二隻の軍船を見たって漁師が知らせに来たんだが、石井は見間違いだと突っぱね、黒田は知らぬふりさ」

「朝方、軍船が南へ行ったのかい……。本当に二隻だったのかい？」

「ああ。言ってきたのは、前須賀の治平《じへい》だ。あいつは物見だからね。目はすこぶるいい。和船と蒸気船の形を見間違えっこないさ」

「本当に南へ行ったんだね？」

「ああ。湾を通り過ぎて南へ行ったんだそうだ」

甲鉄を奪取する作戦を諦めたのか？　と千代菊は思った。

いいや、それならば鮫沖から南下することなく、箱館へ戻るはずだ。作戦は諦めてはいない。なにか事情があって宮古湾を通り過ぎ、南に向かったのだ。

軍艦が二隻しか見えなかったのならば、一隻は嵐で難破したか――。とすれば、残り二隻も損害を受けて、修理するために山田湾へ向かったのかもしれない。

宮古には官軍の艦隊がいるから入ることはできない。宮古の近くで大きな湾といえば、山田だ。

御殿山から見下ろせば、その二隻の動きも見えたろう。

とすれば、和磨は山田湾に向かったかもしれない。山田湾で蝦夷共和国政府の軍船に乗った――。

今から山田へ行こうか？

いや。もしかすると蝦夷共和国政府の軍船はもう山田を出ているかもしれない。

和磨が自分の脚のことを考えて山田へ向かうことを断念するということも考えられる。

そうなれば鍬ヶ崎に戻って来るだろう――。

「千代菊姐さん？」

気がつくと、たねが自分の顔を覗き込んでいる。

「ああ――。ごめん。考え事してた」

「姐さん。旧幕の人のことを考えてたんだね」たねの目が小狡そうに光っている。

「旧幕の方の動きはどうなんだい？」

たねの問いに、千代菊は『ははぁ』と思った。

こちらに情報を売り、こちらから聞き出した情報を官軍に売る――。そうやって小遣い稼ぎをするつもりなのだ。

千代菊の腹に怒りの火がぽっと灯ったが、それはすぐに消えていった。

たねの年なら化粧もしたいし綺麗な着物の一枚も欲しい。美味いものも食べたいだろう。いくら鍬ヶ崎一の和泉屋とはいえ、そこの女中では満足な給金ももらっていない。機会があれば小銭を稼ぎたいと思って当然であろう。

「よく知らせてくれたね」

千代菊はたねの問いには答えず、財布を出して小銭をたねの掌に握らせた。

たねは一瞬不満げな顔をしたが、すぐに嬉しそうに笑って「またなにかあったら知らせるよ」と言い、和泉屋へ戻って行った。

「やっぱり……。ここで待つしかないね」

千代菊は独りごちた。

六

出港準備は整ったが、突撃は朝駆けがいいということになり、出港は深夜と決まった。それまでに蟠龍が合流できれば、作戦は当初の計画通り進めることになった。

しかし、日が暮れても蟠龍は現れず、回天と高雄は満天の星の下、山田湾を離れた。

狭い厨房の中には幾つもの寝網《ハンモック》が吊られて、料理人たちが鼾をかいている。

海は凪いでいるので揺れは少ない。

光を絞った壁のランプがぼんやりと室内を照らし、寝網や天井からぶら下がった調理台を吊るす綱の影を揺らしていた。

和磨は寝網の中で、ぼんやりとこれからのことを考えた。

私怨のために戦う者は大義をぶち壊しにする――。

この戦はお前に死に場所を与えるためのものではない――。

和磨の耳に、土方の言葉が繰り返し蘇る。

そのたびに和磨はそれを打ち消す。

私怨のためであっても、作戦の邪魔はしない。おれは独り戦い、独り死ぬ所存だ。

作戦がおれの死に場を与えてくれるものではないことなど百も承知。おれはこの作戦の戦死者の一人にすぎない。

しかし――。

これから起きる海戦で、回天は援護に回る。敵兵と戦う機会はない。そう思うと悔しくて、和磨は強く唇を噛んだ。

だが――。

海戦で戦えなくとも、この作戦が終了すれば艦は箱館に戻る。場所が陸ならば、たとえ五稜郭でも炊事係《かしき》を命じられたとしても、抜け出して戦いに潜り込むことは容易だ。

もう少しの我慢だ。

もうすぐ、仇討ちができる。

清子の、和之進の仇を討つために、敵兵を出来る限り大勢、斬り殺してやる。

和磨の胸に暗い興奮が渦巻いた。その黒々とした影の中に、千代菊のことは埋没していった。

その時、艦が傾いた。旋回して方向を変えているのだと思った。

土方から『よいと言われるまで厨房を出るな』と厳命されていたので甲板に上って様子を見ることもできない。

方向転換をしてしばらく進むと艦は停止した。

甲板から水夫や兵たちの足音が響いている。微かな声も聞こえた。

「高雄、続航不可能！」

和磨の心臓がどきりと鳴った。

声は続く。

「少しも動かぬのか！」

「いや。ゆっくりとならば。しかし、宮古に着く頃には日が昇っております！」

「それでは――」

声が遠くなり、聞き取れなくなった。

高雄が動けなくなった。とすれば――。

回天は箱館へ引き返すのか？

それとも、回天だけで甲鉄を奪うのか？

しかし、甲鉄に接舷したとしても、外輪の幅の分、艦と艦の間に隙間ができる。

隙間は二間（約三・六メートル）だろうか、三間（約五・四メートル）だろうか――。

右脚が利けば、飛べない距離ではないが――。

だが、船を真横につけるのではなく、舳先から突っ込むように接舷すれば、その隙間はなくなる。

回天でも十分、アボルダージュはできる。

その事に、甲賀や荒井、土方は気がついているだろうか。

すぐにでも艦長室へ飛び込んでいきたい衝動を抑えた。

艦が動き出した。再び旋回したところをみると、回天は北へ向かっている。

行く先は箱館か、宮古浦、鍬ヶ崎浦か――。

和磨は寝網の中で静かに右脚の曲げ伸ばしをした。回天がアボルダージュを決行した場合に、すぐに飛び出せる用意である。

もし、アボルダージュが行われたならば、和磨は土方の命令に反するつもりであった。

鍬ヶ崎の海を自分の死に場所とする。

もはや建前の大義など、和磨の中には存在しなかった。

清子と和之進の命を奪った官軍を斬って斬りまくり、果てる。二人の死に対する自分の罪はそうすることによってしか消せないと感じていた。

自分一人が斬り込みに加わったとしても作戦には影響しない。もし、足手まといになりそうになったらすぐにでも自決する心構えであった。

千代菊の顔が瞬間浮かんだが、和磨はそれを自分の心の中の暗い海に深く沈めた。

和磨は宮古湾周辺の地形を頭に思い描きながら、艦の傾きに注意を集中する。

宮古湾は逆のV字に切れ込む形をしている。その入り口近くの西岸に官軍艦隊が投錨している鍬ヶ崎浦はある。

山田湾から北進して鍬ヶ崎浦に入るためには、重茂半島の閉伊崎を過ぎた所で大きく左に曲がる。

あまり時を経ずに、艦がその動きをとったならば、回天でアボルダージュをすると決したということだ。艦が傾かず、真っ直ぐに進み続けたならば、回天は箱館を目指している。

しかし——。

和磨の集中は無駄に終わった。

急に艦内が騒がしくなったのである。兵たちが慌ただしく身支度を整え、廊下を走って行く。これは、アボルダージュに備えた動きに違いない。

和磨は高鳴る胸に掌を置いた。

艦内が静かになり、甲板に足音が響く。

和磨はそっと寝網を降り厨房を出た。

料理人たちの中には、今の騒ぎで目を覚ました者もいるようだったが、便所にでも行くのだと思ったのか、和磨を咎める者はいなかった。

武器庫の場所は、夕食の用意を手伝いながら確かめてあった。

和磨は武器庫に入り込み、予備の軍服を着て刀を腰に差し、ゲベール銃を手に取った。

外はまだ暗いはずである。兵たちに紛れ込んでしまえば甲賀らに気づかれることはあるまい。

和磨は甲板への階段を上る。

案の定、外はまだ薄暗い。東の空は白み始めていたが、天頂は濃紺で星が瞬いている。左に見える重茂半島は微かな靄に包まれた黒い影である。

兵たちは敵の目から身を隠すために全員甲板に伏せていた。顔を隠すには好都合。和磨は腹這いになって兵たちの中に紛れた。兵たちは新撰組や彰義隊、神木隊——、旧幕の残党たちである。

見上げれば檣《ほばしら》の尖端にアメリカの国旗が閃いている。檣の物見に立つ兵は銃を構え、腰に擲弾《てきだん》——手投げ弾を提げている。両舷に据えられた砲の側にも鉄砲方の兵がしゃがみ込み、すぐにでも撃てるよう準備をしている。

甲板に伏せている兵たちを見れば、右肩に白く小さい布を縫いつけている。

和磨は舌打ちをして、右肩を押さえた。突入後、同士討ちをしないための用心に、兵たちは白い布を縫いつけているのだ。知らなかった和磨の肩に白布はない。

和磨は匍匐《ほふく》前進で前方が見渡せる位置まで移動した。

海は凪いでいる。

周囲に船の姿はない。警戒のために哨戒のボートが湾の入り口を固めているものと思ったのだが――。

見張りがなかったのは、艦隊参謀補助の石井富之助が黒田了介の意見を容れなかったからであるが、和磨はもとより蝦夷共和国政府艦隊の誰も、そのようなことは知る由もない。

しばらく進むと、左舷に船影が見えた。

兵たちにざわめきが広がった。

「戊辰だ」

という声が聞こえた。望遠鏡を持った士官の声であった。戊辰は運送船である。

続いて二隻目が現れる。

二本檣。舳先の下部が突き出した特徴的な姿――。

「甲鉄だ」

「甲鉄がいたぞ」

あちこちから囁きが聞こえた。

回天は速力を上げた。二本の煙突から煙が吹き上げ、外輪が激しく水飛沫を上げる。腹這いになった体に、蒸気機関の振動が伝わる。

前方には左舷をこちら側に向けている甲鉄。回天はそこに急速に接近する。

突然、床の振動が消えた。蒸気機関が止まったのだ。

回天は慣性で前進を続けている。

檣に翻っていたアメリカ国旗が降ろされて、日章旗が揚がった。

回天は艦体を傾けながら右に曲がる。

舳先を甲鉄の左舷に突っ込む航路をとったのだと和磨は察した。

「おれが考えるくらいのことは、上も考えるか」

和磨は自説を訴えるために艦長室へ飛び込んで行きたいと思ったことを恥じた。

確かに甲賀は和磨が考えたように、外輪を挟んで接舷することを避けるために、面舵を命令したのであった。だが、老朽船の上に激しい嵐を経験したばかりの回天の舵は思うように動いてくれなかった。

回天は甲賀が考えていたよりも緩やかな弧を描いて甲鉄に迫る。

敵艦隊が近づき、その甲板で慌てふためき駆け回る兵たちの姿が見えてきた。

舵が効かないために、回天の狙いは逸れた。

回天の船首は、甲鉄の舳先を掠めて前方に飛び出して停止した。

回天の外輪が逆回転する。船体がゆっくりと後退した。そして再び前進。檣出しを甲鉄の後部の檣からぶら下がる縄梯子に突っ込んだ。

激しい音を立てながら回天の船首は甲鉄の左舷に衝突した。

回天の船首から砲声が轟く。同時に、金属同士がぶつかり合う鈍い音が響き、水音が上がった。甲鉄の甲板が砲弾を弾き返したのである。

回天の甲板の兵たちが立ち上がり、舷側に駆け寄って銃を放った。銃声が重なり合い、白煙が辺りを包み込んだ。

回天の砲も次々に火を噴く。擲弾を放り投げる兵もいた。

銃弾、砲弾、擲弾は甲鉄の甲板に炸裂し、床板を弾き飛ばし、穴を空けて行く。

甲鉄の兵たちは、慌てて右舷側へ逃げ出した。海に飛び込む者もいた。

和磨も兵たちに混じって銃を撃ったが、甲鉄の甲板を見て慄然とした。

甲鉄の甲板は一丈（約三メートル）も下にあった。

甲賀と荒井、土方が斬り込みを叫ぶ。

しかし、兵たちは高さに後込《しりご》みをして甲鉄に飛び込めない。

甲鉄の後甲板から銃声が響く。ガットリング砲の連射が回天の舷側に火花を散らした。兵たちは甲板に伏せる。

甲鉄の兵たちが態勢を整えてしまえば、斬り込む好機を失う。

和磨は立ち上がって船首に走った。

手摺りを乗り越えた時、すぐ近くから、

「一番！」

という叫びが聞こえた。

一人の兵が、和磨とほぼ同時に甲鉄へ飛び下りた。

和磨は甲板に転がって衝撃を和らげ、刀を抜いた。踏みだした足に痛みはない。骨も関節も無事のようだった。姿勢を低くして走りだす。

回天から次々に兵が飛び下りる。そこにガットリング砲の弾が降り注いだ。高速の銃弾は兵たちの体を引き裂いた。

ガットリングの弾は回天の艦橋へも放たれ、壁をガラスを粉砕した。

敵艦春日からも銃撃が始まり、回天の船体、甲板、檣に火花が散り、砕かれた木ぎれが宙を舞った。小銃は撃って来るが、大砲は沈黙したままである。回天と甲鉄が丁字に繋がってしまっているからであった。一方、回天は盛んに敵戦艦に砲撃をした。

甲鉄の甲板では、ガットリング砲に狙い撃ちされながらも、回天の兵らが甲鉄の兵らを小銃で撃ち、刀で斬り、棍棒を振るって殴り倒した。

和磨も右脚を引きずりながら、砲塔や檣を遮蔽物に利用し、敵に近づき斬り倒した。

甲鉄の甲板は敵味方の死骸から流れ出た血でぬめっていて、和磨は何度も足を滑らせたが堪え、敵を斬り倒し、次々と襲い掛かって来る兵と刃を交えた。

＊　　＊

突然轟いた砲声に、千代菊は飛び起きた。

銃声が連続する。

蝦夷共和国政府軍の艦隊が来た。

アボルダージュとやらが始まったのだ。

回天か蟠龍か高雄に、和磨が乗っているかもしれない。

千代菊は急いで隠し階段を下ろし、二階に駆け下りる。小部屋で寝ていた遊女や客たちも廊下を走っている。官軍の兵の姿もあって、軍服を着ながら階段を駆け下りて外へ飛び出して行く。

千代菊も外に出た。

鍬ヶ崎の町は、人でごった返していた。

女郎や、宮古、鍬ヶ崎の客たち。官軍の兵。町の住人たちが浜へ向かって走って行く。

千代菊は裏道を抜けて浜に走った。

海岸通りにはすでに人垣ができていた。その向こう側から鈍い砲声、銃声が聞こえる。兵たちの叫び声も上がっている。

あの声の中に、和磨さんのそれも混じっているかもしれない――。

千代菊は由ヶ尻の砂浜まで走った。

人垣を掻き分けて波打ち際にまで出る。

沖で、甲鉄が銃煙に包まれていた。

手前に官軍の艦があったが、砲撃はしていない。見れば甲鉄の向こう側に別の船が突っ込んでいるようである。共和国軍の船を撃とうにも、甲鉄の船体が邪魔なのだと千代菊は気づいた。

栈橋からボートが出る。上陸していた兵を満載にしていた。

官軍のボートが全部出てしまうと、陸から罵声が上がった。

「官軍なんかやられちまえ！」

「徳川さん、頑張れ！」

武器を持った兵たちには面と向かって言えなかったことを吐き出しているのだった。

千代菊は、眉根を寄せて甲鉄を見つめた。甲板に小さい人影が蠢いている。

あの中に、和磨さんがいるのか、いないのか――。

南に向かった蝦夷共和国軍の艦隊が、南から鍬ヶ崎浦に入ってきた。もし山田湾あたりに寄港したとすれば、和磨を乗せている可能性がある。

だが、御殿山で船影を見た和磨さんが、あの脚で山田へ辿り着けたかどうかは怪しい――。

死んでいった者のために自分の命を捨てるという行為は愚かしいと思う一方で、もし自分が和磨の立場であれば、同じことをしたかもしれないという思いもある。

和磨さんは、あたしのために生きることを選んでくれなかった――。そういう理不尽な思いも浮かんできた。

「そういう関係じゃないじゃないか」

千代菊はふっと苦笑して呟く。

だが、同衾していないのは清子も同じ。

千代菊は、和磨に命を捨てようと決心させた死人《しびと》たちが恨めしく、憎らしく、妬ましかった。

風が吹いて硝煙のにおいを運んできた。

＊　＊

檣から顔を出した時、奇声を発して敵兵が斬り込んで来た。

和磨はそちらに体を向け、刀を構える。

敵が血に足を滑らせて体勢を崩した所へ、和磨は打ち込んだ。

敵は持ち直して和磨の一撃を刃で受ける。

二人とも唸り声を上げて鍔迫り合いをする。狂気を宿す瞳孔が開いた敵兵の目がすぐそこにあった。

和磨の体が右舷に押される。右脚に力が入らない分、不利であった。

突然、和磨の左肩に激痛が走った。

刀を持つ手から力が失せ、和磨は手摺りまで押された。

敵は半歩引いて刀を大上段に振り上げた。

和磨が右手だけで突き出した刀の切っ先が敵の腹を貫く。同時に、敵の刀が和磨の胸を切り裂いた。刃が肋骨に食い込む嫌な音がした。

和磨の手から柄が離れ、敵兵は腹に刀を突き立てたまま後ずさった。

胸を押さえて体を折った和磨は、甲板に流れた己の血で足を滑らせた。

和磨は意識を失い、体は手摺りを乗り越えて海へ落下した。

冷たい水と、体のあちこちの傷に染みる塩の痛みに、和磨は一瞬覚醒した。

和磨は辺りを見回す。海に落ちた角度のせいか、潮に流されたのか、甲鉄はいつの間にか半町（約五四・五メートル）程も離れていた。

遠く砲撃、銃撃の音、剣戟の響き、戦う兵たちの雄叫びが聞こえた。しかしそれは、耳元で鳴る水音のせいで、なにか夢の中の音のように思えた。

すうっと意識が遠のく。その時、和磨の脳裏に蘇ったのは、自分を斬った敵兵の目であった。

自分もあのような狂気を宿す目をしていたろうか――。

千代菊には見せられぬ顔であったろうな――。

死の間際に思い出したのが千代菊か――。

海に浮く和磨の、血の気の失せた顔に弱々しい笑みが浮かぶ。

不思議なことに、清子の面影は浮かんでこなかった。

和磨は最後の力を振り絞って抜き手で泳ぎ始めた。

鍬ヶ崎の町が揺れながら少しずつ近づいて来る。

しかし、すぐに力つきて和磨の意識は途切れた。抜き手の腕を突き出した反動でくるりと体が回転して仰向けになった。

*　　　*

突然始まった海戦は、回天の離脱により小半刻（約三〇分）で終わった。

今に残される双方の記録は正確さに欠ける。官軍の死者は、甲鉄での戦いや、海に飛込んで溺れ死んだ者など四人。行方不明数名、負傷者三十数名。

回天は死者十五名負傷者七名を出しながらも、三月二十六日、箱館へ生き残った者たちを運んだ。箱館入港は蟠龍も一緒であった。

宮古湾海戦の死者の中には艦長の甲賀源吾も含まれていた。

新撰組副長であった土方歳三は海戦を生き延びたが、この年の五月十一日、箱館戦争で戦死。

フランス海軍の士官候補生、アンリ・ニコールは足に被弾し負傷。後にフランスへ送還されたが、一八七〇年、普仏戦争で戦死している。

艦隊司令官の荒井郁之助は、箱館戦争の敗戦後に捕らえられ、投獄されるが、後に気象台長に就任して、地方の気象測候所の設置に力を注いだ。この年から十四年後に宮古に置かれた測候所の設置責任者であったとも言われている。

榎本武揚は、敗戦後、政府に登用され海軍中将や幾つもの大臣を歴任することになる。

第六章

鍬ヶ崎心中

一

甲鉄の甲板から兵が一人落ちた。

岸辺の野次馬たちから「あっ！」という悲鳴が上がったが、落ちたのが和磨であることは、千代菊にもわからなかった。

それから間もなく、鉄の擦れる耳障りな音を発して、甲鉄の横っ腹にめり込んでいた回天の舳先が離れた。

衝突によって甲板が捲れ上がり、下の材木が歯磨きの房楊枝《ふさようじ》のようにささくれた回天の舳先がぐるりと回って外洋へ向いた。外輪が勢いよく水を撥ね上げる。回天は速力を上げて鍬ヶ崎浦を離れる。

野次馬が「ああ……」と溜息とも呻きともつかぬ声を上げた。船体が穴だらけになった回天の離脱は、明らかな敗走。旧幕軍の負けと映ったのである。

官軍の軍艦春日から砲声が上がった。

回天の左舷に穴が空き、船体がぐらりと揺れた。野次馬たちは「ああっ！」と叫んだ。

しかし回天は倒れることも沈むこともなく、湾の外に出ていった。

湾に残った官軍の軍艦の煙突からは盛大に煙が立ち上っていたが、一隻も回天を追わない。まだ十分に蒸気圧が上がっていないために機関を動かすことができなかったからだが、野次馬たちはそれを怖《お》じ気づいて追撃できないのだと思った。

「腰抜け！」

と再び罵声が響く。

戦いの終了を確かめたからか、角力浜の東、竜神崎の岩場に隠れていた、官軍兵たちが泳ぎだして来た。回天からの銃撃で海に飛び込んで逃げた者たちである。

甲鉄の甲板に兵が集まり、何かを海に投げ入れ始めた。最初はなにか小さい物を捨てていたのだが、二人がかりで大きなものを手摺りの上に持ち上げたのを見て、それが旧幕軍兵の死体であることが分かった。先に海へ放られたのは、ガットリング砲に砕かれた者たちの体の一部だった。

「なにをやってやがる！」

野次馬から非難の声が飛んだ。

「鬼畜！」

千代菊は思わず叫んで海に駆け込んだ。

何人かの男が人垣から走り出して、桟橋の外れに舫《もや》われていた漁舟《いさりぶね》に飛び乗った。

五艘の漁舟が沖に向かって漕ぎ出す。

日立浜の漁師で牡丹の馴染みの源助と、いつも連《つる》んで歩いている若い漁師たちであった。

碇泊している輸送船の間を縫って、あっという間に甲鉄の側に漕ぎ寄せ、官軍兵が捨てた旧幕兵の腕や脚、胴体、首。そして辛うじて形をとどめている全身の遺体を舟に引き揚げた。

「なにをしている！」

甲板から死体を捨てていた官軍兵が叫び、銃を構えた。

「見れば分かるだろう！」源助が返す。

「ホトケさんを揚げてるんだよ」

「やめろ！　賊軍の死骸を拾うことは許さん！」

官軍兵が十数人、甲鉄の右舷に集まって銃を構えた。

源助は舟の上に仁王立ちになって、甲鉄の甲板を見上げた。

「撃てるもんなら、撃ってみやがれ！」浦に源助の声が響く。

「死人《しびと》に官軍も賊軍もあるか！」

千代菊はその一言に、全身に鳥肌が立つほどに感動した。ただの与太者としか見ていなかった源助が、官軍兵、旧幕兵よりも頼もしく見えた。

源助の言葉に、野次馬から喝采が飛ぶ。

「いいぞ！　源助！」

「官軍は人でなしばかりか！　会津でもずいぶん酷いことをしたらしいな！」

「そんな連中が、徳川さまに代わって世の中を動かすってのか！」

「ホトケさんをぞんざいに扱う奴は鬼畜にも劣る！」

角力浜からも声が上がる。

「ホトケさんを大切にできねぇ奴らは、酷い目に遭わすぜ!」

角力浜に泳ぎ着いた官軍兵たちを数十人の漁師が取り囲んでいた。

どこまで野次馬の声が届いていたのかはわからないが、舷側の官軍兵たちは戸惑った顔をして銃の構えを解いた。

源助とその仲間たちが遺体を集めていると、角力浜や日立浜からも舟が出た。

源助はその舟が近づいて来るとそちらに飛び乗る。交替で日立浜の漁師が、遺体でいっぱいになった源助の舟に乗り、桟橋に向かって艪を漕ぐ。

源助は空舟で遺体集めを続ける。仲間たちも日立浜、角力浜の舟に乗り替えた。

源助は櫓を漕いで海面に目を凝らす。なにか見つけたようでそちらに舟を進めた。

そして、船縁からウニ漁に使う鉤棒を差し出してそのなにかを引っかけて引き寄せた。

「おーい!」源助が怒鳴る。

「川端町に走れ!」

岸壁の野次馬たちはその言葉の意味をすぐに理解した。

源助は息のある者を見つけたのだ。

川端町に走れと言うのは、川端町の医者、玄庵を連れてこいという意味なのである。

下手に生きている旧幕の兵を見つけたなどと言えば、ボートで官軍が漕ぎ寄せてとどめを刺されるに決まっている。

源助は、海に浮いた旧幕の軍服の男を舟に引き揚げると岸の方へ舟を漕いだ。

日立浜や角力浜の漁師たちが源助とその仲間の舟を桟橋に漕ぎ寄せる。さっきまでただの野次馬だった鍬ヶ崎の人々が、戸板や蒲簀《かます》、筵を持って駆けて来る。部分遺体は蒲簀に、全身が残っている遺体は戸板に載せ筵を被せて運び出す。

「そっちは石勝寺《せきしょうじ》。こっちは心公院――」と、肝入が遺体を運ぶ寺の指示を出していた。

「坊主には、官軍に聞かれても知らぬ存ぜぬで通せと言っておけ」

源助の乗る舟が桟橋に着くと、鍬ヶ崎の人々が人垣を作り船底に横たわる怪我人を引き揚げ、官軍の兵たちに見られぬように筵に横たえた。

その人垣の中に、東雲楼の弥右衛門と女郎の牡丹がいた。

弥右衛門は怪我人を見るとはっとした顔をして、

「千代菊！　千代菊！」

と叫んだ。

しかし、千代菊にはその声は届かず、膝まで海に浸かったまま、眉をひそめて遺体を回収する漁師たちを見つめている。

牡丹は舌打ちして着物の裾を絡《から》げて桟橋を走った。

「どいとくれ！」

牡丹は履いていた下駄を脱いで裸足で岸壁を走る。

「千代菊姐さん！　千代菊姐さん！」

牡丹は叫ぶ。

何度目かの叫びが千代菊の耳に届き、はっとして振り返った。

「お客さんだよ！　早く来ておくれ！」

牡丹は岸壁が途切れる所で立ち止まり、叫んだ。

お客——？　平塚金吾だろうか。

千代菊は最初、そう思ってゆっくりと海を出た。

「早く、早く！　お待ちかねのお客だってば！」

その言葉で、千代菊は〈お客〉の意味を悟った。全身に熱い震えが走った。

千代菊は水飛沫を上げて砂浜に駆け上がった。

岸壁によじ上ると牡丹と一緒に走った。

「確かかい？」

千代菊は強張った顔を牡丹に向けた。

「確かだよ。源助が引き上げた」

牡丹は、人垣の後ろを運ばれていく戸板を顎で差した。

「早く行ってやんな。かなりの深手だから気をしっかり持ちなよ」

牡丹は真剣な顔で千代菊を見返した。

その顔が痛そうに歪んで下を見たので、千代菊ははっとして牡丹の足に目を向けた。砂まみれになった右足の小指に血が滲んでいる。

「すまなかったね。ありがとうよ。恩に着るよ」

千代菊の顔が泣き笑いになる。

「恩に着られることなんてなんにもやってねぇよ」牡丹は照れたのか乱暴に言った。

「礼なら、源助に言ってやっておくれ。あいつ、あんたのいい人をぶん殴ったことを、だいぶ悔いてたから」

「分かった」

千代菊は肯くと、全速力で走りだした。

和磨が乗せられた戸板は角を曲がって東雲楼の方へ向かった。

戸板は源助と中年漁師の春吉が持ち、弥右衛門がそばに付き添っている。

その周りを、事情に気づいた野次馬たちが囲み、軍艦の官軍兵らの目から隠していた。

千代菊が浜の家並みの角を曲がった時、戸板は東雲楼に運び込まれた。

ちょうど玄庵も往診用の手提げ箱を持って到着して、慌ただしく楼の中に駆け込んだ。

玄庵は後ろを振り返り、玄関に走り込んだ千代菊に、

「綿と焼酎と熱い湯。それからサラシだ！」

と野太い声で命じた。

「用意してあるよ」

答えたのは内証の帳場机に座っていた、弥右衛門の女房はつであった。

「千代菊。ちゃんと足の砂を落としてから入んな！」

「あい」

千代菊は懐から手拭いを出して足の砂を払うと、玄庵を追って階段を駆け上がった。

隠し部屋に入ると、和磨は油紙を敷き詰めた布団に寝かされていた。着衣は源助と春吉によって脱がされて全裸である。胸に深い刀傷。左肩に鉄砲傷があって、血が流れている。全身の皮膚は蒼白。唇は紫色である。

死相が出てる――。

千代菊は体の芯に氷の柱を突っ込まれたような気がした。

東雲楼の内証で出会ってから今日までの和磨の顔が、次々に浮かんでは消える。

和磨が死んでしまう――。

「和磨！　和磨さん！」

千代菊は和磨の体にしがみついた。

「狼狽えるな！」

玄庵が怒鳴って、千代菊の体を突き飛ばす。

千代菊は畳の上に転がる。

「なにしやがんだい！　最期の別れの邪魔をするんじゃないよ！」

千代菊は玄庵に摑みかかろうとした。

「邪魔をしているのはそっちだ！　気をしっかり持て！　脈打つような出血ではなかろう。傷が大きな動脈を外れているからだ」

玄庵は言って、すぐに往診箱から棒状の聴診器を取り出し、和磨の胸に当てて耳を寄せる。

「助かるのかい！」

千代菊は膝で和磨の側に這い寄る。

玄庵は、きゅっと眉間に皺を寄せ、聴診器を置いて側に重ねてある綿を取って胸の傷の血を拭い、状態を調べた。

「千代菊」

隠し階段の方から声がして、千代菊は振り返る。階段の所に立っていたはつが、千代菊に丸めた襷を放った。

千代菊はそれを受け取り、襷をかけて袖を留めた。

玄庵は空の盥《たらい》を手元に置き、

「焼酎」

と千代菊に言った。

千代菊は綿の山の横に置かれた通い徳利を取って玄庵の手にかけた。

「お前もだ」

玄庵は千代菊の手にも焼酎をかける。

そしてそのまま、徳利を和磨の傷の上に傾けた。焼酎で傷の消毒をし、千代菊から手渡された綿で拭う。

「誰か、箱の二段目の抽斗《ひきだし》を引っ張り出してくれ」

玄庵の言葉に、弥右衛門が動き、抽斗を抜いて差し出した。中には太い木綿針と絹糸、糸切り鋏が入っていた。

「もう少し儲かれば、西洋の縫合用の針が買えるんだがな」

玄庵は弥右衛門に言いながら、絹糸を木綿針に通した。

見事な手際で玄庵は和磨の傷を縫合する。

「へぇ。上手いもんだねぇ」源助が玄庵の手元を覗き込みながら感心したように言う。

「玄庵先生は、子供を堕《お》胎《ろ》すだけが取り柄じゃなかったんだ」

「馬鹿にするな。これでも長崎で蘭方医術を習って来たのだ」

玄庵はむっとした顔をしながら縫合を続ける。

「それが鍬ヶ崎くんだりまで流れてきたのにゃあ、いろいろ理由がありそうだな」

春吉がにやにや笑う。

「余計なことを言うな。手元が狂う」

玄庵は和磨の胸の傷の縫合を終え、左肩の弾傷を診る。

「三番目の抽斗」

玄庵が言い、また弥右衛門が抽斗を差し出す。中にはよく研がれた小刀と鑷子《せっし》――ピンセットが数種類入っていた。

玄庵は小刀の一つを取ると、迷いなく和磨の弾傷を切開し、鑷子で弾を引っ張り出した。油紙の上に放り出された弾は血の跡をつけて転がった。

肩の傷の縫合を始めた時、急に和磨の息が浅く速くなった。肌の色がさらに白くなった。千代菊の顔から血の気が引いた。

玄庵が舌打ちする。

「千代菊！　呼べ！　この男を呼び戻せ！」

玄庵は聴診器を和磨の胸に当てながら言った。

この時代、井戸と冥府は繋がっているとして、死にかけた者を呼び戻すには、井戸の中に叫ぶのがよいという迷信が広く信じられていた。

だが、井戸に走っている暇はなさそうだった。

千代菊は和磨の側に座ったまま、その冷たい腕を摑んだ。

「和磨さん！　そっちへ行っちゃ駄目だ！」

千代菊の叫びに反応したのか、和磨の唇が動く。

千代菊は和磨の口元に耳を近づけた。

「清子……」

その名を聞いて、千代菊は泣きたくなるほどの悔しさを感じた。

さっと立ち上がり仁王立ちになって天井のあたりをぐるりと見回す。

「やい、清子！　和磨さんに惚れているんなら、連れて行くんじゃない！　独りで三途の川を渡りやがれ！」

部屋の中の者たちは、千代菊がどうやら死霊に向かって怒鳴っているらしいと気づき、唖然とした顔になった。

「死人《しびと》が生きてる者にちょっかい出すんじゃないよ！」

千代菊の目から大粒の涙がこぼれた。

子供のように泣きじゃくる。

「頼むよ！　連れて行くな！　あんたは死ぬまでの間、幸せだったろうが。あたしは二十六年間、いいことなんか一つもなかった。これから和磨さんと幸せになるんだよ！　だから、連れて行くな！」

千代菊は仁王立ちになったまま号泣した。

玄庵が渋い顔をして千代菊の裾をくいと引っ張った。

「もうよい――」

「えっ……」

千代菊は顔を強張らせて玄庵を見た。和磨の顔は見られなかった。

最悪の予感が、千代菊の体を強張らせた。

「息は戻った」

玄庵は静かに言った。

「本当かい！」

千代菊は和磨の側に崩れるように座り込み、涙と鼻水と口元の涎を拭って、満面に笑みを浮かべた。

そして、自分の手が汚れていることにも気づかずに、和磨の頬を掌で撫でる。

「よかった……」呟いて天を仰ぎ、

「清子！　ありがとう！」

と再び涙を流した。

隠し階段の所で様子をみていたはつが苦笑して部屋に上がり、千代菊の横に歩み寄り、しゃがんでその手と和磨の頬の汚れを手拭いで拭き取った。

二

昼前から雨が降り出し、風が吹き始めた。

昼過ぎ、官軍の艦隊が回天追撃のために鍬ヶ崎浦を出て行った。回天の攻撃で酷く破壊された戊辰だけは修理のためにそのまま碇泊を続けた。

官軍の怪我人はそれぞれの宿舎に運ばれ、従軍していた医師の手当を受けた。

四人の遺体は寺に運ばれ、供養の後愛宕の墓地に埋葬された。

先に寺に運ばれていた回天の兵たちの遺骸は官軍に発見され、箱詰めにされて沖に捨てられた。官軍はそれを〈水葬〉と呼んだ。

漁師たちが見逃した遺体が一つ、鍬ヶ崎の宮古浦を挟んだ向かい側の藤原須賀に流れ着き、大井要右衛門によって埋葬された――。

残党の探索のために三十人ほどの兵が鍬ヶ崎に残った。しかし、戦闘に魂を抜かれてしまったのか、それぞれの宿舎で酒を浴びるように飲んでいて、残党狩りをする様子はなかった。

今のうちに和磨を宮古へ連れて行き匿おうと、弥右衛門は若い女郎の桃香に街道の偵察を命じた。桃香は夏保峠の辺りまで歩いたが、そこには十人ほどの兵が詰めていて、道を封じていた。

海には戊辰の修理のために、ボートが往き来している。

鍬ヶ崎を出る方法はない——。

浴衣を着せられ布団に横たえられた和磨は、未だ目覚めない。

大量に血を失っているから、一日二日は眠ったままかもしれないと玄庵は言った。

しかし、夕刻になって、和磨の心音は力強さを取り戻し、呼吸も普通になってきたので、玄庵は家に帰った。

和磨は時折、譫言《うわごと》を言った。

微かな声で清子の名を呼ぶのである。

そのたびに千代菊の胸には引き裂かれるような痛みが走った。

清子の死霊がまだ漂っているのかと、手で追い払う真似をしてみたが、虚しくなって涙がこぼれた。

榎本に借金を払ってもらった時のあの歓喜はどこへ行ってしまったのだろう。

気分は、この二十六年間で一番落ち込んでいる。これなら、女郎のままでいた方がましだったかもしれない。

あの時に変な考えを起こして内証に入らず、大部屋に戻って昼見世の用意をしていたら、和磨は見て見ぬ振りをする三階の客。こんなに辛い思いをせずにすんだ。そして、何年か後には大手を振って苦界を出ていったのだ。

だからといって——。

それが幸せであったろうか？

ならば、今が幸せだと言うのか？

「ああ……」

千代菊は長い嘆息を漏らした。

＊　　＊

深夜——。鍬ヶ崎の雨風は止んで、雲間から星が見えた。

東雲楼の御職、梅香の部屋には宮古の呉服問屋恵比寿屋の主、晋兵衛がいた。

布団に腹這いになって煙草盆を引き寄せ、煙管を吸いつける。

梅香は乱れた襦袢を調えて晋兵衛の横に身を寄せる。

「昼間の海戦で怪我をした旧幕の侍を匿っているって？」

晋兵衛は煙を吐き出しながら言った。

「誰が言ってたんだい？」

梅香は問いに答えずに訊き返した。

「誰って訊かれてもなぁ」晋兵衛は笑う。

「鍬ヶ崎では、官軍さん以外は誰でも知っているようじゃないか――。っていうことは、いずれ官軍さんの耳にも入るよ」

「その前に逃がすさ」

「どこへ？　夏保峠には急場の関所ができてる。おれもこっちへ入るのに難渋した。海にはボートが往き来してるし、さっき雪隠に行った時に見えたが、戊辰には煌々《こうこう》と明かりが灯されてる――。東雲楼で賊軍を匿ってるって知られれば大変なことになる」

「賊軍って呼ぶの、やめておくれでないか」

梅香も腹這いになり、両手の甲に顎を載せた。

「なんだい。賊軍に誰かいい人でもいるのかい？」

晋兵衛は梅香に煙管を回す。

梅香は一口吸って煙を吐き出す。

「いい人なんかじゃないよ。弟さ。百姓だけど志願して秋田へ戦しに行った」

「無事に帰って来たのか？」

晋兵衛の問いに梅香は首を振る。

「分からない。まだ里からの便りがない」梅香は腹這いのまま灰を灰吹きに落とし、煙管を煙草盆に置いた。

「侍は徳川さんに雇われてるようなもんだろう。関ヶ原からこっち、徳川さんに仕えてたんなら、それなりの恩ってもんがあるだろう。それなのに帝を引っ張り出しただけじゃあきたらず、以前の仲間を賊軍と呼ぶなんて、あんまり酷いじゃないか」

「それが新しい世の中ってもんなのさ。報恩とか義理人情じゃあ回せないほど、世の中は難しくなっているんだよ」

「そんなら新しくならなくてもいいね。あたしには官軍と旧幕の戦いは、誰かが放り出した饅頭を物乞いが取り合っているようにしか見えないよ」

「そんなこと、官軍の前で言うんじゃないぜ」

「言いやしないよ。あたしはそんな馬鹿じゃない」

「馬鹿じゃないんなら、旦那に言ってすぐに怪我人を官軍に引き渡すよう説得するんだな。これからの世の中、官軍に楯突いちゃ商売ができない」

「旧幕が負けるって言うのかい?」

梅香が問うと、晋兵衛は煙草盆に手を伸ばし、煙管を取って新しい煙草を吸いつける。

「負ける。負けて、旧幕の上の方は上手く取り引きして新しい政府の中に居場所を見つける。自分に都合の悪い者たちを始末して口を拭うのさ。割を食うのはいつも下っ端だ。それが侍の世の中で、ずっと昔からずっと先の世まで、そういう理屈がまかり通るのさ。豊臣、徳川の次は薩長。首がすげ代わるだけだ。だから商人《あきんど》はそういう奴らの顔色を見なきゃならない。侍は都合が悪くなれば商人との約束なんかすぐに反故にする。うまく立ち回らなければ店《たな》を潰される」

二口吸って晋兵衛は梅香に煙管を差し出す。梅香は首を振った。

「今は鍬ヶ崎の連中も官軍憎しで結束していようが、すぐに熱が冷めて崩れるさ。商人は損得を考えるからな。そうなれば、密告合戦だ。旧幕の侍を匿っている東雲楼が一番不利になる。弥右衛門さんはああ見えて義理人情の人だからね。お内儀も冷徹なフリをして、その実、弥右衛門さんに負けず劣らず義理堅い。怪我人は最後まで守ろうとするだろう。だけど、周りはそうはいかない。東雲楼より格の低い女郎屋の主人がまず動いて、ここを潰しにかかる」

「晋兵衛さん。旦那――」

梅香はゆっくりと起きあがって布団の上に正座した。

「鍬ヶ崎を甘く見ないでおくんなさいよ。世間の義理人情が廃れたって、鍬ヶ崎のそれが廃れることはないよ」

「そう怒るなよ」晋兵衛は煙管を置いて梅香の腕を引いた。

「おれは、面倒が起こってお前を身請けする話がご破算になるのを心配してるんだよ」

その時、外が騒がしくなった。

官軍らしい異郷の言葉と、鍬ヶ崎の言葉が激しくやりあっている声が遠く聞こえた。

「ほれ。宿改めが始まったようだぜ」

梅香は外の音を聞きながら、晋兵衛の手をそっと離し、背筋を伸ばす。

「身請けの話は、いったん棚上げにいたしましょう。考えが違う者同士がそう長く仲良くやって行けるとも思えません。旦那が仰る面倒が収まった後、まだあたしを身請けしようというお気持ちが残っていたなら、お声をかけてくださいまし」

梅香は深く頭を下げて立ち上がり、部屋を出ていった。

＊　＊

鍬ヶ崎の通りには、大勢の人々がひしめいていた。三十人の官軍の兵を取り囲む、五十人ほどの漁師たちである。先頭は源助と春吉であった。

町の常夜灯、官軍兵の龕灯《がんどう》、漁師たちの提灯が水溜まりに映っている。

官軍兵は銃剣付の銃を構え、漁師たちに狙いを定めている。

兵たちは酒の力で戦闘の恐怖を忘れ、一眠りして、やっと宿改めをする気力を奮い起こしたのであった。まだ酒がぬけずに足元をふらつかせている者もいた。

「宿改めだ！　どけ！」

「なんのための宿改めだ！」源助が怒鳴り返す。

「旧幕の侍たちは、お前らが撃ち殺し、斬り殺し、海に蹴り落としたじゃねぇか！　海の上に生きた奴なんか浮いてなかったよ！　幽霊でも探すってのか！」

「生きて泳ぎ着いた奴を匿っているかもしれぬ！」

「みっともなく海に飛び込んで泳いで逃げたのは、官軍の奴らばかりだぜ！」春吉が言う。

「掠り傷も受けてねぇってのにヒィヒィ言ってたのを助けてやったのは、角力浜の奴らだ。あれっ？　お前ぇもその一人じゃなかったかい？」

春吉の言葉に漁師たちはどっと笑う。

「やかましい！」

兵たちは銃剣を突きつけて前に進む。

漁師たちはじりじりと後退する。小さな女郎屋の前まで来た時、素早く十人ほどの兵が中に飛び込んだ。

「助けてやった者の言葉を信じねぇかい。宿改めは必要ねぇ！」

春吉は数人の漁師を連れてその女郎屋に入ろうとしたが、さっと位置を変えた兵たちの銃剣に脅されて下がった。

「そうやってとめるところが怪しい！　すべての宿を改める！」

女郎屋に入った兵たちが戻り異常なしを告げると、三十人の兵は前進した。

＊　　＊

兵と漁師たちの集団を囲む野次馬たちの中に平塚金吾がいた。

宿改めが東雲楼に辿り着くまでにはまだ間がある——。

金吾は集団を離れて東雲楼に走った。

内証には弥右衛門とはつが並んで座っていた。金吾を見てほっとした顔をする。

「二人を助けに来てくれたんだね」

言ったのははつであった。

「そういうわけにも行かなくなった」

金吾は答えて二階への階段を駆け上った。

遣手婆のとめから鉤棒を借りて、隠し階段を下から叩く。

すぐに階段が下りて来て、千代菊が顔を出した。

「遅くなった」

金吾は言って隠し部屋に上り、行灯の明かりの中に横たわる和磨を見て眉をひそめた。

「なにがあった？」

金吾は千代菊の隣に座った。

「知らなかったのかい？」

千代菊は疲れた声で訊いた。

「北の方へ出かけていたのでな」

「和磨さんは御殿山に艦隊の配置図を届けに行った。なにがどうなったのか分からないが、海戦の後、鍬ヶ崎浦に浮いてた」

「そうか。山田湾の大沢村で回天に乗り込んだ男っていうのは七戸さんだったか」

「やっぱり山田に行ったのか。この脚で――。で、なんであんたがそのことを知っているんだい？」

「今朝、おれは久慈から南下して、普代《ふだい》の辺りにいた。密偵の知らせを受けて羅賀《らが》浜に向かうと、高雄が着岸していた」

羅賀は宮古の北十里（約四〇キロ）ほどにある小さな漁村である。

「敵艦春日が追ってきて砲撃を始めた。おれは、兵や水夫を逃がす手伝いをした。その時に色々と様子を聞いたんだ。高雄は回天と一緒に山田湾に入っていた。その時に漁舟で回天に乗り込んだ侍を見たんだそうだ」

「そうかい――。それで、高雄はどうなったんだい？」

「高雄は海戦が終わった後、宮古沖で回天と合流したがまた機関がおかしくなり、回天とはぐれた。さらに春日が追ってきたので羅賀まで逃げ、石浜に乗り上げた。乗員は沖に続々と敵艦が現れたので高雄に火をつけて逃げた。艦長の古川節蔵《ふるかわせつぞう》さまはかなり意気消沈して、野田までの道を訊ねたので途中まで送っていった」

「野田の――。代官所に出頭したのかね」

「たぶんな――」金吾は言葉を切って千代菊を見た。「それで、七戸さんとお前のことだ。こちらの手違いで海戦の間に迎えに来られなかったことは謝る」

「来てもらったって、和磨さんがいなかったよ」

「それで、相談だ。二つ案を言うから、お前が選べ」

「なんだい二つの案って」

「雨は止んだがまだ風が残っている。風上に火を放てば、鍬ヶ崎は燃える」

その言葉に、千代菊は驚いた顔をして金吾を見た。

「火事を起こしてその混乱に乗じて逃げろってのかい?」

「それが嫌ならもう一つ。お前が自力で逃げる案だ。おれは火をつけて二人を逃がしたい。だが、お前は鍬ヶ崎を燃やしたくはなかろう?」

「当たり前だろう!」

千代菊は以前、和磨が鍬ヶ崎に火をつける計画を考えているのではないかと問いつめたことを思い出した。

「もしかして、和磨さんが考えた案かい?」

ほんの刹那、間をあけて金吾は首を振った。

和磨の考えであることを誤魔化してくれたのか、自分の考えを和磨になすりつけようと迷ったのかは、その表情からは読みとれなかった。

「いや。おれの考えだ」

金吾は言葉に出して言うと、慌ただしく懐から布包みを取りだして千代菊の手に握らせた。ずっしりとした重みから二十両ほど入っていると思われた。

「おれはすぐに箱館へ行かなければならん。だから手っ取り早く鍬ヶ崎に火をつけたい。だがそれが嫌だというのならば、おれには七戸さんとお前を助けている暇はない。これで切り抜けろ」

金吾はじっと千代菊の目を見つめた。

千代菊はその視線を受けとめながら、

「分かったよ。火をつけるかどうか訊いてくれて、ありがとうよ」

金吾はふっと笑みを漏らし、

「それでは、なんとか切り抜けろよ」

と言って立ち上がり、急いで隠し階段を駆け下りた。

千代菊は、二階の廊下を走っていく金吾の足音を聞きながら、手の中の金の包みを開いて見た。小判の重みをよく知らない千代菊の予想は外れて、二十五両あった。

「どいつもこいつも、侍ってのは、これだけの金をぽんと出せるんだ……」

もちろん役目上与えられていたものだろうが、自分が売られた金額の何倍あるだろうと思うと千代菊は溜息が出た。

だが、この金がなんの役に立つだろう。

鍬ヶ崎を出ることができれば、どこかで和磨とひっそりと暮らすための足しにはなる。しかし、鍬ヶ崎を脱出できず、宿改めはすぐそこまで迫っている。官軍にこの金を差し出して和磨の命乞いをしたところで無駄であろう。

敵の遺骸を芥《ごみ》みたいに捨てる奴らだ。和磨さんのことも、同じように扱うに違いない。牢に放り込まれて治療も受けられず何日かすれば、和磨さんは死んじまう――。

「和磨さん。これで詰みだね」

千代菊は和磨の顔を見ながらぽつりと言った。

今まで生きてきた中で、何度も絶望を感じた瞬間があった。だがそれは刹那であって、千代菊はいつも自分で小さな希望の光を見つけ、気持ちを切り替えて次の一歩を踏みだしてきた。

だが、今回は違う。毛の先ほどの光明も探し出せない。

絶望がじわりと胸の中に広がった。

ああ――。こういうことなんだ――。

体を侵食していく黒い霧のようなものを感じながら千代菊は思った。

自ら死を選んだ女郎を何人か知っている。

病に苦しんだ挙げ句であったり、惚れた客が婚儀を挙げてしまったという理由だったり、客との心中だったり――。

千代菊はその女郎たちの気持ちが分からなかった。

わざわざ死を選ばなくとも、人はいつかは死ぬ。生きる苦しさなんて、己の心のもちようでいくらでも誤魔化せる。自ら死を選ぶなんて愚かだ。

だが、今は自死した女郎たちの気持ちが分かる。

にっちもさっちもいかない――。

どこにも逃げ場がない――。

心が酷い肩こりみたいに、こちこちに固まっている――。

自分だけが生き延びる道はある。

和磨を官軍に差し出してしまえばいいのだ。

旧幕の侍を匿っていたということで、お調べは受けるだろうが、長く牢に留められることはないだろう。

だが、千代菊にはその選択肢を選ぶ気持ちは寸毫《すんごう》もない。

ならば――。

「和磨さん。一緒に死のうか」

千代菊は和磨の側を離れ、床の間の刀架けから脇差を取って戻った。

柄を握ってそっと刃を抜く。海に浸かった鋼は、錆《さび》が出始めていた。

和磨を殺して自分も死ぬ。

それが一番いい解決方法だと思った。

街道も駄目。海も駄目。この危難から逃げ出す道は唯一、死出の旅路だけだ。

「あたしも一緒なら、あんたを清子の独り占めにさせずにすむしねぇ」

千代菊は微笑んだ。

そして、掛け布団をそっと剝いで、脇差の切っ先を和磨の胸に当てた。

「千代菊ぅ！」

突然の叫びに、千代菊は身を縮めた。

強い力で右の手首を摑まれた。

千代菊ははっとして振り返った。

弥右衛門が怒りの形相で千代菊から脇差を取り上げた。

和磨と心中するという思いに取り憑かれて、弥右衛門が上がってくる足音に気づかなかったのだ。

弥右衛門は脇差を後方に放った。脇差は畳の上を滑って壁に当たって止まった。

「なにをやってるんだ！」

弥右衛門は座りながら千代菊の肩を摑んで自分に向き合わせた。

「心中――」千代菊は弥右衛門に顔を向けて力無く微笑む。

「鍬ヶ崎心中――。芝居みたいだろう」

「馬鹿なこと考えるんじゃない」

「だって、どこにも逃げ道はないんだよ」

「お前の勝手で七戸さまの命も奪うのかい？」

「え？」

千代菊は虚ろな目を弥右衛門に向ける。

「七戸さまの気持ちを確かめたかい？」

「ずっと眠り続けなんだもの。確かめようがないだろう」

千代菊は薄く笑った。

「ほれ。やっぱりお前だけの考えで、七戸さまの命を奪おうとしているんじゃないか」

「だって――」

「だってじゃない！」弥右衛門は千代菊の両手を取る。

「これじゃあ、七戸さまを連れていこうとした清子とかいう女《おんな》の死霊と同じじゃないか」

千代菊は横っ面をひっぱたかれたような気がした。

「千代菊、七戸さまを連れて逃げろ」

「ほんとだねぇ……」

弥右衛門は言った。

「そう言ってもねぇ」

千代菊は、和磨の額のほつれ毛を指で直しながら微笑む。

そして、ふと気がついた。

「旦那。あたしたちがいれば、官軍からお咎めを食らうってんで、逃がそうとしているんじゃないだろうね？」

「馬鹿！」

弥右衛門の平手が千代菊の頬を叩いた。

ぱしんっといい音がした。

「今度は本当にひっぱたかれたねぇ……」

千代菊は頬を押さえ、苦笑しながら呟いた。

「そういう憎まれ口を叩くくらいなら、もう大丈夫だな――」言って弥右衛門はばつの悪そうな顔をする。

「正直言って、お前たちに出ていってもらえたら、こっちに難が及ばないという考えもないではない。だが、わたしが第一に考えてるのはお前たちの命だ。お前はせっかく女郎の身の上から抜け出せた。七戸さまは、戦の中で命拾いをした。せっかくの命、最後の最後まで大切に使ってほしいんだよ」

弥右衛門は唇を震わせた。目に涙が溜まっている。握った千代菊の手を激しく振る。

「鍬ヶ崎を出る方法は道ばかりじゃない」

「海だろ。そんなこと分かっているよ。海には戊辰が残ってる。篝火を焚いて、夜になってもボートが往き来してる。舟で出たらたちまち捕まっちまうよ」

「鍬ヶ崎浦から出るんじゃない。蛸ノ浜だ」

「蛸ノ浜――」

千代菊は、和磨と共に逍遥した小さい浜を思い出した。

「ろくに鍬ヶ崎を探索していない官軍は、蛸ノ浜を知りやしない。蛸ノ浜にはウチの漁舟がある。行けるところまで舟で行け」

弥右衛門の言葉を聞いて、千代菊の脳裏に、和磨を船底に寝かせて櫓を漕ぐ自分の姿が浮かんだ。

馴染みの漁師に手ほどきを受けて、対岸の角力浜まで舟を漕いだことはあるから、櫓の使い方は知っている。だが、蛸ノ浜を出ればすぐに外海である。波の荒さは鍬ヶ崎浦の比ではない。

どこまで行けるだろう。

蛸ノ浜を出た所で、波にひっくり返されるということは十分に考えられる。心中を少しだけ先延ばしにするだけかもしれない。

だけど――。

だけど、二人で生き延びる望みがあるのなら、たとえ細い細い糸みたいな望みでも、最後まですがってみるべきじゃないか――。

あたしはそうやって生きてきた。

「分かったよ旦那。舟を借りるよ」

「あとは、七戸さまを蛸ノ浜へ運ぶ算段だな……」

外の騒ぎが急に激しくなった。

隠し階段を駆け上ってくる音がして、牡丹が顔を出した。

「戊辰から援軍が来やがった。もう外の連中だけじゃあまり時を稼げない。おかみさんが急げって」

はつもまた、自分と和磨の逃亡に手助けをしてくれている。千代菊の胸がじんと痺れた。

千代菊は金の包みを弥右衛門に差し出す。

「これで、みんなになにか振る舞っておくれ」

弥右衛門は驚いた顔で包みと千代菊を交互に見た。

「金か？　なにを馬鹿なことを言ってる。これからの旅だって、箱館に着いてからだって、金は必要なんだ」

千代菊と弥右衛門のやりとりの意味を察したらしく、牡丹が階段から言った。

「あたしらになにかご馳走してくれるんなら、世の中が落ち着いてからにしておくれ。あんたが自分で鍬ヶ崎に来て、みんなに頭を下げて回るんだよ」

千代菊は牡丹を見た。

牡丹は笑っていた。千代菊もつられて笑った。

「分かった。そうするよ」

と金の包みを自分の懐にねじ込む。

外の騒ぎが急速に近づいて来る。

「よし。七戸さまはわたしが負ぶって行こう」

弥右衛門は和磨の体を抱き起こした。

「和磨さんはあたしが」

千代菊は弥右衛門に背中を向ける。

「女のお前が負ぶって行くというのかい?」

「いいから、早く。和磨さんを背中に乗せるのだけ手伝っておくれ。あとは、下に行って官軍を押さえてくれれば助かる」

「よし」

弥右衛門は和磨の体を抱え上げ、千代菊の背中に乗せた。

千代菊は和磨の太股に腕をかけて立ち上がった。

背中にかかる重さは、思ったほどではなかった。

玄関ではつと官軍兵が言い争いをする声が聞こえた。

内証に入られては、東雲楼から出る道も塞がれてしまう。

「ちょっと待ってな!」

牡丹が隠し階段を駆け下りた。弥右衛門がそれに続く。

千代菊は和磨を背負って隠し階段の下り口まで進む。

騒ぎは内証に移り、弥右衛門とはつが激しく官軍兵と怒鳴り合っている。荒々しい足音が二階への階段を駆け上った。

万事休すか——。

千代菊は唇を噛んだ。

せっかく生き延びようという気力を振り絞ったのに――。

＊　　＊

牡丹は二階の廊下から、階段を上ってくる五人の官軍兵に声をかけた。

「官軍さん。耳寄りな話があるんだよ」

階段を駆け上っていた兵たちは足を止めて牡丹を見上げる。

「凄い話なんだ。幾らで買う？」

「賊軍の残党の居場所を教えるというのか？」

先頭の年嵩の男が言った。

「そんなみみっちい話じゃないよ。ウチの遣手婆のとめさんが、榎本武揚さまから、重要な話を聞いたんだそうだよ」

「なに。榎本から？」

官軍兵たちは顔を見合わせた。

「この前、旧幕の船が来た時に、榎本さまは女郎とは遊ばずに、なにがよかったんだかウチのとめさんと飲み明かしたんだよ。もしかすると二人は、昔々、なにか因縁があったのかもしれないねぇ。とめさんは、ほかから流れてきた人だから」

「それで、どんな話だ？」

年嵩の兵が訊く。

「なんでも、蝦夷共和国海軍の戦艦で、江戸――、ああ東京って名前に変わったんだっけ。その、東京を火の海にする兵略だってさ」

「なにっ！」

官軍兵たちは険しい顔になった。

「箱館に目を向けさせておいて、官軍の裏をかいて江戸に軍船を差し向けるんだってさ。とめさんは詳しい日時や航路まで聞いたらしいよ」

「よし。よく知らせてくれた。そのとめという遣手婆はどこだ？」

「案内するよ」

牡丹が手招きすると、兵たちは先を争うようにその後に続いた。

牡丹はとめの部屋の障子を開ける。

とめは正座したまま居眠りをしていた。行灯の明かりが皺深い顔を照らしている。

「とめさんは昔気質で旧幕贔屓だからね。ヘソを曲げさせずに聞き出しなよ。ヘソを曲げたらすっ惚けた話をしてはぐらかすから用心しな」

「そうか。分かった」

年嵩の男は真剣な顔で肯いて、とめの部屋に上がり込んだ。そして障子に手をかけると仲間を振り返る。

「おれが婆ぁから話を聞く。お前たちは楼内を改めろ」

「馬鹿を言うな！」四人の兵は怒鳴った。

「お前一人の手柄にされてなるものか。おれたちも聞く」

「宿改めも大切な務めだ！」

「残党などいるわけはない。甲鉄に乗り込んだ奴は、死ぬか回天に逃げるかした。甲板の死体は、息があるかどうか確かめてから捨てたんだ」

兵の一人が言う。どうやら甲鉄に乗っていた男らしい。

四人の兵は強引にとめの部屋に入って座り込んだ。

「誰かに聞かれないように、閉めておくよ」

牡丹は障子を閉め、急いで隠し階段へ走った。

＊　＊

牡丹が隠し階段の下に現れた。

「いいよ。下りておいで！」

千代菊は和磨を背負って階段を下りる。

熱いものが体中を駆けめぐっていて、和磨の重さは苦にならなかった。

千代菊は牡丹と共に二階の廊下を走る。

とめの部屋の前では足音を忍ばせた。

障子の向こうからぼそぼそという話し声が聞こえる。兵たちはとめの身の上話から聞いているようであった。

千代菊と牡丹は笑い声を堪え、一階への階段を下りる。

外の騒ぎが聞こえてくる内証の帳場机には弥右衛門とはつが座っていた。

下りてくる千代菊たちを見ると目で合図をした。どうやら玄関に見張りがいるようである。

千代菊は二人に何度も頭を下げて、台所へ向かった。それを追い越し、牡丹が先導する。

台所から裏口へ。そして、そのまま いったん通りに出た。

通りでは官軍と鍬ヶ崎の人々が揉み合いをしていた。

日頃仲の悪い漁師たちも手に手に得物を持って官軍の進攻を阻止しようとしている。女郎を毛嫌いしている呉服屋の番頭が、女郎屋の前で手を広げて仁王立ちになっている。

共通の敵――。

今、鍬ヶ崎は官軍という共通の敵の前で、みんなが手を結んでいるんだ――。

千代菊はなんだかおかしくなった。

「千代菊姐さん」牡丹が立ち止まって言った。

「あたしの見送りはここまでだ。あの中で源助たちが頑張ってるからね。あたしも一緒に騒いでくるよ」

「うん」千代菊は肯いた。

「いろいろとありがとうよ」

「ご馳走してくれる件、忘れるんじゃないよ」

牡丹はにっこりと笑うと鍬ヶ崎の人々の中に飛び込んでいった。

千代菊は清水川の方へ歩く。

和磨と鍬ヶ崎を歩いた日々が少しだけ足腰を丈夫にしてくれていたようで、疲れはあまり感じなかった。

橋を渡ると、鍬ヶ崎の騒ぎはずっと遠くなった。振り返った千代菊の目に、町並みをくっきりと浮かび上がらせる提灯、龕灯の明かりと、その中で蠢く影が映った。

和磨はまだぐったりとしている。その体がずり落ちないように前傾の姿勢を続けていたので、腰が重くなってきた。

「もう少しだからね、和磨さん」

言って千代菊は歩き続ける。

目の前に、蛸ノ浜へ行くために越えなければならない小山が聳えていた。

あの向こうに希望がある。

頼りない小さな漁舟という希望である。

体を駆けめぐっていたものの熱が失われ始めたのか、千代菊は急に疲労を感じた。

すぐに溺れて死ぬかもしれない。だが、その瞬間までは、希望に向かって櫓を漕ぎ続けられる。絶望して自らの命を断つのとはまるで違う死がそこにはある。

千代菊は頭を振って暗い未来を追い出した。

千代菊はゆっくりゆっくり、峠の坂へ向かって歩く。一足毎に和磨の重さがのしかかる。

だが、それは和磨の命の重さなのだと思うと、気持ちは軽くなった。

和磨がなにか呟いた。

千代菊の肩に顔が押し当てられているので不明瞭な言葉だった。

「和磨さん——。あんた、傷が痛むかい？」

和磨は答えない。

千代菊は立ち止まって体を揺すり、和磨の顔を横向きにさせた。

一度歩みを止めると疲労が倍になって脚を重くした。

千代菊は「よいしょ」と言いながら再び歩き始める。一歩毎に「よいしょ」と言うと、楽な気がした。

空は漆黒から濃紺に変わっていたが、まだ足元は暗い。石につまずいて転ばないように、千代菊は下ばかりみて進んだ。

和磨がまたなにか呟いた。

今度ははっきりと聞こえて、千代菊は立ち止まった。

「千代菊——」

譫言のようであったが、はっきりとそう言ったのだ。

譫言にしろ、寝言にしろ、呼んだのは千代菊の名であり、清子の名ではなかった。喜びが湧き上がって、千代菊の頬は緩んだ。

「千代菊――」

和磨はもう一度呟いた。

「あいよ」

千代菊が答えた時、目の前に白い物がはらはらと舞った。

この季節に雪――？

見上げた千代菊の目に、藍色の空を背景に咲き誇る満開の桜が映った。峠の登り口に立つ古木の桜である。

一片《ひとひら》舞った花びらに誘われたように、古木は次々に花弁を散らせ始めた。

吉兆だろうか。凶兆だろうか――。

千代菊はふと思ったが、背中に和磨の温かさを感じているとそんなことはどうでもいいような気になった。

「千代菊――」

千代菊は体を揺すって和磨を負ぶい直した。

「あいよ、あんた。もうすぐだからね」

千代菊は降りしきる桜の花びらの中、坂道に力強く一歩を踏みだした。

峠の空が、白々と明け始めた。

了

主な参考資料

【月刊みやこわが町】
No.272　307　312　317　341　364　402
編集発行　タウン情報社
【軍艦「甲鉄」始末】
中村彰彦　著　新人物文庫
【幕府軍艦「回天」始末】
吉村昭　著　文春文庫
【箱館戦争全史】
好川之範　著　新人物往来社
【補訂　戊辰役戦史　上・下】
大山柏　著　時事通信社
【鍬ヶ崎ものがたり】

【宮古海戦秘聞】
小島俊一　著

フィクションの性質から資料をあえて曲解、拡大解釈し、虚構を加えている部分があります。

〈みやこわが町〉の編集者、横田晃氏と、十数年来の友人の高橋政彦氏には、取材のお手伝いをしていただいたほか、宮古湾海戦に関する興味深い話を聞かせていただきました。お二人の協力なくしては、【鍬ヶ崎心中】は書けませんでした。

二〇一一年。鍬ヶ崎の町は津波に呑まれました。現在、新しい町が造られつつあります。千代菊が和磨を背負って上った坂も、蛸ノ浜から押し寄せた波が奔流となって流れ落ちました。しかし道は今でも残り、昔日の面影を偲ぶことができます。

解説

縄田一男

本書『鍬ヶ崎心中』は、維新一五〇年必読の書として二〇一八年三月、小学館から書き下ろし刊行された平谷美樹の意欲作である。

何が意欲作かと言えば、乱世にふさわしいヒーローではなく、激動の時代に翻弄された一組の無名の男女の物語だったからである。

そしてさらに、私は本書の書評で、この作品は作者の新境地であると記している。ではどこが新境地かと言えば、私が平谷美樹作品を夢中になって読んだのは〈採薬使佐平次〉シリーズからだったからである。

第一作『採薬使佐平次』は、将軍の御庭番であり採薬使の佐平次が、吉宗の命を受け、大川に上がった惨死体の謎をさぐるが、これがなんと享保の大飢饉の真相にまでつながっていたというスケールの大きな時代ミステリーであった。

第二作『将軍の象』は、清国の商人が吉宗のために輸入した二頭の象のうち、一頭が死に、将軍の命を受けた佐平次がその謎を追う。が、彼の前に立ちはだかる幕閣の闇は深い。

第三作『吉祥の誘惑』は、阿片がらみの吉原における不審死を佐平次が追っていくと、吉宗の最大のライバル尾張宗春が登場するという趣向である。

これらの作品は、時代ものであってもミステリーであるため、作品の中に〝知〟の回路を忍ばせていなければならない。ところが心中ものに貫かれているのは男女の愛憎、すなわち、〝情〟の回路である。

私が新境地と呼ぶ所以《ゆえん》はまさにここにある。

作品は、鍬ヶ崎の東雲楼の女郎・千代菊が年季明けを前に主の弥右衛門に、「掛かりの借金が三両ほど残っている」と言われ、浮かれていた気持ちが急速にしぼんでいったところから始まる。

そんな時、店にやってきたのが盛岡藩を脱藩して新政府軍との戦いに身を投じ、銃創のため足が不自由になった七戸和磨。彼は大枚の金と引き換えに女郎屋の隠し部屋に匿《かくま》われる事になる。

これぞ好機とばかりに、和磨の世話をするからと身受けしてもらう千代菊。千代菊は女郎の手練手管で籠絡しようとするが、和磨は「(自分は)厄介払いをされただけだ」と頑なに心を閉ざす。

和磨を女郎屋に預けたのは榎本武揚であり、絵図を作るという形ばかりの仕事を和磨に与えた。

間もなく、和磨の所には継ぎの平塚金吾が出入りするようになる。

千代菊は、和磨の説く佐幕派の理想論に「元の世の中も、今の世の中も、これからの世の中も、あたしたちにとっちゃなんにも変わりゃしないよ。どうせお侍らが民百姓から銭を搾り取る世の中が続くだけなんだから官軍が勝とうが、旧幕が勝とうが、首がすげ代わるだけだろうよ」と反論。

そして、千代菊は見抜く——和磨が己の死を求めている事と、過去に女を守り切れなかった事とを。

これは図星で、和磨は奥州転戦の渦中で、自分を治療してくれた医師の娘を戦死させてしまっており、これが深い疵《きず》となっていたのだ。

この奥州転戦の箇所では、和磨が初めて人を斬った事に対するおののきを感じるなど、リアルな戦場場面が際立っている。そして彼は悩む——「おれの心の中に、会津から脱出した気持ちの中に、命が惜しかったという気持ちが寸毫《すんごう》もなかったとは言えない」と。

一方、千代菊は、自分が和磨に恋慕の情を抱きはじめている事に愕然とする。が、千代菊の嫉妬の相手はもはやこの世にはいない医師の娘。

和磨はその娘のせいで、男ではなくなっているが、千代菊は自分がそれを治してやると意気込む。

そうした男女の思惑をよそに、物語はいよいよ史上有名な〝宮古湾海戦〟へ向かっていく。

和磨は女郎屋を抜け出し、山田湾に浮かんだ軍艦・回天へ乗り込む。土方歳三から非戦力通知を受け、炊事係として乗せようと言われる和磨。

が、土方は、この死に場所を求める男の真意に気付いていた。

土方は言う——「おれはお前のような目をした奴を何人も見てきた。そういう奴は作戦のことなど考えずに突き進む。その結果、綿密に立てた作戦を台無しにする。私怨のために大義をぶち壊しにしてしまうのだ。この戦はお前に死に場所を与えるためのものではない。死にたいのならば、回天の甲板に血を流すのを許してやるから、ここで腹を斬れ」と。

戦の中で死ぬ事が許されぬ男——それが和磨なのだ。

が、物語は意外な展開に。和磨は新政府軍の軍艦・甲鉄に乗り込んで敵兵と斬り結び、深手を負ってしまうのだ。そして再び千代菊の元へ。千代菊はポツリと言う。

「和磨さん。これで詰みだね」(傍点引用者)。これが、死せる医師の娘から、和磨を取り戻した千代菊の勝利の一言だったのであろうか。

そして二人は、女郎屋を逃げ出す事になるのだが、この〝未来成仏うたがひなき、恋の手本となりにけり〟と近松の名調子が聞こえてきそうなラストは、果たして吉と出るか凶と出るか、その判断は読者の方々に委ねたい。

ちなみに、作中でたびたび記されている嘉永六年の一揆に関しては『大一揆』という作品がある事を付け加えておく。

(なわた　かずお／文芸評論家)

―――本書のプロフィール―――

本書は、二〇一八年三月に刊行した単行本『鍬ヶ崎心中』を改題し、文庫化したものです。

小学館文庫

鍬ヶ崎心中《くわがさきしんじゅう》

幕末宮古湾海戦異聞《ばくまつみやこわんかいせんいもん》

著者　平谷美樹《ひらやよしき》

二〇二一年五月十二日　初版第一刷発行

発行人　飯田昌宏
発行所　株式会社 小学館
〒一〇一-八〇〇一
東京都千代田区一ツ橋二-三-一
電話　編集〇三-三二三〇-五六一七
販売〇三-五二八一-三五五五
印刷所――――図書印刷株式会社

ISBN978-4-09-407021-7